DRÁCULA

1897

DRÁCULA

BRAM STOKER

ENCONTRE MAIS
LIVROS COMO ESTE

Título original: Dracula

4ª Impressão 2024

Presidente: Paulo Roberto Houch
MTB 0083982/SP

Coordenação Editorial: Priscilla Sipans
Coordenação de Arte: Rubens Martim
Tradução e preparação de texto: Fabio Kataoka
Diagramação: Rogério Pires
Revisão: Valéria Paixão

Vendas: Tel.: (11) 3393-7727 (comercial2@editoraonline.com.br)

Foi feito o depósito legal.
Impresso na China

Dados Internacionais de Catalogação na Publicação (CIP)
(eDOC BRASIL, Belo Horizonte/MG)

S874d Stoker, Bram, 1847-1912.
Drácula / Bram Stoker. – Barueri, SP:
Camelot, 2021.
15,1 x 23 cm

Título original: Dracula
ISBN 978-65-87817-60-6

1. Ficção irlandesa. 2. Literatura irlandesa –
Romance. I. Título.

CDD Ir823

Elaborado por Maurício Amormino Júnior – CRB6/2422

IBC — Instituto Brasileiro de Cultura LTDA
CNPJ 04.207.648/0001-94
Avenida Juruá, 762 — Alphaville Industrial
CEP. 06455-010 — Barueri/SP
www.editoraonline.com.br

SUMÁRIO

Bram Stoker (1847-1912)

INTRODUÇÃO

Drácula é a mais famosa história de vampiro de toda a literatura mundial. Foi escrita em 1897 por Bram Stoker, um autor irlandês. Por suas características de mistério e clima sobrenatural, é denominada obra-prima do romance gótico.

A história é contada em forma de cartas, diários, publicações em jornais e registros de bordo. São diversos narradores e os acontecimentos vão de 3 de maio a 6 de novembro de 1890. O desfecho ocorre com uma nota, escrita sete anos depois.

O advogado Jonathan Harker é quem começa e termina os relatos. Cenários são da Inglaterra e Transilvânia, na Romênia.

DIÁRIO DE JONATHAN HARKER (TAQUIGRAFADO)

3 de maio. Bistritz

Saí de Munique às oito e trinta e cinco da noite e cheguei a Viena na manhã seguinte, muito cedo. Era para ter chegado às seis e quarenta e seis, mas o trem se atrasou uma hora. Tive ótima impressão de Budapeste, pelo que vi do trem e no pequeno passeio pela cidade. A impressão que tive foi a de estar saindo do Ocidente e entrando no Oriente.

Chegamos ao anoitecer em Klausenburg, onde passei a noite no Hotel Royale. Ali jantei, ou melhor, ceei, um prato à base de frango, temperado com pimenta típica. O garçom me contou que se chamava páprica hendl (Lembrete: arranjar receita para Mina). Minhas noções de alemão ajudaram bastante nessa hora. Para falar a verdade, não sei como sobreviveria sem elas.

Antes de partir de Londres, como tinha tempo de sobra, fiz uma visita ao Museu Britânico, onde consultei livros e mapas referentes à Transilvânia. Descobri que a região por ele mencionada fica perto das fronteiras de três estados: Transilvânia, Moldávia e Bucovina, nos montes Cárpatos, um dos lugares mais selvagens e menos conhecidos da Europa. Não consegui localizar, exatamente, o castelo de Drácula, mas verifiquei que Bistritz, a localidade mencionada pelo Conde Drácula, é bem conhecida. Vou recorrer aqui a algumas das minhas anotações, pois elas poderão refrescar-me a memória, quando conversar com Mina a respeito das minhas viagens.

A população da Transilvânia é formada por quatro nacionalidades: os saxões, ao sul, misturados com os valáquios, descendentes dos dácios; os magiares, a oeste, e os zéquelis, a leste e ao norte. Estou viajando para a região habitada por este último povo, descendente de Átila e dos hunos. Segundo li, existem ali as mais curiosas superstições do mundo. (Lembrete: falar ao Conde a esse respeito.)

Naquela noite eu não dormi bem, embora a cama fosse confortável, pois tive todo tipo de sonhos estranhos. Um cão uivou a noite inteira embaixo da minha janela, o que pode ter algo a ver com isso; ou talvez tenha sido a páprica, pois precisei beber toda a água da minha garrafa e continuei com sede. Adormeci quase de manhã e fui acordado por batidas insistentes na porta, portanto, imagino que estava dormindo pesadamente. No desjejum comi mais páprica, uma espécie de mingau de milho e berinjela recheada com carne moída, um prato delicioso (Lembrete: pedir também a receita disso). Precisei comer depressa, pois o trem saía pouco antes das oito, ou melhor, deveria ter saído, porque depois de correr para chegar à estação às sete e meia precisei esperar sentado em meu vagão por mais de uma hora até a partida. Parece-me que quanto mais orientais, menos pontuais são os trens. Como devem ser os da China?

Durante o dia inteiro percorremos lentamente uma região repleta de toda sorte de belezas. Aqui e ali vimos cidadezinhas ou castelos no topo de encostas íngremes, como as que vemos em velhos missais; passamos junto de rios e córregos que, pelas largas margens rochosas dos dois lados, pareciam sujeitos a grandes inundações. É preciso muita água, além de fortes correntes, para arrancar a vegetação que margeia um rio. A cada parada havia grupos de pessoas, às vezes multidões, usando todo tipo de indumentária. Alguns pareciam os nossos camponeses ou aqueles que vi atravessando a França e a Alemanha, com seus paletós curtos, chapéus redondos e calças rústicas; porém havia outros muito pitorescos. As mulheres pareciam bonitas, até você se aproximar, mas eram muito negligentes com a cintura. Todas vestiam algum tipo de camisa de mangas brancas compridas, e a maioria usava grandes cintos com várias fitas, ou algo parecido, penduradas como saiotes de balé, mas evidentemente estavam de anágua por baixo. As figuras mais estranhas que vimos foram os eslovacos, que eram mais bárbaros que os demais, com seus grandes chapéus de vaqueiro, folgadas calças pardacentas, camisas brancas de linho e enormes e pesados cintos de couro, de quase quinze centímetros de largura e cravejados de alfinetes de latão. Usavam botas altas por cima das calças, longos cabelos negros e bigodes negros e fartos. São muito pitorescos, mas não parecem simpáticos. No teatro, dariam um perfeito bando de salteadores orientais. Mas, segundo me disseram, são bastante inofensivos, faltando-lhes até mesmo alguma assertividade natural.

Adentrávamos o lado escuro do crepúsculo quando chegamos a Bistritz, um lugar antigo e muito interessante. Situada quase na fronteira – pois pelo passo Borgo chega-se a Bucovina –, a cidade teve uma existência tempestuosa, da qual certamente ainda exibe marcas. Cinquenta anos antes, uma série de grandes incêndios causou danos terríveis, em cinco ocasiões distintas. No início do século XVII, foi sitiada durante três semanas e treze mil pessoas morreram, com a fome e as doenças se somando às baixas de guerra.

O Conde Drácula havia me orientado a procurar o Golden Krone Hotel, que descobri, para minha grande satisfação, ser muito antiquado, pois evidentemente me interessava ver o máximo que pudesse dos costumes do país. Ficou claro que me aguardavam, pois quando cheguei perto da porta fui recebido por uma senhora idosa e entusiasmada, usando o tradicional traje de camponesa – anágua branca com um longo avental duplo, na frente e atrás, de tecido colorido e apertado demais para qualquer decoro. Quando me aproximei, fez uma mesura e perguntou:

– *Herr inglês*?

– Sim, sou Jonathan Harker - respondi.

Sorrindo, ela fez um sinal a um velho em mangas de camisa, que se retirou e voltou, pouco depois, trazendo-me a seguinte carta:

"Meu amigo: Seja bem-vindo aos montes Cárpatos. Espero-o com ansiedade. Desejo que passe uma boa noite e amanhã, às três da manhã, tome a diligência que se destina a Bucovina, na qual já está reservado um lugar para o senhor. No Passo de Borgo, minha carruagem o estará esperando e o conduzirá até mim. Espero que sua viagem de Londres até agora tenha sido boa e estou certo de que será agradável sua estada em meu belo país.

Seu amigo,

Drácula."

4 de maio

Fiquei sabendo que o dono do hotel recebeu uma carta do Conde, dando-lhe instruções para reservar o melhor lugar para mim na diligência. Quando o interroguei a esse respeito, porém, ele me pareceu reticente e fingiu que não estava entendendo o alemão que eu falava. Isso não podia ser verdade, pois, antes, já o havia entendido perfeitamente; pelo menos, respondeu minhas perguntas como se as tivesse entendido. Ele e sua mulher, a velha que me recebera, entreolharam-se, parecendo amedrontados.

Quando perguntei ao dono do hotel se conhecia o castelo do Conde Drácula, tanto ele como sua mulher se benzeram e, dizendo que não sabiam de nada, simplesmente se recusaram a falar mais. Mas já estava tão perto da hora de partir que não tive tempo de fazer perguntas a outra pessoa àquele respeito. Parecia haver um certo mistério, nada tranquilizador. Pouco antes de minha partida, a mulher do dono do hotel foi ao meu quarto e perguntou, sem esconder um grande nervosismo:

– O senhor tem mesmo que ir? Jovem *Herr*, tem mesmo que ir?

Ela estava tão agitada que custei a entender o que dizia. Parecia não estar mais dominando o pouco do alemão que conhecia e o misturava com alguma outra língua que eu desconhecia.

Quando lhe respondi que não podia deixar de ir, pois estavam me esperando para um negócio importante, perguntou de novo:

– Sabe em que dia estamos?

Respondi que era 4 de maio. Ela balançou a cabeça e repetiu:

Oh, sim! Sei disso! Sei muito bem, mas o senhor tem ideia de que dia é hoje?

Respondi que não havia entendido, ela continuou:

É véspera do dia de São Jorge. O senhor sabe que hoje à noite, quando o relógio der meia-noite, todas as coisas malignas do mundo vão estar à solta? O senhor sabe aonde está indo e o que vai fazer?

Estava tão claramente angustiada que tentei consolá-la, mas sem efeito. Por fim, ajoelhou-se e implorou que eu não fosse embora; que pelo menos esperasse um ou dois dias antes de partir. Foi tudo muito ridículo, me deixou irritado. No entanto, havia um negócio a ser fechado, e eu não poderia permitir nenhuma interferência. Tentei erguê-la do chão e afirmei que agradecia muito, mas que meu dever era imperioso, e eu precisava mesmo partir. Ela por fim se levantou, enxugou as lágrimas e, tirando um crucifixo do pescoço, ofereceu-o a mim. Não soube o que fazer, pois, como anglicano, aprendi a considerar essas coisas uma espécie de idolatria, no entanto me pareceu errado fazer tal desfeita a uma velha senhora cheia de boas intenções e naquele estado de espírito. Ela percebeu, imagino, a hesitação em meu rosto, pois colocou o rosário em meu pescoço e rogou:

– Faça isso pela sua mãe.

E saiu do quarto.

Escrevo este trecho do diário ainda com o crucifixo no pescoço, enquanto espero o cocheiro, que, é claro, está atrasado. Talvez pelo medo da velha senhora, ou pelas muitas tradições de fantasmas deste lugar, ou devido ao próprio crucifixo, não sei, mas não estou com a mente tranquila como de costume. Se este caderno chegar às mãos de Mina antes de mim, que leve o meu adeus. Aí vem o cocheiro.

5 de maio, no castelo

A cerração da manhã passou, e o sol está alto no horizonte distante, que parece recortado, seja de árvores ou montanhas, não sei, pois está tão longe que coisas grandes e pequenas se confundem. Estou sem sono, e imagino que ninguém vai me chamar até que eu acorde, portanto vou escrever até o sono chegar. Há muitas coisas estranhas para registrar, e, para que ninguém leia isto e imagine que exagerei no jantar antes de partir de Bistritz, anoto exatamente o cardápio. Comi o que eles chamam de "bife ladrão" – espetinhos de toucinho, cebola e carne temperados com pimenta vermelha e assados no fogo, no singelo estilo dos churrascos para gato de Londres! O vinho era um Golden Mediasch, que causa uma estranha pontada na língua, mas, no entanto, não é nada desagradável. Bebi apenas duas taças, e nada mais.

Quando subi na diligência, o cocheiro ainda não havia assumido seu posto, e vi que conversava com a senhoria. Evidentemente falavam de mim, pois de quando em quando olhavam na minha direção, e algumas pessoas que estavam sentadas no banco ao lado da porta – que eles chamam por um termo que significa "portador de palavras" – vieram e ficaram ouvindo, virando-se para mim, a maioria com uma expressão de pena. Consegui distinguir muitas palavras sendo repetidas, palavras estranhas, pois havia muitas nacionalidades naquele grupo, então discretamente saquei meu dicionário poliglota da bolsa e as procurei. Devo dizer que não me pareceram muito animadoras, pois entre elas estavam: *Ördög*, Satã; *pokol*, inferno; *stregoica*, bruxa; e *vrolok* e *vlkoslak*, ambas significando a mesma coisa, lobisomem ou vampiro, em eslovaco e sérvio. (Lembrete: perguntar ao Conde sobre essas superstições.)

Quando partimos, todas as pessoas junto à porta da estalagem, cujo grupo àquela altura aumentara consideravelmente, fizeram o sinal da cruz e apontaram dois dedos para mim. Com alguma dificuldade, consegui que um companheiro de viagem me dissesse o que significava aquilo. Ele não respondeu a princípio, mas ao descobrir que eu era inglês explicou que era uma proteção contra mau-olhado. Não gostei nada disso, uma vez que estava indo a um lugar desconhecido para encontrar um homem desconhecido. Mas todos pareciam tão bondosos, tão pesarosos e solícitos que não pude deixar de me comover. Jamais esquecerei a última visão do pátio da estalagem e aquele grupo de figuras pitorescas, todas se benzendo sob a arcada larga, com seu fundo de folhas de oleandro e laranjeiras nos canteiros verdes no centro do pátio. Então nosso cocheiro, cujas calças largas de linho cobriam toda a frente do assento da diligência – *gotza*, como eles chamam – estalou seu longo chicote nos quatro cavalinhos, que saíram em disparada, e começamos viagem.

Em face da beleza da paisagem, logo perdi de vista e da memória esses temores fantasmagóricos, embora talvez não tivesse conseguido me livrar deles com tanta facilidade se soubesse a língua, ou melhor, as línguas, que meus companheiros de viagem falavam. Diante de nós estendia-se um verdejante terreno em aclive repleto de florestas e bosques, com encostas íngremes de quando em quando, coroadas de arvoredos ou casas de campo com as empenas do telhado voltadas para a estrada. Em toda parte havia uma estonteante quantidade de frutos – maçãs, ameixas, peras, cerejas. E, conforme passávamos, pude notar a grama verde sob as árvores juncadas de pétalas caídas. Por entre as colinas verdejantes, que eles chamam aqui de Mittelland, corria a estrada, perdendo-se ao contornar curvas relvadas, ou cobrindo-se de agulhas de pinheiros, que vez por outra desciam as encostas feito línguas de fogo. A estrada era irregular, mas ainda assim parecíamos flutuar sobre ela com uma pressa febril. Não conseguia entender, portanto, o motivo da afobação, mas o cocheiro estava evidentemente inclinado a chegar a Borgo Prund o quanto antes. Disseram-me que a estrada é excelente no verão, mas que ainda não havia sido consertada depois das nevascas do inverno. Nesse aspecto, ela difere das estradas nos Cárpatos, pois é uma velha tradição que não sejam mantidas em bom estado. Desde tempos antigos, os Hospodars não as restauravam, para que os turcos não pensassem que estavam se preparando para receber soldados estrangeiros e assim apressassem a guerra que, na verdade, estava sempre prestes a estourar.

Além das encostas verdes e ondulantes de Mittelland erguiam-se poderosos contrafortes de florestas até as altas escarpas dos Cárpatos. Estendiam-se à direita e à esquerda de nós, com o sol da tarde caindo sobre eles e exibindo as gloriosas cores da bela cadeia de montanhas, azuis profundos e roxos nas sombras dos picos, verdes e marrons onde a relva e a rocha se mesclavam, e uma perspectiva infinita de rochas irregulares e pedras angulosas, até que estas se perdiam na distância, onde ressaltavam majestosos os picos nevados. Aqui e ali se abriam extraordinários penhascos nas montanhas, através dos quais, quando o sol começava a baixar, víamos de quando em quando cintilações brancas de quedas d'água. Um de meus companheiros tocou meu braço quando, ao contornarmos a base de uma encosta, desvendou-se o altíssimo pico nevado de uma montanha que, em nosso serpentear, parecia estar logo à nossa frente.

Veja! O assento de Deus! – disse, em húngaro, e fez o sinal da cruz reverentemente.

À medida que seguíamos em nosso caminho sem fim e o sol ficava cada vez mais baixo atrás de nós, as sombras do anoitecer começaram a rastejar à nossa volta. Isso era enfatizado pelo fato de que o topo da montanha coberto de neve ainda retinha o crepúsculo e parecia reluzir com um tom delicado e discreto. Passamos por tchecos e eslovacos, todos em trajes pitorescos, mas dolorosamente notei muitos casos de bócio. Vi muitas cruzes à beira da estrada, e, ao passar por elas, todos os meus companheiros se benzeram... Vez por outra havia um camponês ou uma camponesa ajoelhados diante de um santuário, mas pareciam entregues à devoção e nem sequer se viravam quando nos aproximávamos, sem olhos nem ouvidos para o mundo exterior. Havia muitas coisas novas para mim. Por exemplo, montes de feno nas árvores e, em alguns trechos, belos emaranhados de bétulas, com seus troncos brancos brilhando feito prata por entre o verde delicado das folhas.

Às vezes passávamos por uma carroça – o veículo camponês mais comum – com sua estrutura comprida articulada como vértebras ondulantes, projetada para se adequar à estrada irregular. Sobre elas, sempre iam sentados grupos de camponeses voltando para casa, tchecos com suas peles de ovelhas brancas e eslovacos com peles tingidas e portando longos cabos em forma de lança com um machado na extremidade. Ao anoitecer começou a esfriar muito, e o avanço do crepúsculo pareceu se fundir à escuridão das árvores – carvalhos, faias e pinheiros – numa névoa soturna, embora, nos vales que corriam lá embaixo entre os espigões das encostas enquanto atravessávamos o passo, os abetos negros se destacassem aqui e ali contra o fundo da neve recente. Às vezes, quando a estrada atravessava bosques de pinheiros que, na escuridão, pareciam se fechar sobre nós, grandes massas cinzentas que cobriam as árvores em determinados pontos produziam um efeito particularmente estranho e solene, trazendo de volta os pensamentos e as imaginações tenebrosas engendradas mais cedo naquela tarde, com o sol poente dando estranho relevo às nuvens fantasmagóricas que entre os Cárpatos parecem serpentear incessantemente pelos vales. Em alguns trechos as encostas eram tão íngremes que, apesar da pressa do cocheiro, os cavalos só conseguiam trotar lentamente. Eu quis descer e seguir caminhando ao lado deles, como fazemos na Inglaterra, mas o cocheiro não permitiu.

– Não –, sentenciou ele. – Aqui o senhor não pode andar. Os cães são muito ferozes.

E então acrescentou, com o que evidentemente lhe pareceu um gracejo soturno, pois olhou para trás procurando o sorriso de aprovação de meus companheiros de viagem:

– E é possível que ainda veja muita coisa assim antes de dormir.

A única parada que fez foi uma pausa momentânea para acender os lampiões. Quando anoiteceu, certa excitação pareceu se instaurar entre os passageiros, que ficaram falando com o cocheiro, um depois do outro, como se insistissem para ir ainda mais depressa. Ele lanhou os cavalos impiedosamente com o longo chicote e, com gritos selvagens de encorajamento, obrigou-os a esforços ainda maiores.

Então, através da treva, consegui distinguir uma espécie de mancha de luz cinzenta à nossa frente, como se houvesse uma fenda na montanha. A excitação dos passageiros aumentou. A diligência ensandecida balançou sobre suas grandes molas de couro e sacudiu feito um barco lançado ao mar tempestuoso. Precisei me segurar. A estrada ficou mais plana, e era como se estivéssemos voando sobre ela. Então as montanhas pareceram se aproximar pelos dois lados e se fechar sobre nós. Estávamos entrando no Passo de Borgo. Vários passageiros me ofereceram presentes, que empurraram para mim com uma veemência que não admitia recusas. Decerto eram objetos estranhos e variados, mas cada um deles foi oferecido de boa-fé, com uma palavra afetuosa, uma bênção e aquela mesma mistura incomum de movimentos indicativos de temor que eu notara na porta do hotel em Bistritz – o sinal da cruz e o gesto contra mau-olhado. Então, enquanto viajávamos, o cocheiro se inclinava para a frente, e os passageiros se esticavam sobre as laterais da diligência, observando avidamente a escuridão. Era óbvio que algo muito excitante estava acontecendo ou devia acontecer a qualquer momento, mas, embora eu tenha perguntado às pessoas à minha volta, ninguém me forneceu a menor explicação. Esse estado de excitação durou algum tempo. Até que por fim vimos diante de nós o desfiladeiro no lado oriental. Nuvens escuras corriam sobre nossas cabeças, e havia no ar a expectativa pesada e opressiva de um trovão. Era como se a cadeia de montanhas tivesse duas atmosferas distintas, e que estivéssemos penetrando a trovejante. A essa altura, eu também estava olhando para fora à procura da carruagem que me levaria ao Conde. Esperava a todo instante ver o clarão dos lampiões através do negrume, mas estava tudo escuro. A única luz eram os raios oscilantes de nossos próprios lampiões, em cujo facho o hálito de nossos cavalos ofegantes se erguia em nuvens brancas. Agora podíamos ver a estrada de areia estendendo-se branca à nossa frente, mas não havia sinal algum de outro veículo. Os passageiros recostaram novamente com um suspiro de contentamento, que parecia zombar de minha própria frustração. Eu já estava pensando o que seria melhor fazer, quando o cocheiro, olhando no relógio, disse aos outros algo tão baixo e com tanta suavidade que mal consegui ouvir, mas penso que foi: "Uma hora mais cedo".

Então ele se virou para mim e anunciou num alemão pior que o meu:

– Não tem carruagem nenhuma aqui. O *Herr* não estava sendo aguardado. Deve ir conosco para Bucovina e voltar amanhã ou no dia seguinte.

Enquanto falava comigo, os cavalos começaram a relinchar e patear enfurecidos, de modo que o condutor precisou contê-los. Nesse momento, em meio a um coro de gritos de camponeses que faziam o sinal da cruz, uma carruagem puxada por quatro cavalos aproximou-se, passou por nós e parou ao lado do cocheiro. Pude ver à luz dos nossos lampiões, quando os raios oscilantes atingiram os cavalos, que eram animais esplêndidos, negros como carvão. Eram conduzidos por um homem alto, com uma longa barba marrom e usando uma grande cartola preta que parecia ocultar seu rosto. Só consegui enxergar a cintilação de um par de olhos muito brilhantes, que pareciam vermelhos à luz do lampião, quando ele se virou para nós e disse ao cocheiro:

– Chegou mais cedo esta noite, meu amigo.

O homem gaguejou em resposta:

– *Herr* inglês estava com pressa.

Ao que o estranho retrucou:

– Deve ser por isso, imagino, que você queria que ele fosse para Bucovina. Você não me engana, meu amigo. Sei muitas coisas, e meus cavalos são ágeis.

Enquanto falava, sorria, e a luz dos lampiões iluminou uma boca rígida, de lábios muito vermelhos e dentes que pareciam pontiagudos e brancos como marfim. Um de meus companheiros de viagem sussurrou para o outro um verso de Lenore, de Bürger:

"Denn die Todten reiten schnell."
(Pois os mortos viajam depressa.)

O estranho condutor evidentemente ouviu as palavras, pois nos fitou com um sorriso esfuziante. O passageiro virou o rosto, ao mesmo tempo em que estendia os dois dedos e fazia o sinal da cruz.

– Passe-me a bagagem do *Herr* – ordenou, e com enorme euforia minhas malas foram retiradas e postas na carruagem.

Desci pela lateral da diligência, uma vez que a carruagem estava muito próxima, e seu condutor me estendeu a mão e segurou ferreamente meu braço. Devia ter uma força prodigiosa. Sem dizer palavra, sacudiu as rédeas, os cavalos se viraram, e avançamos na escuridão do passo. Ao olhar para trás vi o hálito dos cavalos da diligência à luz dos lampiões e imaginei naquele vapor as figuras de meus últimos companheiros de viagem se benzendo. Então o cocheiro estalou o chicote e gritou com os cavalos, e lá foram eles na direção de Bucovina. Quando penetraram nas trevas senti um estranho calafrio e fui acometido por uma sensação de solidão. Mas logo uma capa foi atirada sobre meus ombros, e um tapete sobre meus joelhos, e o condutor disse em alemão perfeito:

– A noite está gelada, *mein Herr*, e meu senhor, o Conde me pediu para tratá-lo muito bem. Há uma garrafa de *slivovit* (bebida alcoólica de ameixas) embaixo do assento, caso o senhor queira.

Não bebi, mas foi um consolo saber que a garrafa estava ali. Sentia-me um tanto estranho, mas nada assustado. Creio que se houvesse qualquer alternativa, teria optado por ela, em vez de prosseguir naquela viagem noturna pelo desconhecido. A carruagem seguiu em linha reta num ritmo intenso, então fizemos uma volta completa e continuamos por outra estrada reta. Pareceu-me que simplesmente percorríamos repetidamente o mesmo terreno, então prestei atenção em determinados detalhes e me dei conta de que era exatamente isso que fazíamos. Quis perguntar ao condutor qual a razão daquilo, mas na verdade tive medo, pois pensei que, na minha posição, meu protesto não surtiria efeito algum caso o atraso fosse intencional. Vez por outra, contudo, curioso para saber como o tempo ia passando, eu acendia um fósforo e, com a chama, conferia o relógio. Faltavam poucos minutos para a meia-noite. Isso me assustou um pouco, imagino que a superstição geral sobre a meia-noite tenha aumentado em função de minhas experiências recentes. Aguardei com uma nauseante sensação de suspense.

Em seguida, um cão começou a uivar em algum lugar, numa casa de fazenda distante, um longo e agonizante lamento, como que de medo. A ele se seguiu outro cão, e depois outro e mais outro, até que, levado pelo vento que suspirava suavemente ao longo do Passo, começou um ganido selvagem que parecia vir de toda a região, desde os mais remotos confins que a imaginação podia alcançar na escuridão da noite. No primeiro uivo, os cavalos começaram a relinchar e a empinar, mas o condutor falou com eles num sussurro e eles se acalmaram, embora tenham permanecido trêmulos e suados como depois de uma disparada motivada por algum pavor súbito. Então, muito longe, vindo das montanhas de ambos os lados, surgiu um uivo mais alto e mais agudo – o som de lobos – que me afetou tanto quanto aos cavalos, pois quase saltei da carruagem e saí correndo, enquanto eles tornaram a empinar e a avançar loucamente, de modo que o condutor precisou usar de força descomunal para evitar que disparassem. Em poucos minutos, no entanto, meus ouvidos se acostumaram ao som, e os cavalos se acalmaram, a ponto de o condutor conseguir descer e ficar de pé na frente deles. Ele os acariciou e os tranquilizou, sussurrando algo em seus ouvidos como já vi domadores de cavalos fazerem. O efeito foi extraordinário e, depois dos carinhos, os animais ficaram novamente bastante dóceis, embora ainda estivessem trêmulos. O condutor voltou ao seu assento e, sacudindo as rédeas, partimos em bom ritmo. Dessa vez, depois de chegarmos ao extremo do passo, ele virou de súbito numa estrada estreita que seguia abruptamente para a direita.

Logo estávamos cobertos por árvores, que em alguns trechos formavam arcos sobre a estrada pelos quais passávamos como que através de um túnel. Mais uma vez rochedos sombrios nos protegiam dos dois lados. Embora estivéssemos abrigados, conseguíamos ouvir o vento forte, pois ele gemia e assobiava por entre os rochedos, e os ramos das árvores se chocavam à nossa passagem.

Foi ficando cada vez mais frio, e uma neve fina, pulverizada, começou a cair, de modo que em pouco tempo tudo à nossa volta estava sob um manto branco. O vento insistente ainda trazia o uivo dos cães, embora o som se atenuasse conforme avançávamos em nosso caminho. O ganido dos lobos soava cada vez mais próximo, como se eles estivessem nos cercando por todos os lados. Fiquei terrivelmente apavorado, e os cavalos partilhavam do meu medo. O cocheiro, contudo, não se abalou nem um pouco. Ele virava a cabeça para a esquerda e para a direita, mas eu não conseguia enxergar nada na escuridão.

De repente, à nossa esquerda, percebi uma chama azul fraca e oscilante. O cocheiro a viu no mesmo instante que eu. Deteve de repente os cavalos e, saltando no chão, sumiu na escuridão. Fiquei sem saber o que fazer, ainda mais porque o uivo dos lobos se aproximou, mas enquanto avaliava minha situação, o cocheiro tornou a aparecer de súbito e, sem dizer uma palavra, voltou ao seu assento, e retomamos nossa viagem. Creio que dormi e sonhei com o incidente, pois o fato me pareceu se repetir infinitas vezes, e agora, pensando em retrospecto, parece um pesadelo tenebroso. Em um momento, a chama apareceu tão perto da estrada que, mesmo com toda a escuridão à nossa volta, consegui observar os movimentos do cocheiro. Ele correu até onde a chama azul estava – devia ser muito fraca, pois não parecia iluminar em nada o espaço ao redor – e, recolhendo umas poucas pedras, formou com elas uma espécie de aparato. Com isso, deu-se um estranho efeito óptico: embora o cocheiro estivesse entre mim e a chama, ele não a obstruía, pois eu ainda podia enxergar a tremulação fantasmagórica. Isso me sobressaltou, mas como o efeito foi apenas momentâneo, presumi que meus olhos estavam me enganando devido ao esforço de enxergar na escuridão. Então, por algum tempo, não houve mais chama azulada, e seguimos em frente velozes através da treva, com o uivo dos lobos à nossa volta, como se estivessem nos seguindo num círculo móvel.

Houve um momento em que o cocheiro entrou ainda mais no campo do que das outras vezes, e, durante sua ausência, os cavalos começaram a tremer mais intensamente e a bufar e relinchar de pavor. Não vi motivo para aquilo, pois o uivo dos lobos havia cessado por completo. Mas justo nesse momento, a lua, navegando por entre negras nuvens, apareceu por detrás da crista irregular de um rochedo protuberante e coberto de pinheiros, e sob sua luz vi que estávamos rodeados por um bando de lobos, com dentes brancos e línguas rubras para fora, patas compridas e musculosas, e pelames desgrenhados. Eram cem vezes mais terríveis naquele silêncio soturno do que quando estavam uivando. Senti uma espécie de paralisia de medo. Somente quando um homem se vê face a face com tais horrores pode compreender a verdadeira relevância deles.

Os lobos começaram a uivar todos ao mesmo tempo, como se o luar tivesse algum efeito peculiar sobre eles. Os cavalos se inquietaram e empinaram, e olharam indefesos ao redor, revirando os olhos de um modo angustiante de se ver. Mas o círculo vivo de terror os cercava por todos os lados, e eram obrigados a permanecer dentro dele. Chamei o cocheiro, pois me parecia que nossa única chance era tentar romper o círculo para ajudá-lo a voltar. Berrei e bati na lateral da carruagem, na esperança de que o ruído espantasse os lobos, dando ao cocheiro uma chance de nos alcançar. Como ele chegou não sei dizer, mas ouvi sua voz, alta, num tom de comando imperioso, e, olhando na direção do som, o vi de pé na estrada. Conforme agitava os braços compridos, como se livrando de algum obstáculo impalpável, os lobos foram recuando mais e mais. Foi quando uma nuvem pesada passou pela face da lua, e voltamos a mergulhar na escuridão.

Quando consegui voltar a enxergar, o cocheiro estava subindo na carruagem, e os lobos haviam desaparecido. Foi tudo tão estranho e sobrenatural que um temor pavoroso me dominou, e tive medo de falar e até de me mexer.

O tempo parecia não passar quando retomamos nosso caminho, agora na escuridão quase completa, pois as nuvens que passavam obscureciam a lua. Continuamos subindo, com períodos ocasionais de rápida descida, mas em geral estávamos sempre subindo. Subitamente me dei conta de que o cocheiro estava puxando os cavalos no pátio de um enorme castelo em ruínas, de cujas altas janelas negras não provinha nenhum raio de luz, e cujas ameias destruídas formavam uma linha irregular destacada contra o céu.

II

DIÁRIO DE JONATHAN HARKER (CONTINUAÇÃO)

6 de maio

Eu devia ter dormido, pois, se estivesse inteiramente acordado, teria notado a aproximação de um lugar tão notável. Na escuridão, o pátio parecia muito grande e vários caminhos escuros davam para ele, através de grandes arcos arredondados, que talvez parecessem maiores do que eram na realidade.

Quando a carruagem parou, o cocheiro saltou e estendeu a mão para me ajudar a desembarcar. Novamente não pude deixar de notar sua força prodigiosa.

Sua mão na verdade parecia uma prensa de aço capaz de esmagar a minha se quisesse. Ele tirou minhas bagagens e as colocou no chão ao meu lado, enquanto eu esperava de pé diante de uma porta enorme, velha e decorada com grandes rebites de ferro, instalada em um profundo umbral de pedras imensas. Mesmo naquela penumbra, dava para ver que a pedra era toda esculpida, mas que os ornamentos estavam bem desgastados pelo tempo e pelo clima. Enquanto fiquei ali parado, o cocheiro saltou novamente para seu assento e sacudiu as rédeas. Os cavalos partiram, e a carruagem desapareceu por uma das aberturas escuras.

Continuei calado no mesmo lugar, pois não sabia o que fazer. Não havia sino ou aldrava, e minha voz provavelmente não penetraria através das paredes soturnas e janelas escuras. Esperei por um tempo que me pareceu interminável, com as dúvidas e os temores se acumulando dentro de mim. Que lugar era aquele e que tipo de gente viveria ali? Que espécie de aventura sombria era aquela em que embarcara? Seria aquele um incidente comum na vida de um assistente de advogado ao ser enviado para explicar a um estrangeiro a compra de uma propriedade em Londres? Assistente de advogado! Mina não iria gostar disso. Advogado, pois antes de sair de Londres fui informado de que havia passado no exame e sou agora um advogado com plenos poderes! Comecei a esfregar os olhos e me beliscar para ver se estava mesmo acordado. Tudo aquilo me parecia um horrendo pesadelo, e eu esperava a qualquer momento, subitamente despertar e me encontrar em casa, com a madrugada se infiltrando lentamente pelas janelas, como de quando em quando acontecia comigo na manhã seguinte a um serão no escritório. Mas minha carne reagiu ao teste do beliscão, e meus olhos não se deixaram enganar. Estava de fato acordado e em meio aos Cárpatos. Tudo o que podia fazer agora era ter paciência e aguardar o nascer da manhã.

Justamente quando chegava a essa conclusão escutei passos pesados se aproximando por trás da porta imensa e vi através das frestas o clarão de uma luz vindo em minha direção. Então ouvi o som de correntes se chocando e o tranco de ferrolhos maciços sendo puxados. Uma chave virou na fechadura com o som alto e rascante de um longo desuso, e a enorme porta se abriu para dentro.

Atrás dela, havia um homem alto e velho, com um longo bigode branco, e trajando preto dos pés à cabeça. Trazia na mão um velho lampião de prata, cuja chama ardia sem cúpula ou globo, lançando longas sombras trêmulas conforme o fogo oscilava na corrente de ar da porta aberta. O velho me convidou a entrar com um gesto cordial da mão direita e anunciou em inglês perfeito, mas com uma estranha entonação.

– Bem-vindo à minha casa! Entre por livre e espontânea vontade!

Não fez menção alguma de dar um passo em minha direção, ficou ali parado feito uma estátua, como que convertido em pedra pelo próprio gesto de boas-vindas. No instante em que cruzei o umbral, contudo, avançou impulsivamente na minha direção e, estendendo a mão, agarrou a minha com uma força que me fez retrair, efeito que não foi atenuado pelo fato de que sua pele era fria como gelo, parecendo mais a de um homem morto.

Novamente, ele disse:

– Bem-vindo à minha casa! Entre por livre e espontânea vontade. Vá em segurança e deixe um pouco da felicidade que traz!

A força daquele aperto de mão era tão semelhante à que notei no cocheiro, cujo rosto não chegara a ver, que por um momento duvidei se não estaria falando com a mesma pessoa. De modo que para garantir, perguntei:

– Conde Drácula?

Ele respondeu gentilmente:

– Sou Drácula e dou-lhe as boas-vindas, Sr. Harker, à minha casa. Entre, o ar da noite está gelado, e você deve precisar de comida e descanso.

Enquanto falava, colocou o lampião sobre um anteparo na parede e, dando um passo para fora, pegou minha bagagem. Já havia entrado com as malas antes que eu pudesse interrompê-lo. Protestei, mas o Conde insistiu.

– Não, senhor, você é meu convidado. Está tarde, e meus criados não estão disponíveis. Deixe que eu mesmo me encarregue de seu conforto.

Fez questão de levar minhas bagagens pelo corredor, depois por uma grandiosa escada em caracol, e em seguida por outro grande corredor, em cujo piso de pedra nossos passos rangiam ruidosamente. Ao final desse corredor, escancarou uma porta pesada, e exultei ao ver lá dentro uma sala com uma mesa posta para a ceia, e uma poderosa lareira com um fogo alto que cintilava.

O Conde parou, largou minhas malas, fechou a porta e, atravessando a sala, abriu outra porta, que dava em uma saleta octogonal, iluminada por um único lampião e aparentemente sem nenhum tipo de janela. Passada a saleta, abriu outra porta e fez sinal para que eu entrasse. Foi uma visão acolhedora, pois ali estava um grande quarto iluminado e aquecido por uma lareira com toras acrescentadas recentemente, pois ainda estavam frescas, o que emitia um rugido seco através da ampla chaminé. O Conde deixou minha bagagem no quarto e se retirou, dizendo, antes de fechar a porta:

– Depois da viagem, você deve precisar de algum tempo para fazer sua toalete e se refrescar. Quando estiver pronto, entre na outra sala, onde encontrará sua ceia preparada.

A luz, o calor e as cortesias do Conde pareceram dissipar todas as minhas dúvidas e receios. Uma vez atingido meu estado normal, descobri que estava de fato um tanto faminto. Então me apressei na toalete e fui logo à outra sala.

Encontrei a ceia já servida. Meu anfitrião, que estava de pé ao lado da grande lareira, apoiado à pedra entalhada, fez um gesto gracioso indicando a mesa e disse:

– Eu lhe peço, sente-se e ceie à vontade. Você há de entender e me perdoar por não acompanhá-lo, mas já jantei, e nunca ceio.

Entreguei a ele o envelope selado que o Sr. Hawkins me confiara. O Conde abriu e leu solenemente. Então, com um sorriso encantador, entregou-me a carta para que eu lesse. Um trecho, pelo menos, deu-me um arrepio de prazer:

"Lamento informar que um ataque de gota, doença de que padeço com frequência, impede-me absolutamente de viajar por algum tempo. Mas é com alegria que envio um substituto à altura, alguém em quem tenho toda confiança possível. Trata-se de um jovem cheio de energia e talentos próprios, dono de uma fiel disposição. É discreto e silencioso, amadureceu e tornou-se adulto trabalhando para mim. Está apto a atendê-lo sempre que precisar durante sua estada e seguirá suas instruções em quaisquer assuntos."

O próprio Conde se aproximou e retirou a tampa de um prato, e pude desfrutar avidamente de um excelente frango assado, um pouco de queijo, salada e uma garrafa de um velho Tokaji, da qual bebi duas taças, foi minha ceia. Todo o tempo em que fiquei comendo, o Conde me fez várias perguntas sobre a viagem, e contei-lhe em detalhes tudo pelo que havia passado.

A essa altura, já havia terminado de cear e, a pedido de meu anfitrião, puxei uma poltrona para junto do fogo e comecei a fumar um charuto que ele me ofereceu, ao mesmo tempo em que se desculpou por não me acompanhar. Tive então a oportunidade de observá-lo e descobri nele uma fisionomia bastante marcada.

Tinha um rosto forte, muito forte, aquilino, com um nariz fino de ponte alta e narinas arqueadas de maneira peculiar, testa ampla e abaulada, e cabelos escassos nas têmporas, mas abundantes no restante da cabeça. As sobrancelhas eram bem espessas, quase unidas sobre o nariz, com pelos bastos que pareciam encaracolar tamanha sua profusão. A boca, pelo que pude ver sob o bigode grosso, era rígida e parecia até cruel, com dentes particularmente pontiagudos e brancos. Estes ressaltavam por sobre os lábios, cujo notável rubor demonstrava uma impressionante vitalidade para um homem daquela idade. De resto, as orelhas eram pálidas e extremamente pontudas no alto. O queixo era largo e forte, e as maçãs firmes, embora magras. O efeito geral era de extraordinária palidez.

Até ali, só havia reparado no dorso das mãos dele quando postadas sobre os joelhos à luz do fogo, e me pareceram bastante brancas e magras. Mas vendo-as agora de perto, não pude evitar notar que eram mãos bastante ásperas, largas, de dedos curtos e gordos. Estranhamente, havia pelos no centro da palma. As unhas eram compridas, finas e cortadas em pontas afiadas. Quando o Conde se inclinou para mim e suas mãos me tocaram, não pude evitar um calafrio. Talvez porque seu hálito era fétido, então uma horrível sensação de náusea se apoderou de mim que, por mais que me esforçasse, não consegui disfarçar. O Conde, evidentemente reparando nisso, recuou. E, com uma espécie de sorriso sombrio, que exibiu mais do que até então seus dentes protuberantes, sentou-se novamente de seu lado da lareira. Ficamos calados por um instante, e ao olhar na direção da janela vi o primeiro raio de luz do alvorecer que se aproximava. Parecia haver uma estranha quietude pairando sobre tudo. Mas ao prestar mais atenção, distingui lá embaixo no vale o uivar de muitos lobos. Os olhos do Conde brilharam, e ele comentou:

– Escute-os, os filhos da noite. Que música fazem!

Imagino que percebeu em meu rosto alguma expressão que considerou estranha e disse:

– Vocês da cidade não compreendem os sentimentos do caçador.

Então se levantou e afirmou:

– Mas você deve estar exausto. Seu quarto já está pronto, e você pode dormir até a hora que quiser. Precisarei me ausentar durante toda a tarde, então durma bem e tenha bons sonhos!

Com cortesia, ele mesmo abriu a porta para mim da saleta octogonal, e entrei em meu quarto.

Estou em um mar de questionamentos. Duvido. Receio. Penso coisas estranhas que não ouso confessar à minha própria alma. Deus me proteja, ainda que pelo bem de meus entes queridos!

7 de maio

É de manhã cedo outra vez, mas descansei e desfrutei as últimas vinte e quatro horas. Dormi até tarde do dia e acordei à hora que bem quis. Depois de me vestir, entrei na sala onde havíamos ceado e encontrei servido um desjejum frio, com o café numa garrafa sobre a lareira para não esfriar. Havia um cartão sobre a mesa, no qual estava escrito:

"Precisei me ausentar por um momento.

Não espere por mim. D."

Sentei-me e fiz uma farta refeição. Depois de comer, procurei uma sineta, para que os criados soubessem que eu havia terminado, mas não encontrei. A casa sem dúvida apresenta estranhas deficiências, considerando-se as extraordinárias evidências de riqueza à minha volta. O serviço de mesa é de ouro e tão lindamente lavrado que deve ser caríssimo. As cortinas e os estofamentos das poltronas e sofás e o dossel de minha cama são dos tecidos mais caros e belos, que deviam possuir um valor fabuloso quando foram fabricados, pois são centenários, embora estejam em excelente estado. Vi algo parecido em Hampton Court, mas os tecidos estavam gastos, esgarçados e comidos por traças. Em contrapartida, não havia espelho em nenhum dos cômodos. Não há sequer um espelho de toalete em minha mesa, e precisei tirar um espelhinho da mala para fazer a barba e escovar o cabelo. Ainda não vi criado em parte alguma, tampouco ouvi outro som próximo do castelo exceto o uivar dos lobos. Algum tempo depois de terminado o desjejum – que não sei se devo chamar de café da manhã ou de jantar, pois ocorreu entre cinco e seis horas da tarde –, procurei algo para ler, pois não queria perambular pelo castelo antes de pedir permissão ao Conde. Não havia absolutamente nada na sala, livro, jornal, nem material de escrita, de modo que abri outra porta e encontrei uma espécie de biblioteca. Tentei abrir a porta oposta, mas estava trancada.

Achei na biblioteca, para meu grande prazer, uma vasta quantidade de livros ingleses, prateleiras inteiras cheias deles, e volumes encadernados de periódicos. Uma mesa no centro estava repleta de revistas e jornais ingleses, embora nenhum fosse muito recente. Eram livros dos mais variados gêneros – história, geografia, política, economia política, botânica, geologia, direito –, todos relacionados à Inglaterra e aos hábitos e costumes ingleses. Havia até mesmo obras de referência como o Catálogo de Endereços Comerciais de Londres, os livros "Vermelho" e "Azul", o Almanaque Whitaker, as Listas do Exército e da Marinha e – o que de alguma forma alegrou meu coração – o Cadastro de Advogados.

Enquanto examinava os livros, a porta se abriu, e o Conde entrou. Ele me cumprimentou efusivamente e disse que esperava que eu tivesse dormido bem. Então prosseguiu:

– Fico contente que tenha encontrado este lugar, pois tenho certeza de que há aqui muita coisa que o interessará. Estes companheiros – e ele pousou a mão sobre alguns livros – têm sido meus bons amigos e, há alguns anos, desde que tive a ideia de ir a Londres, forneceram-me muitas e muitas horas de prazer. Por meio deles vim a conhecer sua grandiosa Inglaterra, e conhecê-la é se apaixonar por ela. Não vejo a hora de percorrer as ruas apinhadas da sua poderosa Londres, de estar no meio do turbilhão e da multidão de humanidade, de participar de sua vida, de sua transformação, de sua morte e de tudo aquilo que faz dela o que ela é. Mas, infelizmente, até o momento só conheço a sua língua por intermédio dos livros. De você, meu amigo, espero aprendê-la o suficiente para falá-la.

– Mas, Conde – respondi –, o senhor já sabe e fala inglês perfeitamente!

Ele fez uma mesura solene.

– Eu lhe agradeço, meu amigo, por sua apreciação deveras lisonjeira, mas ainda receio estar no início da estrada que desejo percorrer. De fato, conheço a gramática e as palavras, mas ainda não sei como pronunciá-las.

– Na verdade, a sua pronúncia é excelente.

– Nem tanto – contestou ele. – Bem, sei que, se estivesse andando e falando na sua Londres, não haveria lá ninguém que deixaria de me reconhecer como estrangeiro. Isso não me basta. Aqui sou nobre. Sou um boiardo. O povo comum me conhece como seu senhor. Mas um estrangeiro em terra estrangeira não é ninguém. Os homens não o conhecem, e não conhecer é não dar importância. Ficarei contente em ser como os outros, de modo que ninguém repare ao me ver, ou pare de falar se ouvir minhas palavras, "Ha, ha! Um estrangeiro!" Sou mestre e senhor há tanto tempo que vou continuar sendo ainda, ou pelo menos não quero que ninguém mais seja meu mestre. Você veio até mim não só como agente de meu amigo Peter Hawkins, de Exeter, para me contar tudo sobre minha nova propriedade em Londres. Você há de, creio, ficar aqui comigo por algum tempo, para que conversemos e eu possa aprender a entonação inglesa. E gostaria que você me dissesse quando eu cometer algum erro, mesmo o mais mínimo erro, em minha pronúncia. Lamento ter ficado ausente por tanto tempo hoje, mas você há de, tenho certeza, perdoar alguém que possui tantos assuntos importantes que cuidar.

Claro que eu disse tudo o que podia sobre minha boa vontade em ajudá-lo, e perguntei se podia entrar naquela sala sempre que quisesse. Ele respondeu:

– Sim, certamente.

E acrescentou:

– Pode ir aonde quiser no castelo, exceto onde as portas estiverem trancadas, onde evidentemente não desejará entrar. Existe um motivo para todas as coisas serem como são, e se você visse com meus olhos e tivesse meu conhecimento, talvez compreendesse melhor.

Frisei que tinha certeza disso, e ele continuou:

– Estamos na Transilvânia, nossos costumes são diferentes dos da Inglaterra, e haverá muitas coisas que você achará incomuns. Pelo que me contou das experiências que teve até aqui, já sabe um pouco das estranhezas que podem acontecer.

Isso dava margem a uma longa conversa, e como estava claro que ele queria falar, mesmo que apenas pelo simples ato de falar, fiz-lhe muitas perguntas sobre coisas que haviam acontecido comigo ou em que eu havia reparado. Às vezes ele evitava o assunto ou mudava o rumo da conversa, fingindo não entender, mas em geral respondeu com toda franqueza. Então, conforme o tempo foi passando e fui ficando um tanto mais confiante, perguntei-lhe acerca das coisas estranhas da noite anterior, por exemplo, por que o cocheiro fora até os lugares onde havia avistado as chamas azuis. Ele então me explicou que as pessoas acreditavam que, em determinada noite do ano – a noite passada, na verdade, quando todos os espíritos malignos supostamente estariam à solta –, uma chama azul era avistada em qualquer lugar onde houvesse um tesouro enterrado.

– Que há tesouros escondidos na região que você atravessou na noite passada, não restam muitas dúvidas – continuou ele. – Pois se trata de um território disputado ao longo de séculos entre os valáquios, os saxões e os turcos. E dificilmente se encontra um pedaço de chão em toda esta região que não tenha sido banhado pelo sangue de homens, sejam eles patriotas ou invasores. Nos velhos tempos, houve períodos turbulentos, em que os austríacos e os húngaros vieram em hordas, e os patriotas saíram para enfrentá-los, homens e mulheres, velhos e crianças também, e esperavam a chegada deles nas rochas, para que pudessem lançar sobre eles a destruição com avalanches propositais. Quando o invasor triunfava, não encontrava mais muita coisa, pois tudo o quanto existia havia sido abrigado em terreno amigo.

– Mas como esses tesouros podem ter permanecido ocultos por tanto tempo – perguntei –, quando há indícios tão precisos deles, bastando aos homens se dar ao trabalho de procurar?

O Conde sorriu, seus lábios se retraíram sobre as gengivas, e os caninos compridos, afiados, ficaram estranhamente à mostra. Ele respondeu:

– Porque, no fundo, o camponês é covarde e tolo! Essas chamas só aparecem numa única noite, e, nessa noite, nenhum homem desta terra, no que depender dele, ousa sair de casa. E, meu caro senhor, mesmo que saísse, não saberia o que fazer. Pois até o camponês a que você se refere, que marcou o local da chama, não saberia onde procurá-lo à luz do dia por si mesmo. Nem mesmo você, sou capaz de jurar, seria capaz de encontrar esses locais novamente, não?

– Nisso o senhor está certo – concordei. – Sei tão pouco quanto os mortos sobre onde procurar.

Então mudamos de assunto.

– Vamos – exortou por fim –, conte-me sobre Londres e sobre a casa que você encontrou para mim.

Pedindo desculpas pela negligência, fui até meu quarto para trazer os papéis que estavam na mala. Enquanto os colocava em ordem, ouvi o som de porcelana e prata na sala ao lado, e quando voltei, notei que a mesa havia sido liberada e o lampião aceso, pois àquela altura já estava muito escuro. Os lampiões também estavam acesos no escritório ou biblioteca, e encontrei o Conde no sofá, lendo, dentre todas as leituras do mundo, justamente um Guia Bradshaw inglês. Quando entrei, ele tirou os livros e jornais da mesa, e passamos a ver juntos plantas, escrituras e valores de todos os tipos. Ele se mostrou interessado em tudo, e me fez uma miríade de perguntas sobre o lugar e os arredores. Sem dúvida, havia estudado de antemão tudo o que conseguira sobre o bairro, pois, ao fim e ao cabo, demonstrou saber muito mais do que eu. Quando fiz esse comentário, ele respondeu:

– Bem, mas, meu amigo, não é necessário que eu saiba? Quando chegar lá, vou estar sozinho, e meu amigo Harker Jonathan... não, perdão... recaio no costume de meu país de usar primeiro o sobrenome.... meu amigo Jonathan Harker não vai estar ao meu lado para me corrigir e me ajudar. Vai estar em Exeter, a quilômetros de distância, provavelmente trabalhando nos documentos legais com meu outro amigo, Peter Hawkins. Portanto!

Repassamos todo o negócio da compra da propriedade em Purfleet. Depois que contei a ele os fatos, obtive sua assinatura nos papéis necessários e escrevi uma carta para acompanhar os documentos e enviar tudo para o Sr. Hawkins, o Conde me perguntou como eu havia encontrado um local tão apropriado. Li para ele as anotações que tomara na ocasião, e que transcrevo aqui.

– Em Purfleet, numa rua tranquila, deparei com um local que me pareceu atender às exigências do cliente, e onde havia uma velha placa de que a propriedade estava à venda. Cercada por um muro alto, de estrutura antiga e construído com pedras pesadas, não era reformada havia muitos anos. Os portões fechados são de carvalho, pesado e antigo, e de ferro, todo corroído pela ferrugem. A propriedade se chama Carfax, sem dúvida uma corruptela do antigo *Quatre Face*, uma vez que a casa possui quatro lados, alinhados com os pontos cardeais. Abrange ao todo cerca de vinte acres, cercados pelo sólido muro de pedras supramencionado. Há muitas árvores no terreno, o que torna a propriedade sombria em alguns pontos, e há um tanque ou um pequeno lago profundo e escuro, evidentemente alimentado por alguma nascente, uma vez que a água é clara e flui num córrego de bom tamanho. A casa é bastante ampla e data, eu diria, dos tempos medievais, pois uma parte é de pedra imensamente espessa, com poucas janelas muito altas e fortemente protegidas por barras de ferro. Parece ter sido parte de uma fortaleza, e fica próxima a uma antiga capela ou igreja. Não pude entrar na capela, pois não tinha a chave da porta que dava acesso a ela a partir da casa, mas fiz algumas imagens de diversos ângulos com minha câmera. A casa foi ampliada, mas de maneira muito confusa, e só consigo imaginar a extensão de terreno que ocupa, que deve ser bastante grande. Há poucas propriedades na vizinhança, uma delas sendo uma casa muito ampla, construída recentemente e transformada em manicômio particular. Este, contudo, não é visível da propriedade em questão.

Quando terminei, ele disse:

– Fico contente por ser antiga e ampla. Pertenço a uma família antiga, e viver em uma casa nova acabaria me matando. Não se pode tornar uma casa habitável em um dia... Alegra-me também que haja uma capela dos velhos tempos. Nós, nobres da Transilvânia, adoramos pensar que nossos ossos não vão ficar em meio aos mortos comuns. Não busco divertimento ou riso, nem a voluptuosidade brilhante dos excessos de sol e águas borbulhantes que tanto agradam aos jovens e eufóricos. Já não sou moço, e meu coração, através de anos exaustivos de luto, não se afina com o riso. Além do mais, os muros de meu castelo estão destruídos. As sombras são muitas, e o vento sopra frio através das ameias e postigos derrubados. Amo a penumbra e a sombra, e fico só com meus pensamentos sempre que possível.

De alguma forma suas palavras e seu olhar não pareciam de acordo, ou talvez fosse a expressão em seu rosto que fazia o sorriso parecer malévolo e apático.

De súbito, pedindo desculpas, o Conde me deixou, rogando que eu recolhesse meus papéis. Pouco tempo depois que saiu, comecei a observar alguns dos livros à minha volta. Um deles era um atlas, que encontrei aberto naturalmente na Inglaterra, como se aquele mapa tivesse sido muito usado. Ao reparar melhor, notei que alguns locais estavam marcados com pequenos círculos e, ao examiná-los, constatei que um deles era próximo a Londres, no lado leste, especificamente onde sua nova propriedade estava situada. Os outros dois eram em Exeter e em Whitby, no litoral de Yorkshire.

Havia se passado quase uma hora quando o Conde voltou.

– Aha! – exclamou ele. – Ainda com seus livros? Que bom! Mas você não pode trabalhar o tempo todo. Venha! Fui informado de que sua ceia está servida.

Ele me tomou pelo braço e passamos à sala ao lado, onde encontrei uma ceia excelente sobre a mesa. O Conde pediu desculpas novamente, pois já havia jantado. Mas sentou-se comigo como fizera da última vez, e conversamos enquanto eu comia. Depois da ceia, fumei, como na noite anterior, e o Conde permaneceu ao meu lado, conversando e fazendo perguntas sobre todos os assuntos imagináveis, durante horas e horas. Vi que estava mesmo ficando muito tarde, mas não disse nada, pois sentia que era minha obrigação satisfazer aos desejos de meu anfitrião de todas as maneiras. Não estava com sono, pois o longo descanso do dia anterior me havia fortalecido, mas não pude deixar de sentir aquele calafrio que nos acomete na chegada do amanhecer, que é semelhante, à sua maneira, à virada da maré. Dizem que as pessoas que estão próximas da morte, em geral, perecem com a chegada da aurora ou na virada da maré. Qualquer um que, já estando cansado e, por assim dizer, ainda preso às suas obrigações, tenha experimentado essa mudança na atmosfera pode muito bem acreditar nisso. Subitamente ouvimos o canto do galo com estridor sobrenatural através do ar claro da manhã. Conde Drácula, de repente em pé, disse:

– Eis que é de manhã outra vez! É muita negligência minha mantê-lo acordado até tão tarde. Você precisa tornar as conversas sobre a Inglaterra, meu querido e novo país, menos interessantes, para que eu não esqueça como o tempo voa. – E com gentileza, rapidamente me deixou.

Voltei para o meu quarto e abri as cortinas, mas não havia muito para admirar. Minha janela dava para o pátio, e tudo o que pude ver era o cinza morno do céu cambiante. Então cerrei novamente as cortinas e escrevi sobre o dia de hoje.

8 de maio

Quando comecei a escrever este diário, tive medo de que estivesse me tornando muito difuso. Mas agora estou contente que tenha entrado em detalhes desde o início, pois há algo tão estranho neste lugar e em tudo que há nele que não tenho como evitar de me sentir inquieto. Queria estar em segurança longe daqui, ou nunca ter vindo para cá. Pode ser que essa estranha existência noturna esteja me afetando, mas quem me dera que isso fosse tudo! Se houvesse alguém com quem conversar eu suportaria, mas não há ninguém. Só tenho o Conde, e ele...! Receio ser a única alma viva neste lugar. Serei prosaico no que diz respeito aos fatos. Isso vai me ajudar a suportar, e a imaginação não vai se rebelar contra mim. Caso contrário, estou perdido. Vou dizer de uma vez qual é a minha situação – ou qual parece ser.

Quando fui para a cama, peguei no sono apenas por algumas horas e, sentindo que não conseguia dormir mais, levantei. Havia pendurado meu espelho junto à janela, e estava começando a me barbear. De repente, senti a mão de alguém em meu ombro e ouvi a voz do Conde me dizendo:

– Bom dia.

Tive um sobressalto, pois me espantei de não o ter visto chegar, uma vez que o espelho refletia todo o quarto atrás de mim. Com o susto, me cortei de leve, mas não reparei na hora. Respondi à saudação do Conde, e me virei novamente para o espelho, para entender como podia haver me enganado. Dessa vez não havia dúvida, pois o homem estava perto de mim, e eu podia vê-lo com o canto do olho. Mas não havia reflexo algum dele no espelho! Todo o quarto às minhas costas estava ali exposto, mas sem qualquer sinal de homem, além de mim mesmo. Isso era espantoso, e coroando tantas outras coisas estranhas, começava a reforçar a vaga sensação de inquietude que sempre tenho quando o Conde está por perto. Mas naquele instante, vi que o corte sangrara um pouco, e que o sangue estava escorrendo por meu queixo. Deixei de lado a navalha e me virei para procurar um curativo. Quando o Conde viu meu rosto, seus olhos cintilaram com uma espécie de fúria demoníaca, e ele me agarrou subitamente pelo pescoço. Recuei, e a mão dele roçou as contas do rosário do qual pendia meu crucifixo. Isso operou nele uma transformação instantânea, pois sua fúria passou tão depressa que nem pude acreditar que sequer estivera presente. Ele advertiu:

– Cuidado, cuidado para não se cortar. É mais perigoso do que você pensa neste país.

Então pegou o espelho, e continuou:

– E eis aqui a coisa maldita que lhe causou esse dano. Quinquilharia vil da vaidade humana. Fora com isso! – E abrindo a janela com um gesto de sua mão terrível, atirou fora o espelho, que se espatifou em mil pedaços nas pedras do pátio lá embaixo.

Em seguida, retirou-se sem dizer palavra. É muito incômodo, pois não sei como vou fazer a barba agora, a não ser que use o reflexo do vidro do relógio ou do fundo da bacia de barbear, que por sorte é de metal.

Quando entrei na sala de jantar, o desjejum estava servido, mas como não encontrei o Conde em parte alguma, comi sozinho. É estranho que até agora não o tenha visto comer ou beber nada. Decerto se trata de um homem deveras peculiar! Depois do desjejum decidi fazer uma breve exploração do castelo. Saí até às escadas e descobri uma sala que dava para o sul. A vista era magnífica, e, de onde estava, podia ver tudo. O castelo fica à beira de um precipício aterrador. Uma pedra que caísse da janela despencaria por uns trezentos metros sem tocar nada pelo caminho! Até onde a vista alcança é um mar de copas verdes, com uma ou outra fenda onde há uma brecha na rocha. Aqui e ali há riscos prateados onde os rios serpenteiam nas grotas profundas através das florestas.

Mas não estou no espírito de descrever belezas, porque depois de ver a paisagem quis explorar mais um pouco. Portas, portas e mais portas em toda parte, e todas fechadas e trancadas. Em nenhum ponto, além das janelas do castelo, há qualquer saída disponível.

O castelo é uma verdadeira prisão, e eu, seu prisioneiro!

III

DIÁRIO DE JONATHAN HARKER (CONTINUAÇÃO)

Quando verifiquei que estava prisioneiro, uma irritação profunda me tomou conta. Corri pelas escadas, acima e abaixo, tentando abrir as portas, mas em vão. Quando voltei, depois de algumas horas, tive a impressão de haver enlouquecido, pois minha conduta parecia a de um rato apanhado numa ratoeira.

Contudo, quando me veio a convicção de que estava indefeso, sentei-me calmamente e comecei a refletir sobre o melhor que havia a fazer. Ainda estou refletindo e não cheguei a uma conclusão definitiva. Somente de uma coisa tenho certeza: é que não devo permitir que o Conde saiba o que estou pensando.

Ele sabe muito bem que estou aprisionado; foi ele próprio que me prendeu e apenas iria me enganar se eu lhe revelasse os fatos. O que tenho a fazer é esconder meus próprios segredos e temores e conservar os olhos bem abertos.

Mal chegara a essa conclusão, ouvi o barulho da grande porta de baixo que se fechava e percebi que o Conde havia entrado. Ele não se dirigiu logo para a biblioteca, e, indo cautelosamente para o meu próprio quarto, encontrei-o arrumando a cama. Era estranho aquilo, mas confirmava a conclusão a que eu chegara: não havia criados naquela casa. Quando mais tarde, através da abertura da porta, vi o Conde pondo a mesa da sala de jantar, não tive mais a menor dúvida. Aquilo era uma prova de que só havia uma pessoa no castelo, e, portanto, devia ter sido o próprio Conde o cocheiro da carruagem que me trouxe aqui. Foi terrível pensar tal coisa, pois, se assim era, isso quer dizer que o Conde pode dominar os lobos, como dominou, apenas levantando a mão, em silêncio. Por que toda aquela gente de Bistritz e da diligência tinha tido tanto medo por minha causa? O que significava o oferecimento do crucifixo, do alho, da rosa-silvestre e da faia da montanha? Bendita seja a boa mulher que amarrou o crucifixo em meu pescoço! Tocá-lo me dá força e confiança. É estranho que um objeto que eu devia considerar como uma prova de idolatria me proporcione tal sentimento de conforto. Mas pensarei nisso mais tarde. Por enquanto, preciso descobrir tudo que for possível acerca do Conde Drácula, para que eu possa compreender melhor o que está se passando. Esta noite, talvez ele fale a respeito de si mesmo, se eu dirigir a conversa nesse sentido. Contudo, preciso ter cautela, para não despertar suas suspeitas.

Meia-noite

Tive uma longa conversa com o Conde. Fiz-lhe algumas perguntas sobre a história da Transilvânia e ele se entusiasmou com o assunto. Ao falar dos acontecimentos, especialmente das batalhas, parece que os presenciou. Explicou--me depois que tem tanto orgulho com sua casa como consigo próprio. Quando se refere à sua casa, diz sempre "nós", e fala no plural, como um rei. Disse:

Nós, os sículos, temos o direito de nos sentirmos orgulhosos, pois, em nossas veias corre o sangue de muitos povos valentes que travaram lutas leoninas para a conquista. Aqui, nesta mistura de raças europeias, a tribo Ugrie trouxe da Islândia o espírito aguerrido que lhe deram Thor e Odin e seus homens se lançaram com tal afã nas praias da Europa e também da África e da Ásia, que os povos pensavam que os próprios lobisomens haviam chegado. Também para aqui vieram e se encontraram com os hunos, cuja fúria guerreira varrera a terra como uma fogueira, até que os povos moribundos afirmassem ter nas veias o sangue daquelas velhas feiticeiras que, expulsas da Cítia, cruzavam-se com os demônios no deserto. Idiotas! Que demônio ou bruxo foi tão grande quanto Átila, cujo sangue corre em nossas veias? Não é de admirar que sejamos uma raça de conquistadores. Quando redimimos aquela grande vergonha de minha nação, a vergonha de Cassova, quem, senão um homem de minha própria raça, atravessou o Danúbio e bateu os turcos em seu próprio terreno? Um Drácula! E não foi esse Drácula que inspirou aquele outro de tua raça, muito depois, que lançou suas forças através do grande rio nas terras dos turcos? Quando foi batido, voltou, e tornou a voltar, muitas vezes, embora tivesse vindo sozinho do sangrento campo de batalha, onde suas tropas estavam sendo massacradas, pois sabia que, no fim ele sozinho acabaria triunfando! Dizem que só pensava em si mesmo. Mas de que valem os camponeses sem um chefe? No entanto os dias de guerra passaram. O sangue é uma coisa muito preciosa, nestes dias de paz vergonhosa. Já estava quase amanhecendo e fomos para a cama.

(Nota: este diário se parece horrivelmente com o começo das Mil e Uma Noites, pois tudo acaba com o canto do galo – ou se parece com o espectro do pai de Hamlet.)

12 de maio

Comecemos com os fatos – fatos mesquinhos, verificados em livros e algarismos e a respeito dos quais não pode haver dúvida. Ontem à noite, o Conde veio ao meu quarto e fez-me perguntas referentes a assuntos judiciais.

Quis saber, em primeiro lugar, se na Inglaterra é lícito uma pessoa ter dois ou mais procuradores. Respondi-lhe que, quem quisesse, poderia ter até uma dúzia de procuradores, mas que não era aconselhável ter mais de um empenhado na execução de uma transação, pois apenas um podia agir de cada vez, e mudar de procurador sem dúvida seria prejudicial aos interesses da parte.

Ele pareceu compreender perfeitamente e perguntou-me se havia alguma dificuldade prática em ter uma pessoa para atender, por exemplo, aos interesses bancários, e outra para cuidar de embarques por via marítima, no caso de haver necessidade, em lugar que não fosse o da residência do procurador bancário.

Pedi-lhe para explicar-me melhor e ele disse:

– Vou exemplificar. Nosso amigo comum, Sr. Peter Hawkins, que mora em Exeter, longe de Londres, compra para mim, por intermédio do senhor, uma propriedade em Londres. Agora deixe-me dizer francamente, para que o senhor não ache estranho eu ter contratado os serviços de alguém que mora longe de Londres, que fiz isto porque não desejava que outros interesses locais fossem satisfeitos, a não ser os meus. Assim, preferi ter meus interesses defendidos em Londres por alguém que lá não reside. Agora, suponhamos que eu tenha muitos negócios e deseje, por exemplo, embarcar mercadorias para Newcastle, Durham, Harwich ou Dover. Não o faria com mais facilidade através de consignações para um daqueles portos?

Respondi que sim, embora os procuradores tenham um sistema de agências.

– Mas – perguntou ele – eu teria liberdade de dirigir eu próprio as atividades, não é verdade?

– É claro – respondi. – Tal coisa é feita, frequentemente, por homens de negócios, que não desejam que o conjunto de seus interesses seja conhecido por uma só pessoa.

– Ótimo! – disse ele, passando em seguida a fazer perguntas sobre os meios de fazer consignações e sobre os meios de se livrar de toda a sorte de dificuldades que pudessem surgir, e ser evitadas de antemão. Expliquei-lhe tudo isso, o melhor que pude, e ele me deu a impressão de que seria um ótimo procurador.

– O senhor escreveu, depois de sua primeira carta, ao nosso amigo, Sr. Peter Hawkins, ou a qualquer outra pessoa? – perguntou, depois.

Foi com certa irritação que respondi que não, pois não tivera ainda oportunidade de enviar cartas a quem quer que fosse.

– Pois então, escreva agora, meu jovem amigo – disse ele. – Escreva ao seu amigo e a qualquer outra pessoa e diga, se quiser, que vai ficar comigo durante um mês.

– Quer que eu fique tanto tempo? – perguntei, sentindo um frio no coração.

– Desejo muito, e não concordarei com uma recusa. Quando seu patrão concordou em enviar uma pessoa em seu lugar, ficou combinado que seriam levados em consideração meus interesses.

Tive que concordar; afinal de contas, estava ali representando os interesses do Sr. Hawkins, e não os meus. Além disso, enquanto falava, o Conde Drácula dava a entender, pelo olhar, que eu era seu prisioneiro e tinha de fazer o que ele quisesse.

– Peço-lhe, meu amigo – prosseguiu – que só fale de negócios em suas cartas. Sem dúvida, seus amigos ficarão satisfeitos sabendo que o senhor vai bem e quando pretende voltar, não é mesmo?

Enquanto falava, apresentou-me três folhas de papel e três envelopes, finíssimos, e compreendi, pelo olhar do Conde, que estava insinuando que eu tivesse o máximo cuidado com o que escrevesse, pois ele poderia facilmente ler as cartas. Resolvi, assim, escrever apenas bilhetes formais, mas escrever, em segredo, uma carta completa para o Sr. Hawkins e também para Mina, pois, para ela, poderia taquigrafar, para que o Conde não pudesse ler. Depois de escrever as duas cartas, sentei-me lendo um livro, enquanto o Conde tomava várias notas, consultando alguns livros que se encontravam em cima da mesa. Depois, pegou as duas cartas e colocou-as junto com as suas e saiu, deixando-as na mesa, viradas para baixo. Olhei os endereços. Uma estava endereçada para Samuel F. Billington, N. O 7, The Crescent, Whitby, outra para Herr Leutner, em Viena, a terceira para Coutts & Co., em Londres, e a quarta para Herren Klopstock & Billreuth, banqueiros, de Budapeste. A segunda e a quarta estavam abertas. Eu ia olhá-las, quando a maçaneta da porta se moveu. Voltei para a minha cadeira, só tendo tempo de deixar as cartas como estavam, antes que o Conde entrasse, trazendo outra na mão. Pegou as cartas que estavam em cima da mesa, selou-as e disse-me:

– Espero que me desculpe, mas tenho muita coisa a fazer esta noite. Encontrará todas as coisas que desejar, assim espero.

Chegando à porta, voltou-se para dizer:

– Quero avisá-lo, meu jovem amigo, que, se sair destes aposentos, não deve, de modo algum, dormir em outra parte do castelo. É muito velho e as pessoas que nele não souberem dormir terão maus sonhos. Se tiver sono, volte para seu próprio quarto, ou para estes aposentos, pois aqui ficará em segurança. Mas se não tiver cuidado...

Compreendi a insinuação perfeitamente; mas duvidava que pudesse haver pesadelo pior que o mistério que me rodeava.

Não receio dormir em qualquer lugar onde ele não esteja. Coloquei o crucifixo na cabeceira da minha cama, imaginando afastar os pesadelos.

Quando o Conde se retirou, fui para meu quarto. Algum tempo depois, como tudo estava em silêncio, saí e dirigi-me à escada de pedra, de onde podia olhar para o lado do sul. Dava-me certa sensação de liberdade olhar para a vastidão do lado de fora, embora me fosse inacessível, em comparação com a estreiteza e escuridão do pátio. Ao debruçar-me à janela, notei alguma coisa que se movia no andar de baixo, à minha esquerda, onde deviam se abrir, segundo meus cálculos, pela ordem dos assentos, as janelas do quarto do Conde. Afastei-me e olhei, atentamente.

O que chamara minha atenção era a cabeça do Conde, saindo da janela. Não vi o rosto, mas distingui-o pelo pescoço e pelo movimento de suas costas e braços. De qualquer maneira, não podia me enganar com aquelas mãos, que tivera tantas oportunidades de examinar. A princípio, eu estava interessado e um tanto distraído, pois qualquer coisa serve para distrair um prisioneiro. Mas meus sentimentos transformaram-se em repulsa quando vi todo o corpo do Conde projetar-se pela janela, vagarosamente, e sair se arrastando pela parede, de cabeça para baixo, com o manto agitando-se ao vento, como asas enormes. A princípio, não pude acreditar no que estava vendo. Pensei que fosse uma ilusão causada pelo luar. Mas não podia haver dúvida. Os dedos dos pés e das mãos se agarravam às pedras da parede, e o Conde andava velozmente, de cabeça para baixo, como uma lagartixa.

Que homem será este, ou que criatura semelhante a um homem? Receio que o pavor deste horrível lugar me enlouqueça e que não haja meio de escapar daqui. Estou tão horrorizado que não ouso pensar em...

15 de maio

Outra vez vi o Conde sair pela parede abaixo, como uma lagartixa, e desaparecer, a uns cem pés abaixo, em alguma janela ou buraco. Vi que saíra do castelo e resolvi aproveitar a oportunidade para procurar ver mais do que tinha me atrevido a ver até agora. Voltei ao quarto e, pegando uma lâmpada, experimentei todas as portas. Estavam trancadas, como esperava, e as fechaduras eram relativamente novas; mas desci pela escada de pedra, chegando ao vestíbulo por onde entrara.

Verifiquei que podia abrir facilmente os ferrolhos da porta, e o cadeado, mas a porta estava trancada e a chave desaparecera. A chave devia estar no quarto do Conde; resolvi ver se encontrava a porta do seu quarto aberta para me apoderar da chave e fugir. Continuei a examinar as várias escadas e corredores e tentar abrir as portas que davam para os mesmos. Havia uns dois aposentos abertos, mas nada havia demais neles, a não ser a mobília, muito velha e mofada.

Finalmente, encontrei uma porta, no alto da escada, que se abriu quando a empurrei com bastante força. Encontrei-me, então, numa ala do castelo mais à direita que os aposentos que eu tinha visto e um andar abaixo deles. O castelo foi construído num elevado rochedo e inexpugnável por três lados. Pelas janelas podia ver que esta sequência de cômodos ficava no sul da propriedade, as janelas do último deles se abrindo tanto para o oeste quanto para o sul. Na face sul, assim como na face oeste, havia um grande precipício. Esta era, evidentemente, a parte do castelo ocupada pelas damas nos velhos tempos, pois a mobília era mais confortável que nos aposentos que eu vira até então. Aqui estou escrevendo, numa mesinha de carvalho, onde, possivelmente, nos velhos tempos, alguma jovem se sentou, enrubescida, para escrever cartas de amor.

Mais tarde: madrugada de 16 de maio

Deus conserve minha saúde, que é tudo que me resta. Enquanto viver aqui minha única esperança é não enlouquecer. Estou começando a ver sob nova luz certas coisas que tinham me intrigado.

A misteriosa advertência do Conde me atemorizou quando foi feita e me atemoriza hoje mais ainda, pois, para o futuro, ele terá um terrível domínio sobre mim.

Depois que escrevi meu diário e que, felizmente, tinha colocado no bolso o caderno e a pena, senti sono. Lembrei-me da advertência do Conde, mas senti certo prazer em desobedecê-la. O luar me acalentava e a vastidão avistada através da janela dava uma sensação de liberdade que me exaltava. Resolvi não voltar naquela noite aos aposentos sombrios. Puxei um grande divã para um canto, de onde podia me deleitar com a bela vista para o sul e para o leste. Creio que adormeci; tenho a impressão de ter adormecido, mas tudo que se seguiu foi tão real que não posso acreditar que estivesse dormindo.

Não estava só. O aposento não se modificara em coisa alguma e eu podia ver, no próprio chão, iluminado pelo luar, as marcas que meus pés tinham deixado na poeira. No facho de luar à minha frente, havia três jovens damas, a julgar pelo traje e o porte, damas da nobreza pelas maneiras e modo de trajar. Pensei que era um sonho, pois, embora o luar estivesse por trás delas, suas sombras não apareciam no chão. Aproximaram-se de mim, olharam-me durante algum tempo e sussurraram algumas palavras umas para as outras. Duas eram morenas, com narizes aquilinos, como o do Conde, e grandes olhos escuros e vivos, que pareciam quase vermelhos, em contraste com o pálido luar. A outra era loura e olhos cor de safira. Tive a impressão de conhecer aquele rosto, mas não pude lembrar-me de onde e quando. As três tinham dentes branquíssimos, que brilhavam como pérolas, entre o rubi voluptuoso dos lábios. A sensação que provocavam em mim era estranha, ao mesmo tempo de desejo e de pavor. Sentia uma vontade ardente que elas me beijassem com aqueles lábios vermelhos. Não devia escrever isto, pois algum dia Mina vai ler estas notas e sentirá ciúmes; mas é a verdade. Depois de sussurrarem entre si, as três mulheres riram, uma risada límpida, musical, mas tão forte que seria impossível ter saído de lábios humanos.

A moça loira sacudiu a cabeça, sensualmente, e as duas outras a estimularam. Uma delas disse:

– Vai. Você primeiro e nós depois. Você tem o direito de começar.

– As jovens são mais fortes – acrescentou a outra. – Há beijos para nós todas.

Fiquei imóvel, olhando entre as pálpebras quase descidas, na agonia de uma deliciosa expectativa. A moça loura avançou, debruçou-se sobre mim e pude sentir o contato suave de seus lábios na sensível pele do meu pescoço, e a dureza de dois dentes aguçados ali pousados. Fechei os olhos, num êxtase langoroso, e esperei, com o coração aos pulos.

Mas, nesse instante, outra sensação. Tive consciência da presença do Conde e percebi que estava furioso. Abrindo os olhos, involuntariamente, vi sua rude mão agarrada ao pescoço da moça loura e seu rosto demonstrava uma fúria que nunca imaginei, mesmo em demônios. Sem exageros, seus olhos chamejavam.

– Como se atreve a tocá-lo? – disse ele. – Como se atreveu a pôr os olhos sobre ele, quando proibi? Para trás, vocês todas! Este homem me pertence! Cuidado com a maneira de tratá-lo, ou terão de se entender comigo!

– Você jamais amou! – exclamou a moça loira, com uma gargalhada.

As outras a acompanharam, e gargalharam com tanta força que quase desmaiei ao ouvi-las. Depois o Conde virou-se, após olhar meu rosto atentamente, e disse, em voz baixa:

– Eu também sou capaz de amar. Vocês mesmas podem dizer isto, pelo passado. Agora, prometo que, quando não precisar mais dele, vocês poderão beijá-lo à vontade. Agora, vão-se embora!

– Não temos nada para esta noite? – perguntou uma das mulheres, com uma gargalhada, e apontando para o saco que o Conde atirara no meio da sala e que se movia, como se houvesse um ser vivo lá dentro.

O Conde fez um sinal com a cabeça. Uma das mulheres pulou - sobre o saco e o abriu. Se meus ouvidos não me enganaram, ouvi o arquejar gemido parecido com o de uma criança sendo sufocada. Fechei os olhos, horrorizado, e quando abri, as mulheres tinham desaparecido e, com elas, o horrível saco. Perdi os sentidos.

IV

DIÁRIO DE JONATHAN HARKER (CONTINUAÇÃO)

Acordei na minha própria cama. Se não sonhei, o Conde deve ter me trazido para cá. Havia algumas pequenas provas de que eu sonhara. Minhas roupas estavam dobradas de modo diferente do que costumo dobrá-las e meu relógio sem corda. Mas isso não constitui prova suficiente. Uma coisa me satisfaz: se o Conde me trouxe aqui e tirou minha roupa, devia estar com pressa, pois não mexeu em meus bolsos. Meu relógio ainda estava sem corda, e tenho hábito de dar corda rigorosamente toda noite antes de dormir, e muitos outros detalhes assim. Mas essas coisas não provam nada, pois podem ser apenas um indício de que minha cabeça não estava funcionando direito, e que, por um motivo ou outro, eu certamente estava muito alterado. Preciso encontrar provas. Tenho certeza de que este diário seria um mistério que ele não teria permitido. Teria ficado com as anotações ou as destruído. Olhando para este quarto, embora tenha sido para mim cenário de tantos medos, vejo que é agora uma espécie de santuário, pois nada pode ser mais assustador do que aquelas mulheres terríveis, que estavam, que estão, só esperando para sugar meu sangue.

18 de maio

Desci mais uma vez até aquela sala durante o dia, pois preciso saber a verdade. Quando cheguei à porta, no alto das escadas, descobri que estava fechada. Fora recolocada com tanta força nos batentes que a madeira trabalhada estava lascada.

Pude notar que o ferrolho não havia sido passado, mas a porta estava trancada por dentro. Receio que não tivesse sido sonho, e devo agir a partir dessa premissa.

19 de maio

Estou mesmo enrascado. Na noite passada, o Conde me pediu, com a voz mais suave, que escrevesse três cartas, uma dizendo que meu trabalho estava quase encerrado, e que eu deveria voltar para casa dali a poucos dias, outra dizendo que partiria na manhã seguinte a contar da data da carta, e uma terceira dizendo que havia deixado o castelo e chegado a Bistritz. Fiquei tentado a protestar, mas, dadas as circunstâncias, seria loucura me rebelar abertamente contra o Conde quando me encontrava tão absolutamente submetido a seu poder. Recusar seria levantar suspeitas e despertar sua ira. Ele sabe que sei demais, e que não posso continuar vivo, ou me tornaria perigoso para ele. Minha única chance é prolongar minhas oportunidades. Talvez aconteça alguma coisa que me possibilite fugir. Vi em seus olhos algo daquele acúmulo de fúria que se manifestou quando atacou a loira. O Conde me explicou que o correio quase não vinha ao castelo, e que se eu escrevesse agora, garantiria a tranquilidade de meus amigos. E me assegurou com tamanha veemência que iria cancelar as duas últimas correspondências, que seriam interceptadas em Bistritz no momento adequado caso eu viesse a prolongar minha estada, que me opor a ele equivaleria a criar desconfianças. Fingi, portanto, concordar com a ideia e perguntei que datas deveria colocar nas cartas. Ele calculou por um minuto, então respondeu:

– A primeira deve ser de 12 de junho, a segunda, 19 de junho, e a terceira, 29 de junho.

Agora sei até quando vou viver. Deus me ajude!

28 de maio

Surgiu uma chance de escapar, ou pelo menos de enviar notícias para a família e amigos. Um bando de *szgany* veio ao castelo, e estão acampados no pátio. São ciganos. Meu livro fala deles. São típicos desta região, embora aliados dos demais ciganos espalhados pelo mundo. Há milhares deles na Hungria e na Transilvânia, e vivem praticamente fora da lei. Via de regra são associados a um grande nobre ou boiardo, e adotam o nome dele. Não têm medo nem religião, apenas superstições, e falam entre si em suas próprias variantes da língua romani.

Escreverei algumas cartas e tentarei fazer com que as levem ao correio. Já falei com eles pela janela para começar a conhecê-los. Tiraram os chapéus e fizeram mesuras e muitos gestos, que, no entanto, não consegui entender, assim como não entendo sua língua...

Escrevi as cartas. Para Mina taquigrafei, ao Sr. Hawkins pedi simplesmente que entrasse em contato com ela. Expliquei minha situação a ela, mas sem os horrores que eu podia apenas pressupor. Se abrisse meu coração quanto a eles, Mina ficaria chocada e morreria de medo. Caso as cartas não chegassem ao destino, o Conde ainda não saberia meu segredo nem a extensão de meu conhecimento...

Entreguei as cartas. Joguei-as por entre as barras da janela com uma moeda de ouro e expliquei, por gestos, meu desejo de que fossem postadas. O homem que as pegou apertou-as contra o peito e fez uma mesura, em seguida guardou-as no chapéu. Era tudo o que eu podia fazer. Corri de volta para o escritório e comecei a ler. Escrevi isto antes de o Conde aparecer...

O Conde chegou. Sentou-se ao meu lado e anunciou com sua voz mais suave, enquanto abria duas cartas:

– Os *szgany* me deram isto aqui, algo com que, embora não saiba a origem, devo, evidentemente, tomar cuidado. Veja! – Ele já devia ter lido. – Uma delas é sua, para o meu amigo Peter Hawkins. A outra... – e ao ver os símbolos estranhos quando abriu o envelope, uma expressão sombria se fez em seu rosto, e seus olhos faiscaram furiosos –, a outra é algo vil, um ultraje à amizade e à hospitalidade! Não está assinada. Muito bem! Então não tem importância para nós.

E, calmamente, pôs a carta e o envelope na chama do lampião até se consumirem. Então prosseguiu:

– Vou enviar a carta para o Sr. Hawkins, claro, uma vez que é sua. Suas correspondências são sagradas para mim. Perdoe, meu amigo, mas abri inadvertidamente o lacre. Você não quer fechar novamente?

Ele me estendeu a carta e, com cortesia, me entregou um envelope novo. Tudo que pude fazer foi endereçá-lo e devolvê-lo em silêncio. Assim que o Conde saiu, ouvi a chave girar suavemente na fechadura. Um minuto depois, levantei e experimentei a porta: estava trancada.

Quando, uma ou duas horas mais tarde, o Conde entrou silenciosamente na sala, sua chegada me despertou, pois eu havia adormecido no sofá. Foi muito cortês, pareceu bastante alegre e, ao notar que eu cochilara, sugeriu:

– Pois então, meu amigo, está cansado? Vá para a cama. Lá vai descansar melhor. Não vou ter o prazer de sua conversa esta noite, pois tenho muito que fazer, mas espero que durma bem.

Passei para o quarto, deitei e, por mais estranho que pareça, dormi profundamente e sem sonhos. O desespero também tem suas calmarias.

31 de maio

Hoje pela manhã, acordei pensando em tirar os papéis e envelopes de minha mala e guardá-los no bolso, para poder escrever caso tenha alguma oportunidade, mas novamente tive uma surpresa e um choque!

Todos os papéis haviam sumido – todos os meus memorandos, as anotações sobre as ferrovias e as viagens, minha carta de crédito, a bem dizer, tudo que me poderia ser útil fora do castelo. Sentei e refleti um pouco, então me ocorreu a ideia de procurar os documentos em minha valise e no armário em que havia guardado as roupas.

O paletó que usara na viagem havia sumido, assim como o sobretudo e a manta. Não havia nem sinal deles. Isso me pareceu um novo tipo de maldade...

17 de junho

Pela manhã, sentado na beira da cama, tentando recompor meus pensamentos, escutei um estalar de chicotes e um bater de cascos de cavalos subindo pelo caminho de pedras que conduzia ao pátio. Com alegria, corri para a janela e vi duas carroças articuladas compridas entrarem no pátio, cada uma puxada por oito cavalos grandes, e, na frente de cada parelha, um eslovaco de chapéu largo, cinturão cravejado de rebites, pele de ovelha suja e botas altas. Traziam também seus cajados compridos na mão. Fui até a porta, na intenção de descer e me juntar aos homens no saguão principal, imaginando que o portão de entrada seria aberto para eles. Outro choque: meu quarto estava trancado por fora.

Corri para a janela e gritei. Estupefatos, eles olharam para cima e apontaram para mim, mas o *hetman* dos szgany apareceu na mesma hora e, vendo que apontavam para a minha janela, disse-lhes alguma coisa que os fez rir. A partir de então nenhum esforço de minha parte, nenhum grito de piedade ou proposta agonizante faria com que sequer olhassem para mim. Resolutos, deram-me as costas. As carroças continham grandes caixas quadradas, com grossas alças de corda. Pela facilidade com que os eslovacos as manipulavam e o som oco que faziam ao serem movidas bruscamente, era evidente que estavam vazias. Após descarregá-las e empilhá-las num canto do pátio, os eslovacos receberam um dinheiro dos szgany e, cuspindo nas moedas para dar sorte, voltaram preguiçosamente a suas parelhas. Pouco depois, ouvi o estalar de seus chicotes sumir na distância.

24 de junho, antes do amanhecer

Na noite passada, o Conde me deixou mais cedo e se trancou no próprio quarto. Assim que tive coragem, subi correndo a escada em espiral e olhei pela janela que dava para o sul. Pensei que veria o Conde, pois alguma coisa estava acontecendo. Os szgany estão hospedados em alguma parte no castelo, trabalhando em alguma coisa. Sei disso porque, de quando em quando, ouvia um som abafado e distante como que de pás e picaretas, e, seja o que for, deve ser o final de alguma maldade cruel.

Fazia menos de meia hora que estava ali quando vi algo saindo pela janela do Conde. Recuei, vigiando atentamente, e vi o corpo inteiro do homem surgir. Foi outro choque descobrir que estava usando o meu terno de viagem e tinha pendurado no ombro o saco terrível que eu vira as mulheres levarem embora. Não restava dúvidas do que pretendia, e com meus trajes! Era essa então sua nova trama, faria com que as pessoas me vissem, ou achassem que tinham me visto, a fim de deixar uma prova de que eu fora às cidades ou aldeias postar minhas cartas, e de que qualquer maldade que ele viesse a fazer pudesse ser atribuída a mim pelas pessoas da região.

Irrita-me a ideia de que isso estaria acontecendo enquanto eu estava trancado aqui, um verdadeiro prisioneiro, mas sem a proteção da lei, que é direito e consolo dos criminosos.

Pensei em ver o Conde voltar e fiquei sentado, vigiando a janela por um longo tempo. Então comecei a reparar que havia pequenas manchas esquisitas flutuando nos raios do luar. Eram como minúsculos grãos de poeira e rodopiavam, formando grupos que revoavam de modo nebuloso. Observei-os com certo alívio, e uma espécie de serenidade se instalou em mim. Recostei no parapeito e me acomodei, para desfrutar mais plenamente aquelas travessuras aéreas.

Algo me fez sobressaltar, um ganido baixo e penoso de cães em algum ponto distante no vale, longe de minha visão. Parecia ressoar em meus ouvidos cada vez mais alto, e as nuvens flutuantes de pó tomaram novas formas diante daquele som, dançando à luz da lua. Senti como se me esforçasse para despertar para uma espécie de chamado dos meus instintos. Agora minha alma lutava, e minha sensibilidade um tanto esquecida empenhava-se em responder àquele chamado. Estava sendo hipnotizado! A poeira dançava cada vez mais depressa. Os raios de luar pareciam tremer quando passavam por mim rumo à massa de trevas mais além. Agrupavam-se mais e mais, até assumirem difusas formas fantasmagóricas. Levei um susto e, inteiramente acordado e em plena posse de minhas faculdades, saí dali correndo e gritando. Os espectros materializando-se gradualmente sob o luar eram as três mulheres fantasmagóricas a quem eu estava condenado. Fugi e me senti um pouco mais seguro em meu quarto, de onde não se via a lua e o lampião brilhava com sua luz forte.

Depois de algumas horas, escutei algo se mexer no quarto do Conde, algo como um gemido agudo rapidamente sufocado. E então fez-se um silêncio profundo e tenebroso que me deu um calafrio. Com o coração batendo forte, experimentei a maçaneta, mas estava trancado em minha prisão, e não podia fazer nada. Sentei, simplesmente, e chorei.

Sentado ali, ouvi um som vindo do pátio, um grito agoniado de mulher. Corri para a janela e, abrindo-a, espiei por entre as barras. Lá fora, havia de fato uma mulher de cabelos desgrenhados, com as mãos postas sobre o coração como se estivesse cansada de correr. Estava encostada na coluna do portão e, ao ver meu rosto na janela, aproximou-se e berrou com uma voz carregada de ameaças:

– Monstro, devolva meu bebê!

A mulher se ajoelhou e, erguendo as mãos, gritou de novo as mesmas palavras com uma voz que apertou meu coração. Então arrancou os cabelos e bateu no peito, entregando-se a uma exorbitante emoção. Por fim, aproximou-se, embora não a pudesse ver, pude ouvir as batidas de suas mãos nuas contra a porta.

Em algum ponto acima de mim no castelo, provavelmente na torre, ouvi a voz do Conde chamar com seu sussurro áspero e metálico. Seu chamado aparentemente foi respondido por uivos distantes e esparsos de lobos. Em poucos minutos, como se estivesse abrindo as comportas de uma eclusa, ele fez passar toda uma alcateia pela larga entrada do pátio.

Não se ouviram mais os gritos da mulher, e o uivo dos lobos durou apenas um momento. Logo eles saíram em fila, um por um, lambendo os beiços.

Não consegui nem ter pena, pois entendi o que havia acontecido ao bebê, e, para ela, talvez fosse mesmo melhor morrer.

O que devo fazer? O que posso fazer? Como escapar dessa pavorosa criatura da noite, da treva, do medo?

25 de junho, de manhã

Só quem já sofreu durante a noite sabe como a aurora pode ser doce e ansiada, ao coração e aos olhos. Quando o sol se abriu esta manhã, passando o topo do grande portão da entrada oposta à minha janela, foi como se ali houvesse pousado a pomba da Arca. Meu medo se esvaiu como se fosse uma túnica vaporosa dissolvida no calor. Preciso tomar alguma atitude enquanto a coragem deste dia ainda está agindo sobre mim. Na noite passada, uma de minhas cartas datadas foi levada ao correio, a primeira da série fatal que vai acabar apagando da terra os últimos vestígios de minha existência.

Não vou pensar nisso. Hora de agir!

Todas as vezes em que fui molestado, ameaçado ou que de alguma forma estive em perigo ou com medo, era noite. Ainda não vi o Conde à luz do dia. Será possível que ele dorme enquanto os outros estão acordados e que esteja acordado enquanto todos dormem? Se ao menos conseguisse entrar em seu quarto! Mas não existe a menor chance. A porta está sempre trancada, é impossível entrar.

Sim, existe uma chance, se eu estiver disposto a me arriscar. Por que outro corpo não poderia passar por onde o dele passou? Vi quando o Conde saiu rastejando pela janela. Por que não faço como ele e entro também pela janela? É uma tentativa desesperada, mas minha necessidade é ainda mais desesperadora. Vou arriscar. Na pior das hipóteses, morro. A morte de um homem não é a morte de um boi, e talvez o temível além ainda esteja aberto para mim. Deus me ajude nessa empreitada! Adeus, Mina, caso eu fracasse. Adeus, meu fiel amigo e segundo pai. Adeus a todos, e, acima de tudo, adeus, Mina!

Mais tarde no mesmo dia

Fiz minha tentativa e, com a ajuda de Deus, voltei a salvo para o meu quarto. Preciso transcrever todos os detalhes na ordem. Enquanto a coragem estava viva em mim, fui até a janela da face sul e logo me vi do lado de fora. As pedras são grandes, de bordas irregulares, e a argamassa entre elas foi desgastada pelo tempo. Tirei as botas e me aventurei pela saída desesperado. Olhei para baixo apenas uma vez, para ter certeza de que um vislumbre da altura terrível não me abalaria, mas depois disso não olhei mais. Sabia muito bem a direção e a distância até a janela do Conde, e fui até lá da melhor maneira que pude, dadas as circunstâncias. Não tive vertigem – imagino que estivesse excitado demais – e, numa rapidez que me pareceu ridícula, me vi ao parapeito, onde fiquei de pé, tentando erguer a janela. Contudo, estava muito agitado quando me agachei, e passei os pés primeiro, por sob os painéis de vidro. Procurei o Conde, mas, para minha surpresa e alegria, fiz uma descoberta. O quarto estava vazio! Era desordenadamente mobiliado com objetos estranhos, que pareciam jamais ter sido usados. Os móveis tinham um estilo semelhante ao dos cômodos da face sul e estavam cobertos de poeira. Procurei a chave, mas não estava na fechadura, e não consegui encontrá-la em lugar nenhum. A única coisa que achei foi uma grande pilha de moedas de ouro num canto – moedas de todos os tipos, romanas, inglesas, austríacas, húngaras, gregas e turcas, todas cobertas por uma película de pó, como se estivessem havia muito tempo ali no chão. Nenhuma daquelas peças tinha menos de trezentos anos. Havia também correntes e ornamentos, algumas joias, mas tudo velho e manchado.

Em outro canto do cômodo, havia uma porta pesada. Tentei abri-la, pois não encontrei a chave da porta do quarto, nem da porta externa, que era o principal objeto de minha busca, e precisava continuar procurando, ou todos os meus esforços teriam sido em vão. Estava aberta e levava a um corredor de pedra, e, dali, a uma escadaria circular e íngreme que conduzia ao andar de baixo. Desci, tomando cuidado com os degraus, pois a escada era iluminada apenas pelas brechas na alvenaria pesada. No fundo, havia um corredor escuro, como um túnel, por onde subia um fedor mortalmente doentio de terra velha. Conforme fui seguindo pelo corredor, o cheiro foi ficando mais próximo e mais forte. Por fim, puxei uma porta pesada entreaberta e me vi no interior de uma antiga capela arruinada, que evidentemente havia sido usada como cripta. O teto estava destruído, e em dois pontos havia degraus levando a algumas sepulturas, mas o terreno fora escavado recentemente, e a terra estava guardada em grandes caixas de madeira, justamente as que haviam sido trazidas pelos eslovacos. Não havia ninguém por perto, e aproveitei para procurar outra saída, mas não achei nada. Em seguida, vasculhei cada centímetro da capela, para não deixar passar uma oportunidade que fosse. Cheguei a entrar nas sepulturas, onde a luz mal conseguia alcançar, embora fazê-lo tenha me apavorado a alma. Em duas delas, só encontrei fragmentos de velhos caixões e montes de terra. Na terceira, no entanto, fiz uma descoberta.

Ali, dentro de uma das caixas grandes, das quais havia cinquenta no total, sobre um monte de terra recém-escavada, jazia o Conde! Estava morto ou dormindo, não sei dizer, pois os olhos estavam abertos e fixos, mas não vítreos como a morte, e as faces tinham um calor de vida por trás de toda a palidez. Os lábios estavam vermelhos como sempre. No entanto, não havia movimento, pulso, respiração ou batimento cardíaco. Inclinei-me sobre ele e tentei encontrar algum sinal de vida, mas foi em vão. Não podia fazer muito tempo que estava ali, pois a fetidez da terra teria passado em poucas horas. A tampa estava ao lado da caixa, furada em alguns pontos. Pensei que ele pudesse estar com as chaves, mas, quando fui procurá-las, fitei os olhos mortos, e havia neles, mesmo mortos, uma expressão de tamanho ódio, ainda que inconsciente de mim ou de minha presença, que acabei fugindo do local, saindo pela janela do quarto e escalando pela parede do castelo. De volta ao meu quarto, caí ofegante na cama e tentei raciocinar...

29 de junho

Hoje é a data de minha última carta, e o Conde tomou as medidas para que isso fosse verdade, pois mais uma vez o vi sair do castelo pela mesma janela, usando minhas roupas. Quando desceu pela parede, feito uma lagartixa, desejei ter um revólver, ou outra arma letal qualquer com a qual pudesse destruí-lo. Mas desconfio que nenhuma arma feita por mãos humanas teria efeito sobre a criatura. Não ousei esperar sua volta, pois tive medo de ver aquelas duas mulheres sinistras. Voltei à biblioteca e fiquei lendo até pegar no sono.

Fui acordado pelo Conde, que olhou para mim com o ar mais sombrio que um homem pode assumir e anunciou:

– Amanhã, meu amigo, devemos nos separar. Você voltará para sua bela Inglaterra; eu, para um trabalho que pode ter como consequência que não nos encontremos mais. Sua carta foi despachada. Amanhã não estarei mais aqui, mas está tudo pronto para a sua viagem. Os szgany, que ainda têm um serviço a fazer aqui, vão vir pela manhã, e também alguns eslovacos. Quando partirem, minha carruagem virá buscá-lo e o levará ao Passo Borgo para tomar a diligência de Bucovina a Bistritz. Mas tenho esperança de tornar a vê-lo mais vezes no castelo Drácula.

Desconfiei dele e resolvi testar sua sinceridade. Sinceridade! É profanar a palavra associá-la a um monstro desses, de modo que perguntei à queima-roupa:

– Por que não posso partir hoje à noite?

– Porque, meu caro senhor, meu cocheiro e meus cavalos estão ausentes.

– Mas eu poderia ir andando com prazer. Quero ir embora de uma vez.

O Conde sorriu, um sorriso tão suave, astuto e diabólico, que eu sabia que devia haver algum truque por trás daquela simpatia. Ele perguntou:

– E a sua bagagem?

– Não me importa. Posso mandar buscar depois.

O Conde se levantou, e comentou, com uma doce cortesia que me fez esfregar os olhos, pois parecia genuína:

– Vocês ingleses têm um ditado que me toca o coração, pois o espírito é o mesmo que comanda os nossos boiardos: "Boas-vindas na chegada, sem delongas na despedida." Venha comigo, meu caro jovem amigo. Você não vai ficar nem mais uma hora em minha casa contra a vontade, embora a sua partida e o seu desejo súbito de me deixar me entristeçam. Venha!

Com uma gravidade solene, foi descendo as escadas na minha frente, levando o lampião, e atravessamos o saguão da entrada. De repente, parou.

– Escute!

Logo em seguida, ouviu-se o uivo de muitos lobos. Foi quase como se o som tivesse começado no momento em que o Conde ergueu a mão, como a música de uma grande orquestra que brada sob a batuta do regente. Após uma pausa momentânea, continuou caminhando até a porta, à sua maneira solene, destravou os pesados ferrolhos, afrouxou as grossas correntes e começou a abri-la.

Para meu total espanto, notei que estava destrancada. Desconfiado, olhei rapidamente ao redor, mas não havia nenhum tipo de chave.

Quando a porta começou a se abrir, o uivo dos lobos ficou mais alto e mais furioso. Vi suas bocas vermelhas, com os dentes protuberantes, projetando-se pela fresta da porta, e as patas grossas saltando com suas garras. Naquele instante, soube que não adiantaria lutar contra o Conde por enquanto. Com aliados como aqueles sob seu controle, eu nada poderia fazer. Mas a porta continuou se abrindo lentamente, até que só havia o corpo do Conde de pé no vão. Subitamente me dei conta de que aquele poderia ser o momento e o método pelo qual ele se livraria de mim. Eu estava sendo entregue aos lobos, mediante minha própria solicitação. Havia uma crueldade diabólica nessa ideia que combinava com o Conde, e, no último segundo, exclamei:

– Feche a porta! Vou esperar até amanhã de manhã.

Cobri o rosto com as mãos para esconder as lágrimas de amarga decepção. Com um gesto de seu braço poderoso, o Conde bateu a porta, e os grandes ferrolhos estrondaram, ecoando pelo saguão ao voltarem para seus encaixes.

Em silêncio, regressamos à biblioteca, e depois de um ou dois minutos, retornei ao meu quarto. A última visão que tive do Conde Drácula foi ele me mandando um beijo com a mão, com um brilho vermelho de triunfo nos olhos e um sorriso de que Judas no inferno haveria de se orgulhar.

No quarto, quase dormindo, pensei ter ouvido um sussurro junto à minha porta. Aproximei-me de mansinho e tentei escutar melhor. A menos que meus ouvidos tenham me enganado, distingui a voz do Conde:

– Voltem! Voltem para o seu lugar! Ainda não chegou a vez de vocês. Esperem! Tenham paciência! Hoje a noite é minha. Amanhã será de vocês!

Ouvi risadas baixas e suaves e, num acesso de raiva, abri a porta e vi lá fora as três mulheres terríveis lambendo os lábios.

Quando me viram, juntaram-se numa gargalhada horrível e fugiram.

Voltei para o quarto e me ajoelhei. Será que estou tão perto do fim? Amanhã! Amanhã! Senhor, ajuda-me, e àqueles que gostam de mim!

30 de junho

Estas podem ser as últimas palavras que escreverei neste diário. Dormi até pouco antes de amanhecer e quando acordei me pus de joelhos, pois estava decidido que, se a morte viesse, me encontraria pronto.

Por fim, senti aquela súbita mudança no ar e soube que a manhã havia chegado. Então veio o bem-vindo canto do galo, e percebi que estava seguro. Com o coração contente, deixei o quarto e corri até o saguão. Como vira no dia anterior que a porta principal não estava trancada, agora a fuga era iminente. Com as mãos trêmulas de avidez, soltei as correntes e puxei os pesados ferrolhos.

Mas a porta não se moveu. Fiquei desesperado. Puxei-a muitas vezes e a sacudi até que, maciça como era, balançou no batente. Eu podia ver o ferrolho fechado. A porta fora trancada depois que me despedi do Conde.

Então me veio um desejo selvagem de encontrar a chave a qualquer custo, e decidi que escalaria pela janela de novo e entraria no quarto do Conde. Ele poderia me matar, mas a morte agora me parecia o menor dos males. Sem hesitar, corri para a janela da face leste e desci pela parede, como fizera antes, até o quarto do Conde. Estava vazio, mas já era o que eu esperava. Não encontrei chave nenhuma, mas a pilha de moedas de ouro continuava ali. Passei pela porta no canto do cômodo, desci a escada em espiral e segui pelo corredor escuro até a antiga capela. Agora sabia exatamente onde encontrar o monstro que procurava.

A grande caixa estava no mesmo lugar, encostada à parede, com a tampa cobrindo-a, mas não pregada, embora os pregos já estivessem na posição em que seriam martelados. Eu sabia que a chave deveria estar junto ao corpo do Conde, de modo que ergui a tampa e apoiei-a na parede. Então vi uma coisa que encheu minha alma de horror. Lá estava o Conde, mas era como se sua juventude houvesse sido parcialmente restaurada, pois o cabelo e o bigode brancos haviam mudado para um grisalho ferroso escuro. As faces estavam menos encovadas, e a pele pálida parecia haver enrubescido sob a superfície. Os lábios estavam mais vermelhos do que nunca, pois neles havia gotas de sangue fresco, que escorriam pelos cantos da boca e desciam pelo queixo até o pescoço. Mesmo os olhos fundos e faiscantes pareciam ter sido colocados ali em meio à carne inchada, pois as pálpebras e as olheiras estavam intumescidas. Ao que tudo indicava, aquela criatura pavorosa simplesmente havia se fartado de sangue. Jazia como uma sanguessuga asquerosa, exausta e empanturrada. Tremi ao me inclinar para tocá-lo e senti profunda repulsa ao seu contato, mas precisava encontrar a chave, ou estaria perdido. Se deixasse a noite chegar poderia servir de banquete semelhante para aquelas três mulheres terríveis. Tateei todo o seu corpo, mas nem sinal da chave. Então parei e olhei para o Conde. Havia um sorriso zombeteiro no rosto inchado capaz de me enlouquecer. Aquele era o ser que eu estava ajudando a transferir para Londres, onde, talvez, durante séculos, poderia saciar sua sede de sangue em meio aos milhões de habitantes e criar um círculo cada vez maior de meio demônios para atacar os indefesos. Só de pensar nisso fiquei furioso. Veio-me um desejo terrível de livrar o mundo daquele monstro. Não havia arma mortífera disponível, mas peguei uma pá que os empregados haviam usado para encher as caixas e, erguendo-a acima da cabeça, golpeei, com a lâmina para baixo, aquele rosto odioso. Mas assim que o atingi, ele virou a cabeça e abriu os olhos para mim, faiscantes como os de um basilisco. A visão pareceu me imobilizar, e a pá girou na minha mão e desviou-se do rosto do Conde, tendo feito apenas um corte fundo acima da testa, antes de cair da minha mão sobre a caixa. Quando a puxei de volta, a lâmina ficou presa na borda da tampa, que acabou se fechando, escondendo aquela cena horrenda. O último relance que tive foi do rosto inchado, manchado de sangue e estampando um sorriso maligno que teria se saído bem nas profundezas do inferno.

Pensei e repensei no que fazer em seguida, mas meu cérebro parecia em chamas, e aguardei com um desespero cada vez maior dentro de mim. Enquanto esperava, ouvi se aproximar na distância uma cantoria cigana entoada por vozes alegres, cortada pelo barulho de rodas pesadas e o estalar de chicotes. Os szgany e os eslovacos de quem o Conde falara estavam chegando. Com uma última olhada ao redor e para a caixa que continha o corpo vil, corri dali e entrei no quarto do Conde, decidido a fugir assim que a porta fosse aberta. Apurando os ouvidos, fiquei prestando atenção, até ouvir lá embaixo a chave girando na grande fechadura e a pesada porta se abrindo. Tinha de haver alguma outra entrada, ou algum dos homens possuía a chave de outra das muitas portas trancadas. Então ouvi o som de muitos passos pesados sumindo por algum corredor que fazia um eco estrondoso. Voltei correndo até a cripta, onde talvez ficasse essa nova entrada, mas nesse momento uma violenta corrente de ar bateu a porta da escada em espiral com uma força que levantou a poeira das vigas. Quando tentei abri-la, descobri que estava irreversivelmente emperrada. Eu estava preso outra vez, e a trama do destino se fechava cada vez mais sobre mim.

Enquanto escrevo, ouço no corredor lá embaixo o som de muitos pés e o estrondo de coisas pesadas sendo depositadas no chão, sem dúvida são as caixas, carregadas de terra. Em seguida, veio o som das marteladas. É a caixa do Conde sendo pregada. Agora posso ouvir um pisotear pesado no saguão, e muitos outros pés perambulando de leve, vindo logo atrás.

A porta está fechada, ouço as correntes. O giro da chave na fechadura. Ouço a chave ser retirada, então outra porta abrir e fechar. Escuto o estalo da tranca e do ferrolho.

Atenção! No pátio e nas pedras do calçamento, ouço o rolar das rodas pesadas, o estalo dos chicotes e o coro dos szgany se afastando.

Estou sozinho no castelo com aquelas mulheres horríveis. Asco! Mina é uma mulher e não tem nada em comum com elas. São diabas do poço do abismo infernal!

Não ficarei sozinho com elas. Preciso tentar escalar a parede do castelo mais do que antes. Levarei um pouco daquele ouro comigo, caso precise depois. Hei de encontrar uma saída deste lugar pavoroso.

E então vou voltar para casa! Depressa, no primeiro trem! Longe deste confim maldito, desta terra perversa onde o diabo e suas crias ainda caminham com pés terrenos!

Pelo menos a misericórdia divina é maior que a daqueles monstros, e o precipício é alto e íngreme. A seus pés, um homem pode dormir – como homem. Adeus, todos! Mina!

V

CARTA DE MINA MURRAY A LUCY WESTENRA

9 de maio

Querida Lucy,

Peço-lhe perdão por ter demorado tanto para lhe escrever, mas é que estou assoberbada de trabalho. A vida de uma professora assistente é muito trabalhosa. Estou ansiosa para encontrar-me contigo à beira-mar, onde poderemos conversar à vontade e fazermos nossos castelos na areia. Tenho treinado muito taquigrafia, pois, assim, poderei ajudar a Jonathan, quando nos casarmos. Ele, às vezes, escreve-me cartas estenografadas para eu treinar, e sei que também taquigrafa suas notas de viagem. Quando estiver com você, vou escrever um diário, também taquigrafado, que será ótimo para exercitar-me.

Jonathan só me escreveu algumas linhas da Transilvânia. Está passando bem e regressará dentro de uma semana, mais ou menos.

Estou aflita para ouvir todas as novidades que ele tem para contar. Deve ser tão bom conhecer países estrangeiros... Mas o relógio está batendo dez horas.

Adeus.

Afetuosamente.

Mina

P.S. – Dê-me notícias completas, quando escrever. Há muito tempo que nada me conta. Ouvi certos boatos, em particular sobre um rapaz alto, moreno, de cabelos encaracolados...

CARTA DE LUCY WESTENRA A MINA MURRAY
CHATMAN STREET, 17, QUARTA-FEIRA

Minha querida Mina,

Não tem razão de censurar-me. Já lhe escrevi duas vezes e, além de tudo, nada tenho para lhe contar. A vida na cidade está correndo de maneira muito agradável e temos ido bastante às galerias de pintura e passeado a pé e de carro no parque. Quanto ao rapaz alto, de cabelos encaracolados, trata-se do Sr. Holmwood. Ele nos visita com frequência e se dá muito bem com mamãe. Conhecemos um rapaz que seria excelente partido para você, se já não fosse noiva do Jonathan. É um ótimo partido, bonito e de boa família e, além disso, médico de muito futuro. Imagine! Tem 29 anos, dirige um imenso hospício! Sr. Holmwood apresentou-o a mim e ele veio nos fazer uma visita, e tem vindo muitas outras vezes. Creio que é o homem mais resoluto que já vi e, no entanto, é muito calmo. Parece imperturbável. Imagino que maravilhoso poder deve ter sobre seus doentes. Tem o hábito curioso de encarar a gente bem no rosto como se estivesse querendo ler os pensamentos. Diz ele que eu lhe ofereço um curioso estudo psicológico. Como você sabe, não me interesso muito por vestidos, para poder lhe descrever as novas modas. A moda é tão careta... Lá vem gíria outra vez, mas não faz mal. Arthur diz isto todo o dia. Aí está, tenho que dizer... Não adivinha, Mina? Eu o amo. Sinto-me envergonhada de escrever isto, pois, embora ache que me ame, ele não declarou por palavras. Mas eu o amo, Mina. Queria estar junto de você, querida, para dizer-lhe o que sinto. Não sei como estou escrevendo isto, mesmo para você. Preciso parar. Adeus, Mina. Reze por mim, reze pela minha felicidade.

Lucy

P.S. – Não é preciso dizer que isto é segredo. L.

CARTA DE LUCY WESTENRA A MINA MURRAY

24 de maio

Minha querida Mina,

Muitas vezes obrigada pela sua amável carta. Foi tão agradável recebê-la!

Minha querida, imagine que vou fazer vinte anos em setembro, e nunca fora pedida em casamento, fui agora pedida três vezes! Imagine! Três vezes, no mesmo dia.

Sinto-me tão feliz, Mina, que nem sei o que fazer! Três pedidos. Mas, por favor, não conte às outras moças, senão vão fazer as ideias mais extravagantes. Há moças tão fúteis! Eu e você, Mina, estamos noivas e podemos desprezar a vaidade.

Mas deixe-me falar sobre os três pedidos. O primeiro pretendente, que veio antes do almoço, é o Dr. John Seward, diretor do hospício, sobre o qual já lhe falei. Parecia muito calmo, mas, na verdade, estava nervoso. Tinha, sem dúvida, pensado antes em inúmeros detalhes, mas quase sentou em cima de sua cartola, o que os homens em geral não fazem quando estão calmos, e ficou o tempo todo brincando com uma lanceta, quase me fazendo dar um grito. Falou-me diretamente. Disse-me quão preciosa eu lhe era, embora me conhecesse tão pouco. Estava dizendo como seria infeliz se eu não me interessasse por ele, mas, vendo-me chorar, exclamou que era um bruto e não iria aumentar minha perturbação. Depois, perguntou-me se poderia amá-lo algum dia. Sacudi a cabeça e suas mãos ficaram trêmulas e, depois de hesitar um pouco, perguntou-me se eu gostava de outro. Achei que devia lhe dizer sim. Apenas lhe disse isso e ele me disse que desejava que eu fosse feliz e que, se precisasse de um amigo, devia contar com ele. Não posso deixar de chorar, Mina; peço desculpas por esta carta toda manchada. Paro aqui, pois me sinto tão triste, no meio de minha felicidade!

À noite

Arthur acaba de sair e encontro-me num estado de espírito melhor do que quando interrompi a carta, por isso vou continuar a contar o que se passou durante o dia. O número dois apareceu depois do almoço. É um rapaz muito simpático, americano do Texas, e parece tão jovem que custo a acreditar que tenha estado em tantos lugares e vivido tantas aventuras. Sr. Quincey Morris encontrou-me sozinha. Parece que um rapaz sempre encontra a gente sozinha, mas não é, pois Arthur procurou duas vezes a oportunidade e eu sempre o ajudando mais que podia; não me envergonho de contar. Mas, como ia dizendo, Sr. Morris sentou-se ao meu lado, segurou-me a mão e disse:

– Srta. Lucy, não sou digno de desatar-lhe os sapatos, mas, para encontrar um homem que seja digno da senhorita, talvez tenha de esperar muito tempo. Na falta de outro melhor, não se contentaria com um marido imperfeito?

Parecia tão bem-humorado, que me foi muito menos difícil responder-lhe negativamente do que ao pobre Dr. Seward. Assim, disse-lhe, tão despreocupadamente quanto pude, que não sentia pressa de me casar. Ele retrucou, então, que esperava que, se tivesse falado de modo que não parecera leviano para uma ocasião tão séria, eu lhe perdoaria. E acabou, realmente, falando com seriedade. Fiquei nervosa, e ele percebeu minha agitação.

– Sim – confessei-lhe. – Realmente, amo outro, embora ele ainda não tenha me dito que me ama.

– A senhora é uma moça leal – disse ele. – Se já gosta de outro, só me resta resignar-me, mas pode crer que serei sempre seu amigo dedicado.

Tudo isso me agitou muito, querida, e não posso descrever agora minha felicidade, depois de lhe haver contado tudo isso.

Sua afetuosa amiga Lucy

P.S: Não há necessidade de dizer o nome do número três, que você já deve ter adivinhado. E tudo aconteceu tão rapidamente! Ele entrou e me abraçou. Sinto-me transbordante de alegria. Tudo que me resta no futuro é mostrar que não sou ingrata para com Deus por me dar esta felicidade, este apaixonado marido e amigo. Adeus.

DIÁRIO DO DR. SEWARD
(GRAVADO EM FONÓGRAFO)

25 de maio

No abatimento em que me encontro, depois da recusa que sofri, creio que o melhor remédio é o trabalho. Escolhi um doente que promete um estudo muito interessante.

Interroguei-o demoradamente, a fim de compreender as razões de sua alucinação.

R. M. Renfield, idade, 59. – Temperamento sanguíneo; grande força física; períodos de depressão, terminando com alguma ideia fixa. Possivelmente um homem perigoso, se não for egoísta. Nos homens egoístas, a cautela é uma armadura tão segura para os seus inimigos como para si próprios.

VI

DIÁRIO DE MINA MURRAY

24 de julho – Whitby

Lucy foi me esperar na estação e de lá fomos para uma casa em Crescent, onde alugam-se quartos.

É um lugar lindo. O rio Ersk atravessa o vale, que vai se alargando à medida que se aproxima do porto. À direita da cidade, ficam as ruínas da Abadia de Whitby, que dizem ser mal-assombrada pela Dama de Branco. Entre essas ruínas e a cidade, fica outra igreja, a paroquial, rodeada por um grande cemitério. Na minha opinião, é o lugar mais bonito de Whitby, pois de lá se tem uma vista linda para o porto. Muita gente passeia por ali e senta-se nos bancos, admirando a paisagem. É de um desses bancos que escrevo estas linhas. A meu lado está sentado um velho marinheiro, de rosto queimado pelo sol. Diz que tem quase cem anos e era marinheiro da frota de pesca da Groenlândia por ocasião de Waterloo. Creio que é um tanto cético, pois, quando lhe perguntei pela Dama de Branco, respondeu:

– Não acredito nisso, senhorita. São coisas que passaram. Não digo que não tenham existido, mas não foram de meu tempo.

Quando o relógio bateu seis horas, ele se levantou, com esforço, e me explicou:

– Tenho de voltar para casa, senhorita. Minha neta não gosta de me esperar para o chá.

Afastou-se, descendo a escada o mais depressa que pôde. Essa escada é uma característica deste lugar. Vai da cidade à igreja e tem centenas de degraus, fazendo uma curva discreta. A encosta é tão suave que até a cavalo pode ser galgada.

Agora, vou para casa. Lucy saiu para fazer visitas com·sua mãe, mas já deve ter voltado.

25 de julho

Cheguei aqui com Lucy há uma hora e tivemos uma conversa muito interessante com meu velho amigo e dois outros que sempre ficam com ele e que o consideram, sem dúvida, como seu mestre. Lucy estava linda, com seu vestido branco; ganhou uma bela cor depois que chegou aqui. Notei como os velhos vêm se sentar ao seu lado, mal ela aparece. Também, é tão amável com eles!

Insisti com o velho marinheiro sobre as lendas, mas ele, mais uma vez, deu mostra de seu ceticismo.

Eu e Lucy ficamos algum tempo, e ela me falou de novo a respeito de Arthur e de seu próximo casamento. Isso me fez sofrer um pouco, pois há um mês não tenho notícias de Jonathan.

Mesmo dia

Vim aqui sozinha, pois estou muito triste. Não havia carta para mim. Espero que tudo esteja correndo bem com o Jonathan. O relógio acaba de bater nove horas. Contemplo as luzes da cidade e penso em Jonathan. Onde estará a uma hora destas? Por que não está aqui, perto de mim?

DIÁRIO DO DR. SEWARD

5 de junho

Quanto mais interessante se torna o caso de Renfield, menos compreendo. Ele possui certas qualidades muito desenvolvidas: personalidade, capacidade de guardar segredo e curiosidade. Queria saber qual é o objetivo dessa última qualidade. Parece ter arquitetado algum plano. Sua maior qualidade é o amor pelos animais, embora, às vezes sua atitude me leve a crer que é apenas anormalmente cruel. Seu passatempo agora é pegar moscas. Tem uma enorme quantidade delas.

18 de junho

Agora, passou a se interessar pelas aranhas e tem vários exemplares grandes numa caixa. Alimenta-as com suas moscas, cujo número diminui, embora ele se utilize de metade de seu alimento para apanhá-las.

1° de julho

Suas aranhas estão aumentando demais e dei-lhe ordem de acabar com elas, como já lhe dera de acabar com as moscas.

8 de julho

Sua loucura tem um certo método, não resta dúvida. Agora resolveu se distrair com os pardais e já amansou um quase inteiramente. Seu método de amansá-lo é simples, pois as aranhas já diminuíram. As que restam, contudo, estão bem alimentadas, pois ele continua a pegar moscas para a comida.

19 de julho

Estamos progredindo. Meu amigo tem agora toda uma colônia de pardais e as moscas e aranhas estão quase esquecidas. Quando entrei, correu para mim, fazendo-me festa como um cão e implorou-me que lhe desse um gato, ao menos um gatinho... Recusei-lhe, porém.

Ao falar, mostrou-se submisso como um cão. Perguntei o que era, e ele respondeu, com uma espécie de enlevo na voz e no porte:

Um gatinho, um simpático gatinho pequeno, fofo e brincalhão, com quem eu possa brincar e dar comida, muita comida!

O pedido não me pegou de surpresa, pois eu já vinha notando que seus bichos de estimação continuavam aumentando em tamanho e vivacidade, mas não queria que aquela bela família de pardais domesticados fosse dizimada como as moscas e as aranhas. De modo que disse que veria o que poderia fazer e perguntei se ele não preferia um gato adulto em vez de um filhote. Sua avidez o traiu na resposta:

– Oh, sim, prefiro um gato adulto! Só pedi um gatinho para que você não me recusasse. Ninguém me recusaria um gatinho, não é mesmo?

Balancei a cabeça e disse que, no momento, receava não ser possível, mas que veria o que poderia fazer. Ele ficou acabrunhado, e vi um sinal de perigo em sua expressão, pois aquele olhar subitamente feroz e oblíquo escondia uma intenção assassina. O sujeito é um maníaco homicida que ainda não se desenvolveu. Vou fazer experimentos abordando esse novo desejo e ver como me saio, então saberei mais.

Dez da noite

Voltei a visitá-lo e o encontrei sentado no canto, chorando. Quando entrei, atirou-se de joelhos diante de mim e implorou que eu o deixasse ter um gato, que sua salvação dependia disso. Fui firme, contudo, e disse que não seria possível. Diante de minha resposta, Renfield afastou-se, calado, e sentou, roendo as unhas, no mesmo canto onde o havia encontrado. Voltarei a visitá-lo amanhã cedo.

20 de julho

Visitei Renfield ainda muito cedo, antes da ronda dos enfermeiros. Encontrei-o acordado, cantarolando uma canção. Espalhava açúcar, que havia economizado, na janela, e começava a caçar moscas novamente. Fazia-o animada e graciosamente. Procurei seus passarinhos, e como não vi nenhum, perguntei onde estavam. Ele respondeu, sem se virar, que haviam fugido pela janela. Havia algumas penas no quarto e uma mancha de sangue em seu travesseiro. Não falei nada, mas saí e pedi ao enfermeiro para me avisar se acontecesse alguma coisa estranha ao longo do dia.

Onze da manhã

O enfermeiro veio me dizer que Renfield estava passando muito mal e que havia vomitado diversas penas.

– Doutor, acho que ele comeu os pardais – disse. – Simplesmente pegou os passarinhos e os comeu crus!

Onze da noite

Dei a Renfield um opiáceo forte agora à noite, suficiente para fazê-lo dormir, e peguei seu diário para ler. O pensamento que vinha se agitando em minha mente nesses últimos dias agora está completo, e minha teoria foi provada. Meu maníaco homicida é de uma variedade peculiar. Terei de inventar uma nova categoria para ele, vou chamá-lo de zoófago (o que devora vida) maníaco. Seu desejo é absorver o máximo de vidas que puder, e se pôs a fazê-lo de modo cumulativo. Deu muitas moscas a uma aranha, muitas aranhas a um pássaro, e então quis um gato para comer muitos pássaros. Quais seriam as etapas seguintes de seu plano? Talvez até valesse a pena deixá-lo completar o experimento. Isso poderia ser feito se houvesse motivo suficiente. Os homens desdenharam a vivissecção, mas veja os seus resultados hoje em dia! Por que não promover o progresso da ciência em seu aspecto mais difícil e vital, o conhecimento do cérebro? Se ao menos eu soubesse o segredo dessa mente, se tivesse a chave para a fantasia de um único lunático, poderia elevar meu próprio ramo da ciência a um patamar alto. Se apenas houvesse um motivo suficiente! Não posso nem pensar muito nisso, para não me sentir tentado. Um bom motivo talvez viesse a calhar, pois será que também não possuo um cérebro excepcional, congenitamente falando?

Como o sujeito argumentou bem! Lunáticos sempre são assim dentro de seu escopo. Pergunto-me em quantas vidas ele calcula o valor de um homem, ou se uma já basta. Ele fechou a conta com precisão, e hoje começou um novo registro. Quantos de nós iniciam um novo registro a cada dia de nossas vidas?

Para mim, parece que foi ontem que minha vida terminou junto com minha nova esperança e que comecei de fato um novo registro. Assim será até que o Grande Registrador me adicione e feche o meu balanço em termos de perdas e ganhos. Oh, Lucy, Lucy, não posso ficar irritado com você, nem posso ficar irritado com meu amigo cuja felicidade é a tua, devo simplesmente esperar resignadamente e trabalhar. Trabalhar! Trabalhar!

Se tivesse uma causa forte como meu pobre amigo louco aqui, uma causa boa, generosa, que me fizesse trabalhar, isso sim seria felicidade.

DIÁRIO DE MINA MURRAY

26 de julho

Estou preocupada com Jonathan e com Lucy também. Não tinha notícias de Jonathan há muito tempo, quando ontem o Sr. Hawkins, que é muito atencioso comigo, mostrou-me uma carta dele, anunciando seu regresso, em poucas palavras. É esquisito, nem parece carta de Jonathan.

A saúde de Lucy também me preocupa. Está bem-disposta, mas voltou a seu velho sonambulismo. Conversei a respeito disso com a mãe dela e prometi fechar, todas as noites, com cuidado, a porta do nosso quarto. Lucy está dormindo no quarto comigo. A Sra. Westenra está muito preocupada, pois acha que os sonâmbulos caminham pelos telhados, de onde se arriscam a cair e fraturar o crânio. Coitada, gosta tanto da filha! Contou-me que o marido tinha o mesmo hábito: levantava-se à noite, dormindo, vestia-se e saía, se não fosse impedido. Lucy vai se casar no próximo outono e está muito preocupada com o enxoval. Isso me faz desejar ainda mais ardentemente o regresso de Jonathan. O Sr. Holmwood, o Exmo. Sr. Arthur Holmwood, filho único de Lord Godalming – virá se reunir a nós dentro de pouco tempo, logo que possa sair da cidade, pois seu pai não está passando bem, e Lucy está contando as horas, ansiosa.

27 de julho

Continuo sem notícias de Jonathan, o que me preocupa muito. Se ele me escrevesse ao menos uma linha! Lucy continua com sonambulismo e todas as noites acordo com ela caminhando pelo quarto. Felizmente o tempo está bom e não há perigo dela apanhar um resfriado. Mas a falta de sono está me afetando e estou ficando nervosa. Felizmente, Lucy está passando bem. O Sr. Holmwood continua preso junto do pai, cujo estado de saúde está se agravando.

3 de agosto

Mais uma semana, e nenhuma notícia de Jonathan, nem mesmo para o Sr. Hawkins. Deus queira que não esteja doente! A letra de sua última carta é dele mesmo, mas a carta não me satisfez. Lucy não caminhou muito dormindo durante a última semana.

6 de agosto

Outros três dias sem notícia. Essa expectativa é insuportável. Se ao menos eu soubesse para onde escrever ou ir, sentiria-me menos preocupada; mas não tive a menor notícia dele, depois de sua última carta. Só me resta rezar a Deus, pedindo paciência.

Durante a noite passada, ventou muito, e os marinheiros achavam que estávamos na iminência de uma tempestade. Hoje, o nevoeiro está muito forte. Todos os barcos de pesca rumam para a terra. Encontrei-me com o velho marinheiro e fiquei admirada com sua mudança: estava realmente abatido, prevendo naufrágios. Fiquei satisfeita quando um guarda costeiro se aproximou, empunhando um binóculo. Parou para conversar comigo, como faz sempre, mas olhava, constantemente, para um estranho navio.

– Pelo aspecto, deve ser russo – disse ele. – Não parece estar sendo dirigido; deve estar vendo a tempestade aproximar-se, mas parece que não se decide se segue para o norte ou se entra aqui. Vamos ouvir falar dele antes de amanhã a estas horas.

VII

RECORTADO DO DAILYGRAPH DE 8 DE AGOSTO (INCLUSO NO DIÁRIO DE MINA MURRAY)

De um correspondente:

Uma das maiores e mais violentas tempestades de que se tem memória aqui, com resultados estranhos e únicos. Na noite de sábado, o tempo estava bom. Grupos de pessoas passeavam no Bosque de Mulgrava, Baía de Robin Hood, Rig Mill, Runswick, Staithees e diversos outros lugares das vizinhanças de Whitby. Os navios de turismo "Emma" e "Nelson" realizaram excursões pelo litoral e a cidade de Whitby estava muito movimentada. O crepúsculo foi muito bonito. Um velho marinheiro, que há mais de meio século observa os sinais do tempo no Rochedo de Leste, previu, com segurança, uma tempestade. O vento abrandou inteiramente durante a noite e, à meia-noite, houve uma calmaria absoluta, calor intenso e o mormaço, que fazem as pessoas sensíveis prever a aproximação de tempestade. Havia poucas luzes à vista no mar, pois mesmo os vapores costeiros que, em geral, navegam muito perto da costa, tinham ganhado o mar alto e poucos barcos de pesca estavam à vista. As únicas velas visíveis eram de uma escuna estrangeira que parecia ir para oeste. A imprudência ou ignorância de seus oficiais deu motivo a muito comentário e procurou-se fazer-lhe sinal no sentido de reduzir as velas, em face do perigo.

Pouco antes de dez horas, a atmosfera se tornou opressiva e reinou um silêncio tão completo que se podia ouvir o latir de um cão na cidade. Pouco antes de meia-noite, veio um ruído estranho do mar e um uivo encheu o ar.

De repente, sem advertência, a tempestade se desencadeou. As ondas ergueram-se furiosamente. Subitamente a escuna apareceu iluminada pela luz do farol. Um grito de angústia irrompeu de todos os lábios, mesmo dos homens mais fortes e habituados com as surpresas marítimas.

– Não escapa! – gritaram. – Vai se arrebentar de encontro aos rochedos.

Erguida por uma onda gigantesca, a escuna foi projetada no porto. Parecia um milagre. A luz do farol a acompanhou e um arrepio percorreu todos que a contemplavam, pois, amarrado ao leme, havia um cadáver. Nenhum outro vulto era divisado na coberta.

Arrastado pelas ondas, o navio encalhou na praia. E o mais estranho de tudo foi que, logo que o navio encalhou, um cão enorme pulou da proa, caiu na areia e saiu correndo, como uma flecha, em direção ao cemitério da igreja, onde desapareceu.

O soldado da guarda-costeira que estava de serviço na zona oriental do porto foi o primeiro a subir ao navio. Embora estivesse um pouco longe, também me dirigi logo para lá. Quando cheguei, já havia grande multidão, que a polícia e a guarda costeira tratavam de impedir que entrasse na escuna. Por cortesia das autoridades, pude entrar, na qualidade de jornalista.

O que se via era inacreditável. O homem estava com as mãos amarradas na roda do leme. Entre a mão que estava para o lado de dentro e a madeira, havia um crucifixo cujo rosário fora enrolado em ambos os punhos do cadáver e na roda. Um médico, o Dr. J. M. Caffyri, que chegou logo depois de mim, opinou que ele já devia estar morto há uns dois dias. No seu bolso foi encontrada uma garrafa, cuidadosamente arrolhada, contendo um pequeno rolo de papel que parece ser um adendo ao diário de bordo. O guarda costeiro diz que o homem deve ter amarrado as próprias mãos, atando o nó com os dentes.

A tempestade já passou e os curiosos estão voltando para casa. Enviarei mais pormenores para a próxima edição.

9 de agosto

Verificou-se que a escuna é russa, de Varna, e chama-se "Demeter". Estava navegando com lastro de areia, tendo apenas um pequeno carregamento, constituído por certo número de grandes caixotes de terra. Esse carregamento estava consignado a um procurador de Whitby, Sr. S. F. Billington, de Crescent, que, esta manhã, foi a bordo e tomou posse dos bens. Também o cônsul tomou posse formal do barco e pagou os impostos devidos.

Não se fala em outra coisa na cidade a não ser no estranho acontecimento. O destino do cão tem despertado grande interesse. Alguns membros da Sociedade Protetora dos Animais o procuraram, em vão. Para desapontamento geral, ele parece ter desaparecido inteiramente da cidade. Talvez, amedrontado, tenha se refugiado nos brejos, onde ainda se encontre. Não falta quem receie que, mais tarde, ele se torne um perigo, pois é enorme. Hoje cedo, um cão muito grande, mestiço de mastim, pertencente a um carvoeiro de perto do cais, foi encontrado morto, com o pescoço estraçalhado, mostrando que lutou ferozmente.

Mais tarde

Graças à amabilidade do inspetor da Câmara de Comércio, pude examinar o diário de bordo do "Demeter". Não registra fato algum de particular interesse, a não ser o desaparecimento de alguns membros da tripulação. O documento mais interessante é o que foi encontrado dentro da garrafa. Transcrevo, omitindo apenas alguns pormenores de ordem técnica. Parece que o capitão era maníaco e seu estado mental foi se agravando durante a viagem. Naturalmente, minhas informações devem ser aceitas em termos, pois estou escrevendo o que dita um empregado do cônsul russo, que teve a bondade de traduzir para mim, já que o tempo é curto.

DIÁRIO DE BORDO DO DEMETER
VIAGEM DE VARNA A WHITBY

Escrito em 18 de julho.

Estão acontecendo coisas tão estranhas que farei anotações cuidadosas, a partir de agora, até chegarmos ao nosso destino.

6 de julho

Recebemos a carga, que consiste em areia e caixotes cheios de terra. Ao meio-dia, partimos. Vento de leste. Tripulação: cinco marinheiros... dois pilotos, o cozinheiro e eu próprio (capitão).

11 de julho

Entramos no Bósforo ao amanhecer. Inspetores aduaneiros turcos vieram a bordo. Tudo em ordem. Partimos às 4h da tarde.

12 de julho

Atravessamos os Dardanelos. Mais inspetores alfandegários. Atravessamos o arquipélago à noite.

13 de julho

Passamos pelo cabo de Matapari. A tripulação mostra-se insatisfeita com alguma coisa. Parece amedrontada, mas não revelaram o motivo.

14 de julho

Fiquei preocupado com a tripulação. Todos os marinheiros eram homens corajosos, que já tinham viajado comigo antes. O imediato não pôde saber o que havia; os marinheiros apenas lhe disseram que havia alguma coisa e se benzeram. O imediato perdeu a calma com um deles e agrediu-o. Esperava barulho, mas tudo terminou bem.

16 de julho

O imediato me comunicou que um dos homens, Petrowsky, desapareceu. É incompreensível.

17 de julho

Ontem, um dos homens, Olagren, procurou-me e me avisou que acha que existe um estranho a bordo. Disse-me que, quando estava em seu posto, viu um vulto comprido e esguio caminhar ao longo da cobertura e desaparecer. Acompanhou-o, pé ante pé, mas, ao chegar à proa, não encontrou ninguém c todas as escotilhas estavam fechadas. Está apavorado, e receio que o medo contamine o resto da tripulação.

Para tranquilizá-lo, percorri todo o navio, de proa a popa.

Mais tarde, reuni todos os tripulantes e disse-lhes que, como estavam achando que havia alguma coisa a bordo, iríamos dar uma batida completa no navio. O imediato irritou-se, achando que aquelas ideias tolas desmoralizariam os homens. Deixei-o no leme enquanto o resto dava uma batida completa, com lanternas. Só havia os grandes caixotes, não existindo canto onde uma pessoa pudesse esconder-se. Os tripulantes ficaram tranquilizados.

22 de julho

Mar agitado nos últimos três dias. Os tripulantes parecem ter esquecido seus temores. Passamos Gibraltar.

23 de julho

Uma maldição parece pesar sobre este navio. Desapareceu outro homem enquanto estava de serviço. O medo reina de novo. Os homens pediram para ficar de serviço de dois em dois. Receiam ficar sós. O imediato está furioso.

24 de julho

Quatro dias de inferno, tempestade furiosa. Ninguém dorme. Os homens estão exaustos. É difícil pôr alguém de serviço, pois já não há ninguém em condições. O segundo piloto se ofereceu para fazer a vigília e ficar no leme para que os homens possam dormir algumas horas.

28 de julho

Outra tragédia. Tive de fazer turnos simples, por falta de homens. Pela manhã, só encontrei o timoneiro. Estamos agora sem segundo piloto e a tripulação em pânico.

29 de julho

Última noite. Felizmente estamos nos aproximando da Inglaterra. Tempo bom, todas as velas levantadas. Dormi profundamente. Acordei com o imediato me comunicando que tanto o homem da vigília como o timoneiro tinham desaparecido. Só restamos eu, o imediato e dois marinheiros.

1° de agosto

Dois dias de nevoeiro e nenhuma vela à vista. Esperava que, na Mancha, pudesse pedir socorro. Estamos navegando contra o vento. O imediato tornou-se o mais desmoralizado de todos. Os marinheiros estão trabalhando com paciência e vigor. São russos, o imediato é romeno.

2 de agosto, à meia-noite

Acordei após poucos minutos de sono, ouvindo um grito. Nada pude ver na escuridão. Esbarrei com o imediato. Mais um homem desapareceu. Parece que estamos no Mar do Norte, depois de atravessar o Estreito de Dover. Deus tenha piedade de nós!

3 de agosto

À meia-noite, vim substituir o homem que estava no leme. O vento estava muito forte. Gritei pelo imediato que, alguns segundos depois, apareceu transtornado e murmurou no meu ouvido:

"Ele está aqui, agora sei. Eu o vi, na noite passada. Debruçou-se na amurada. Aproximei-me dele e dei-lhe uma facada, mas a faca o atravessou sem feri-lo, como se tivesse cortado o ar. Mas ele está aqui, tenho certeza. Talvez dentro de uma daquelas caixas. Vou abrir uma por uma. Fique no leme". E afastou-se, com o dedo nos lábios. Pouco depois, avistei-o subindo para a coberta, carregando uma caixa de ferramentas e uma lanterna. Deve ter enlouquecido. Não adianta contrariá-lo. Assim, deixei-me ficar aqui e escrevo estas notas. Apenas me resta ter fé em Deus e esperar que o nevoeiro passe. Se conseguir chegar a qualquer porto com esse vento, arriarei as velas e farei sinal pedindo socorro... De repente, ouvi um grito horrível e o imediato apareceu correndo, tendo no rosto uma expressão de pavor: "Salve-me!". "É melhor vir também, capitão, antes que seja demasiado tarde. Ele está aqui. Agora, conheço o segredo. O mar me salvará dele!" E, antes que eu pudesse dizer uma palavra, precipitou-se no mar. Creio que agora também sei o segredo. Foi esse louco que se livrou dos homens, um a um, e agora os acompanhou. Deus tenha piedade de mim. Como poderei contar todos esses horrores, quando chegar ao porto? Mas chegarei?

4 de agosto

Ainda o nevoeiro, que o sol não pode atravessar. Não me atrevo a deixar o leme. Esta noite eu o vi... Deus me perdoe, mas o imediato fez bem em se atirar ao mar. Comigo, porém, o caso é diferente. Tenho de salvar minha honra de comandante. Estou cada vez mais fraco... Se o barco naufragar, talvez esta escuna seja encontrada e poderão compreender; se não... Então todos saberão que fui fiel ao meu posto. Deus, a Santa Virgem e os santos ajudem-me a cumprir meu dever...

Naturalmente o inquérito não pôde contar com testemunhas. A opinião quase unânime é que o capitão foi um herói e será enterrado com toda a pompa. Assim terminará mais este "mistério do mar".

DIÁRIO DE MINA MURRAY

8 de agosto

Lucy esteve muito agitada na noite passada e eu também não consegui dormir. A tempestade rugiu furiosa a noite toda. Por duas vezes Lucy levantou-se e se vestiu. Felizmente, pude ver a tempo e, sem assustá-la, fi-la despir-se e deitar de novo. É realmente curioso esse estado de sonambulismo.

Levantamos cedo e fomos ao porto, ver se acontecera alguma coisa durante a noite. Havia muita gente. O sol estava brilhante e a atmosfera muito pura. Sinto-me realmente feliz lembrando que Jonathan não estava ontem no mar, mas em terra. Mas estará ele em terra ou no mar? Onde estará e como? Se eu soubesse o que fazer!

10 de agosto

O enterro do desventurado capitão foi emocionante. Marinheiros carregaram o féretro e uma enorme multidão o acompanhou. Eu e Lucy havíamos chegado antes ao cemitério, que é o nosso passeio favorito. Depois, chegou o enterro.

Lucy está visivelmente abatida. Naturalmente as noites de sonambulismo a deprimem. Além disso soubemos, também, da morte do nosso amigo, o velho marinheiro quase centenário. Seu corpo foi encontrado hoje de manhã, no banco onde costumamos sentar, com o pescoço quebrado. Segundo disseram e de acordo com o médico, ele tinha caído, tomado por intenso terror, e a expressão de pavor estampada em seu rosto fez, segundo dizem, os que o viram estremecer. Coitado! Tínhamos tomado amizade por ele.

Lucy é muito sensível e agora mesmo um pequeno incidente aconteceu para deixá-la nervosa. Um dos marinheiros compareceu ao enterro acompanhado por um cão muito manso, que o acompanha sempre. Durante o enterro, o cão não ficou junto do seu dono, mas alguns passos afastado, uivando sem parar. O marinheiro chamou-o, a princípio, com bons modos, depois furioso, mas o animal não atendeu, nem parou de uivar e ladrar. O marinheiro perdeu a paciência, agarrou o pobre animal e atirou-o de encontro ao túmulo. Logo que bateu na pedra o cão se acalmou, mas começou a tremer muito e não tentou fugir. Lucy ficou com muita pena dele. Receio que, com sua extrema sensibilidade, sonhe esta noite com o incidente.

Acho que o melhor é dar um longo passeio até os rochedos da Baía de Robin, pois, quando ela está mais fatigada não é atacada pelas crises de sonambulismo.

VIII

DIÁRIO DE MINA MURRAY (CONTINUAÇÃO)

No mesmo dia, às onze da noite.

Nossa, como estou cansada! Se não tivesse feito de meu diário um dever, nem o abriria agora. A caminhada foi deliciosa. Após algum tempo, Lucy voltou a ficar animada, graças, creio, a umas vacas simpáticas que vieram nos olhar de perto, em um campo próximo ao farol, dando-nos um tremendo susto. Acredito que esquecemos tudo, exceto, é claro, o medo pessoal, e isso de certa forma limpou o terreno e nos permitiu recomeçar. Tomamos um "senhor chá" em Robin Hood's Bay, numa simpática e antiga estalagem, com uma janela bem pertinho das pedras cobertas de algas da praia. Acho que teríamos chocado a "Nova Mulher" com nosso apetite. Os homens são mais tolerantes, Deus os abençoe! Por fim, voltamos caminhando com algumas, ou melhor, muitas paradas para descansar, e os corações o tempo todo alvoroçados pelo medo dos touros selvagens. Lucy ficou realmente cansada, e pretendíamos ir direto para cama. Mas o jovem padre veio nos visitar, e a Sra. Westenra pediu que ficasse para a ceia. Lucy e eu tivemos que lutar contra o sono. Sei que, de minha parte, foi uma luta árdua, e me sinto uma heroína. Espero que um dia os bispos se reúnam e decidam formar um novo tipo de padres que, por mais que sejam pressionados, não fiquem para a ceia e que percebam quando uma jovem está cansada. Lucy dormiu e respira com suavidade. Suas faces voltaram a ficar mais coradas, e ela está, oh, uma graça. Se o Sr. Holmwood se apaixonou apenas de vê-la na sala de estar, me pergunto o que diria se a visse agora. Algum dia, um defensor da "Nova Mulher" vai lançar a ideia de que os homens e as mulheres deveriam poder ver uns aos outros dormindo antes de fazerem ou aceitarem propostas de casamento. Mas imagino que, no futuro, a própria "Nova Mulher" não se contentará em apenas aceitar. Ela mesma fará a proposta. E o fará muito bem! Sinto um certo consolo ao pensar nisso. Estou feliz agora que a querida Lucy parece melhor. Realmente acredito que tenha se recuperado e que os problemas durante o sono acabaram. Ficaria muito feliz se tivesse notícias de Jonathan... Deus o abençoe e proteja.

11 de agosto, 3h da madrugada.

Não consigo dormir, de modo que resolvi escrever. Tivemos tal aventura, uma experiência tão angustiante! Estava dormindo quando fui despertada de súbito e sentei-me na cama, com uma sensação horrível de medo e de vácuo em torno de mim. O quarto estava inteiramente escuro. Levantei-me e apalpei o leito de Lucy. Estava vazio. Acendi um fósforo e verifiquei que ela não estava no quarto. A porta estava fechada, mas não à chave. Para não acordar a mãe de Lucy, vesti-me sem fazer barulho. Verifiquei que tanto os vestidos como o penhoar estavam em seus lugares. Isso queria dizer que Lucy não podia estar longe, pois trajava apenas a camisola.

Desci a escada e procurei-a em todo o andar térreo. Nada encontrei. A porta da rua estava aberta. Enrolei-me num xale e saí. O relógio da igreja estava batendo uma hora. Tudo estava deserto enquanto eu seguia pela orla do cais. Ao luar, avistei as ruínas da Abadia e o cemitério. Lá, no banco onde gostamos de nos sentar, havia um vulto branco e um vulto negro. Não pude distinguir se era um homem ou um animal, pois, nesse momento, a luz da lua foi encoberta por uma nuvem escura. Subi a escada, que me pareceu interminável. Sentia as pernas trêmulas e a respiração ofegante. Devo ter caminhado depressa, embora tivesse a impressão de que meus pés tinham se tornado de chumbo e que as juntas de meu corpo estavam enferrujadas. Quando cheguei à entrada do cemitério, pude ver que havia uma forma comprida e negra inclinada sobre o vulto branco de Lucy. "Lucy! Lucy!", gritei, horrorizada. Ela não se mexeu, mas, por trás dela, dois olhos ardentes e vermelhos me olharam. Corri, mas, durante algum tempo, perdi Lucy de vista, oculta pela igreja. Quando cheguei junto dela, achei-a sozinha.

Estava ainda dormindo, respirando com dificuldade, e levou ambas as mãos ao pescoço, como que para fechar a gola. Atirei meu xale sobre seu ombro e o prendi com um alfinete. Mas parece que fui desajeitada, na minha pressa, pois ela tornou a levar a mão ao pescoço e gemeu. Calcei-a com meus sapatos e acordei-a com cuidado. – Acordou aos poucos, e não pareceu surpreendida quando me viu. Abraçou-me, trêmula. Acompanhou-me, com docilidade, e voltamos para casa.

Tivemos sorte de não encontrarmos ninguém. Eu receava muito, não somente pela saúde de Lucy, como pela sua reputação, se o caso se tornasse conhecido. Depois de entrarmos e lavarmos os pés, rezamos e nos deitamos de novo. Antes de dormir, ela pediu para não contar a ninguém, nem mesmo à sua mãe, a aventura. Hesitei, a princípio, mas acabei prometendo, principalmente devido ao estado de saúde de sua mãe. Fechei a porta e amarrei a chave no pulso.

Mesmo dia, meio-dia.

Lucy dormia tão profundamente que tive que acordá-la. Está bem.

Mesmo dia, à noite.

Passamos o dia bem. Almoçamos no Bosque de Mulgrave e a Sra. Westenra nos acompanhou, de carro. Meu prazer teria sido completo se Jonathan estivesse comigo. Mas tenho que ter paciência. À noite, fomos ao Cassino, ouvimos boa música e deitamo-nos cedo. Lucy parece mais bem-disposta que nos últimos tempos e dormiu logo. Vou fechar a porta e guardar a chave.

Fiquei aborrecida, notando que minha falta de jeito com o alfinete a havia ferido. Em seu pescoço havia o sinal de duas picadas, e em sua camisola uma gota de sangue. Pedi desculpas, mas ela riu e disse que nem ao menos sentira.

12 de agosto

Por duas vezes, durante a noite, fui despertada por Lucy querendo sair. Mesmo dormindo, pareceu muito contrariada ao encontrar a porta fechada e voltou para a cama protestando.

13 de agosto

Ontem à noite, dormi, de novo, com a chave amarrada em meu punho. Tornei a acordar durante a noite e encontrei Lucy sentada na cama e apontando para a janela, mas ainda dormindo. Levantei-me e abri a cortina. A noite estava linda, com o luar maravilhoso. Um grande morcego voava fazendo círculos e uma ou duas vezes aproximou-se, mas acho que teve medo de mim e fugiu, em direção à Abadia. Lucy tornou a deitar-se e dormiu tranquila o resto da noite.

14 de agosto

Passei todo o dia no Rochedo Oriental, lendo e escrevendo. Lucy gosta muito do lugar e não é fácil trazê-la para casa, às horas das refeições. Antes de entrarmos, apreciamos o maravilhoso crepúsculo. Nuvens purpúreas incendiavam o céu, lançando um clarão rosado sobre a paisagem. Ela parecia estar olhando para um vulto que estava sentado sozinho a alguma distância. Eu mesma fiquei um tanto espantada e notei que, à luz do crepúsculo, os olhos do homem pareciam brasas. Mas a ilusão se dissipou quando se extinguiu um raio de sol que batia nos vitrais da igreja. Chamei a atenção de Lucy para aquele efeito peculiar, mas ela continuou triste. Talvez estivesse pensando naquela terrível noite.

Jamais nos referimos a ela, assim eu nada disse, e voltamos para casa para jantar. Lucy estava com dor de cabeça logo que se levantou da mesa. Assim que ela dormiu, saí para fazer um passeio até os rochedos, triste, com saudade de Jonathan.

Quando voltei para casa, com um luar muito bonito, olhei através da janela e vi Lucy com a cabeça inclinada. Pensei que estivesse olhando para mim, do lado de fora, e, assim, abri meu lenço e agitei-o, mas ela não pareceu notar. Nesse momento, a lua iluminou a janela em cheio e distingui perfeitamente Lucy, com a cabeça encostada no peitoril e os olhos fechados. Estava dormindo e junto dela, no peitoril da janela, havia alguma coisa que se parecia com uma ave de bom tamanho. Subi a escada correndo e entrei no quarto. Lucy dormia, respirando com dificuldade e levava constantemente a mão ao pescoço, como para protegê-lo contra o frio.

Não a despertei, mas cobri-a e fechei a porta e a janela, cuidadosamente. Achei Lucy mais pálida que de costume. Acho que está se preocupando com alguma coisa, que eu desejaria saber o que é.

15 de agosto

Levantamos mais tarde que de costume. Lucy estava cansada, mas, durante o almoço, houve uma boa surpresa. Chegou uma carta de Arthur, cujo pai está melhor e deseja que o casamento se realize o mais depressa possível. A Sra. Westenra mostrou-se muito satisfeita, pois, evidentemente, sabe que não pode viver muito tempo e quer deixar a filha casada.

17 de agosto

Não tive ânimo para escrever durante dois dias. A casa está triste. Não tenho a menor notícia de Jonathan. Também não compreendo o que se passa com Lucy, que come e dorme bem, mas está ficando cada dia mais fraca e mais pálida. Não tem saído mais e dorme, depois que dei para amarrar a chave em meu punho, à noite, mas se levanta, anda pelo quarto e senta-se diante da janela aberta. Na noite passada, encontrei-a assim, tentei acordá-la, mas ela desmaiou. Tive muito trabalho para fazê-la recuperar os sentidos. Chorava e respirava com dificuldade.

Perguntei-lhe o que fazia junto à janela, mas não respondeu. Olhei-a agora, depois que dormiu de novo e notei que os diminutos ferimentos do pescoço não cicatrizavam. Parecem, mesmo, ter aumentado. Se não melhorarem, dentro de um ou dois dias, vou chamar o médico.

CARTA DE SAMUEL F. BILLINGTON & FILHO, PROCURADORES, DE WHITBY, AOS SRS. CARTER, PATERSON & CIA., DE LONDRES

17 de agosto

Prezados Senhores,

Enviamos junto fatura de mercadorias embarcadas pela Estrada de Ferro do Norte, que devem ser entregues em Carfax, perto de Purfleet, logo depois de desembarcadas na estação de King´s Cross. A casa está vazia, mas enviamos junto as chaves, todas com as respectivas etiquetas.

Pedimos o obséquio de depositar os caixotes, em número de cinquenta, na parte do prédio parcialmente arruinada e marcada com um "A" na planta inclusa. A mercadoria chegará no trem das 4 horas e 30 minutos da tarde de amanhã. Nosso cliente deseja que a entrega seja feita com a maior presteza e enviamos junto um cheque de dez esterlinos para as despesas. V.S.as devem deixar as chaves no vestíbulo principal da casa, onde o proprietário as encontrará, entrando com sua chave duplicata.

Atenciosamente,
Samuel F. Billington & Filho

DIÁRIO DE MINA MURRAY

18 de agosto

Lucy está muito melhor, recuperando as cores, o que me alegra muito. Voltamos juntas ao velho cemitério e ela me perguntou, sorrindo: "Quem me trouxe aqui, durante a noite?" "Você estava sonhando, sem dúvida" respondi-lhe. "Talvez", disse ela, "mas guardo uma recordação nítida, como se fosse realidade. Senti-me atraída como um ímã, embora tivesse medo. Lembro-me de ter atravessado as ruas, dormindo, enquanto os cães ladravam. Subi a escada da Abadia. Depois, avistei um homem escuro, com olhos vermelhos. Quando se aproximou de mim, tive a impressão de ter mergulhado numa água profunda e perdi os sentidos. Depois, senti-me violentamente sacudida".

Depois começou a rir, o que achei estranho. Não insisti mais.

19 de agosto

Tive uma grande alegria, embora incompleta. Tive, afinal, notícias de Jonathan. Estava doente e era por isso que não escrevia. Segundo me escreveu Irmã Agatha, do Hospital de São José e Santa Maria, de Budapeste, ele se encontra lá, atacado de uma febre cerebral. Chorei muito ao ler a carta da irmã. Vou partir amanhã para junto de Jonathan e trazê-lo de volta, quando estiver são. Ele sofreu grande choque nervoso e precisa de um repouso no sanatório antes de se restabelecer inteiramente. No seu delírio, segundo a irmã, falou a respeito de lobos e sangue, mas, graças a Deus, já está melhor.

DIÁRIO DO DR. SEWARD

19 de agosto

Mudança repentina na conduta de Renfield. Ontem, mais ou menos às oito horas da noite, ficou agitado e começou a farejar, como um cão que encontra as pegadas do dono. O guarda o interrogou e o louco, que se mostra sempre cortês com ele, respondeu-lhe com brutalidade: "Não quero mais conversar com você. Estou esperando o Mestre." O guarda achava-se convencido de que ele fora atacado por nova forma de mania religiosa. Em tal caso, será conveniente redobrar a vigilância. Não pode haver algo mais perigoso que a mania homicida misturada com a religiosa. Às nove horas, fui vê-lo. Sua atitude diante de mim foi idêntica a que mostrara diante do guarda. Fingi que não estava prestando atenção, mas não tirei os olhos dele. Ele se assentou na cama, com o olhar vago. Para verificar se tal indiferença era simulada ou não, procurei puxar assunto falando a respeito dos bichos, seus prediletos. Ele a princípio não respondeu, depois disse, com maus modos:

– Não me amole! Me importo tanto com eles como com a primeira camisa que vesti!

– Como? – exclamei, surpreendido. – Já não se interessa pelas aranhas?

Sua resposta foi esquisita:

– As damas de honra causam regozijo aos olhos de quem espera a noiva, mas, quando a noiva aparece, as outras perdem o brilho.

Não quis se explicar mais. Manteve-se em silêncio obstinado, depois. Estou cansado e deprimido esta noite. Não posso deixar de pensar em Lucy. Se não conseguir dormir, recorrerei ao cloral, o moderno Morfeu... Não. Preciso ter cuidado para não se tornar um hábito.

Mais tarde

Foi bom ter tomado tal resolução. Às duas horas da madrugada, o guarda foi me avisar que Renfield tinha fugido. Vesti-me e saí apressadamente, pois o doente é muito perigoso para ficar à solta. O guarda me afirmou que, dez minutos antes, vira Renfield em seu leito, dormindo, ao olhar através da abertura de observação da porta. O ruído de uma jaula que se abria alertou-o. Correu justamente a ver o louco desaparecer pela janela, vestido de camisa de dormir. O guarda, que é robusto, não pôde passar pela janela, mas eu passei. Como a janela fica poucos metros acima do solo, não me machuquei com o pulo.

Cheguei a tempo de ver um vulto branco escalando o alto muro que separa o terreno do hospício do terreno da casa abandonada.

Voltei imediatamente e dei ordem ao guarda para arranjar, imediatamente, três ou quatro homens para me acompanharem à propriedade de Carfax, para o caso do louco se mostrar perigoso. Arranjei uma escada e pulei para o outro lado. Consegui avistar Renfield justamente quando ele estava sumindo no canto da casa e corri atrás dele. Encontrei-o apertado contra a velha porta de ferro e carvalho da capela. Segundo parecia, estava conversando com alguém, mas não me atrevi a aproximar-me, para que ele não fugisse.

– Aqui estou para cumprir suas ordens, Mestre – ouvi-o dizer. – Sou seu escravo e irei servi-lo fielmente. Adoro-o há muito tempo e, agora que está perto, espero suas ordens.

Quando nos acercamos dele, lutou como um tigre. Parece mais uma fera que um ser humano. Nunca tinha visto antes um lunático tão furioso.

Agora, disse palavras compreensíveis, pela primeira vez:

Terei paciência, Mestre. Está chegando... está chegando...

IX

CARTA DE MINA MURRAY A LUCY WESTENRA

Budapeste, 24 de agosto

Minha querida Lucy,

Sei que você está ansiosa para saber notícias minhas desde que parti de Whitby. Cheguei à noite, sem novidades, a Hull, e ali tomei o barco para Hamburgo, de onde vim parar aqui. Eu quase não me lembro dessa viagem, pois Jonathan ocupava todos os meus pensamentos. Encontrei-o em estado doloroso, magro e abatido. Seus olhos perderam o brilho e não se lembra de coisa alguma que lhe aconteceu há muito tempo, ou, pelo menos, está querendo me fazer acreditar que isso seja verdade, e não insisti. A Irmã Agatha, que é uma ótima criatura e uma enfermeira nata, me contou que seu delírio foi muito grave. Pedi-lhe para me contar o que ele dissera, mas ela benzeu-se e nada quis dizer, falando que é um segredo de Deus.

Mas advertiu, ao mesmo tempo, que eu não precisava ficar preocupada, pois nada do que lhe acontecera afetava o amor que me dedicava. Estou agora sentada à cabeceira de sua cama, contemplando seu sono. Ele está acordando!

Quando acordou, pediu-me para lhe dar seu casaco, pois queria procurar alguma coisa no bolso. Pedi à Irmã Agatha, que trouxe tudo. Entre essas coisas, vi seu caderno de notas e pensei que fosse me entregar, mas ele pediu-me para ir até a janela, dizendo que queria ficar sozinho por algum tempo. Depois, chamou-me e disse, solenemente:

– Wilhelmina – compreendi que era coisa muito importante, pois só me chamou assim quando me pediu em casamento – você conhece minhas ideias a respeito da confiança mútua entre marido e mulher. Tive um grande choque nervoso, pois a febre cerebral que me atacou é uma espécie de loucura. Você poderá conhecer o segredo que envolve tal fato, está aqui e não quero conhecê-lo. Quero começar a vida agora, com o nosso casamento. Está disposta, Wilhelmina, a compartilhar minha ignorância? Eis o caderno. Fique com ele, leia-o, se quiser, mas não converse jamais a respeito disso comigo.

Caiu, exausto, no travesseiro. Pedi à Irmã Agatha para providenciar junto à superiora, no sentido de que nosso casamento se realize esta tarde, e estou esperando a resposta...

Ela acaba de me dizer que o capelão da missão da Igreja Anglicana está à nossa disposição. Vamos nos casar dentro de uma hora, logo que Jonathan acorde...

Lucy, tudo acabou. Jonathan acordou pouco mais de uma hora depois e tudo já estava providenciado. Mal posso falar. Sinto-me tão feliz!

Quando o capelão e as irmãs me deixaram sozinha com meu marido – é a primeira vez, Lucy, que escrevo as palavras "meu marido" – embrulhei o caderno com seu diário num papel branco, amarrei-o com uma fita azul que trazia no pescoço e selei-o com lacre em cima do nó, carimbando-o com meu anel de noivado. Prometi a Jonathan não romper o selo senão em caso de extrema necessidade, para a segurança dele próprio ou do cumprimento de um dever.

Estarei inteiramente feliz quando Jonathan estiver restabelecido de todo.

Adeus, minha querida.

Vou enviar esta carta imediatamente e talvez escrever-lhe de novo em breve.

Sua afetuosa Mina Harker

DIÁRIO DO DR. SEWARD

20 de agosto

O caso Renfield se torna cada vez mais empolgante. Durante uma semana, mostrou-se furioso, depois uma noite, quando a lua acabava de surgir, acalmou-se de repente e murmurou para si mesmo:

– Agora, posso esperar.

O guarda me comunicou e fui logo vê-lo. Ele ainda estava metido na camisa de força e no quarto acolchoado. Dei ordem para deixá-lo mais à vontade. Os guardas hesitaram.

– Imagine! Acham que posso fazer mal ao senhor!

Estaria mesmo me encarando com amizade, ou apenas queria me lisonjear para obter algum favor? Procurei fazê-lo falar, mas foi em vão, mesmo lhe oferecendo um gato.

– Posso esperar, posso esperar – repetia.

Os guardas me contaram que ele ficou tranquilo até certa hora, depois foi de novo tomado por uma crise de fúria, à qual se seguiu uma espécie de coma. Há três dias que se dá a mesma coisa: violência durante todo o dia, depois calma desde o nascer da lua até o nascer do sol. Parece que há uma influência que vai e vem. Esta noite vou fazer uma experiência. Outro dia, ele fugiu sem nossa ajuda; esta noite fugirá com ela. Vou dar-lhe uma oportunidade e meus homens prontamente o seguirão, em caso de necessidade...

23 de agosto

Renfield preferiu não fugir pela janela deixada propositadamente aberta, mas, quando o guarda foi vê-lo à noite, atirou-o por terra e correu para o corredor. Avisado imediatamente, dei ordem aos guardas para segui-lo. De novo ele entrou no terreno da casa abandonada e fomos encontrá-lo apertado contra a porta da capela. Ao me avistar, tornou-se tão furioso que, se os guardas não o segurassem a tempo, teria tentado matar-me. De repente, redobrou seus esforços, depois se aquietou de súbito. Olhei em torno, mas nada vi. Depois, acompanhei os olhos do enfermo, que estavam voltados para o céu enluarado, mas a única coisa que vi foi um grande morcego, que voava rumo ao poente.

– Não precisam segurar-me assim – disse ele, tornando-se cada vez mais calmo. – Irei por bem.

E, sem dificuldade, voltamos. Sinto que há algo de ameaçador nesta calma e não me esquecerei desta noite...

DIÁRIO DE LUCY WESTENRA

Hillingham, 24 de agosto.

Resolvi imitar Mina e escrever um diário. Só assim poderei lembrar-me de tudo que pretendo lhe contar, quando ela voltar. Na noite passada, tive a impressão de estar sonhando de novo, como acontecia em Whitby. Talvez tenha sido a mudança de ar ou o fato de estar em casa de novo. Tudo é sombrio e horrível para mim, de nada me lembro, mas sou presa de um temor vago e sinto-me fraca e abatida. Quando Arthur apareceu para almoçar, ficou visivelmente impressionado ao me ver e não consegui mostrar-me animada. Vou ver se durmo hoje no quarto de minha mãe.

25 de agosto

Outra noite desagradável. Minha mãe não pareceu entusiasmada com a minha proposta. Naturalmente, como não está passando bem, ficou com medo de me dar trabalho. Tentei ficar acordada até mais tarde, mas, quando soaram as doze badaladas, fui despertada de um cochilo. Ouvi pancadas na janela, mas não me preocupei em saber o que era, e como não me lembro de mais nada, acho que devo ter adormecido.

Hoje amanheci muito fraca, pálida e meu pescoço dói muito. Devo estar com alguma coisa no pulmão, pois respiro com dificuldade. Mas preciso mostrar-me animada, durante o almoço, para não causar preocupação a Arthur.

CARTA DE ARTHUR HOLMWOOD AO DR. SEWARD
ALBEMARLE HOTEL, 31 DE AGOSTO

Meu caro Jack,

Desejo um favor seu. Lucy não está passando bem; não tem uma doença definida, mas está piorando de dia para dia e não me atrevo a conversar a respeito disso com a mãe dela, cujo estado de saúde é grave. Peço-lhe, pois, para vir vê-la. Deposito a máxima confiança em sua opinião. Venha almoçar amanhã, aqui em Hillingham, de maneira que sua visita não faça a Sra. Westenra desconfiar de qualquer coisa. Estou aflitíssimo e quero conversar com você, logo que a tenha examinado. Não deixe de vir!

Arthur

TELEGRAMA DE ARTHUR HOLMWOOD PARA SEWARD

1° de setembro

Fui chamado para ver meu pai, que piorou.

Escreva-me tudo hoje à noite enviar para Ring. Telegrafe-me, se for necessário.

CARTA DO DR. SEWARD A ARTHUR HOLMWOOD
2 DE SETEMBRO

Meu caro amigo,

No que diz respeito à saúde da Srta. Westenra, apresso-me em dizer-lhe que, na minha opinião, não há distúrbio funcional ou moléstia. Ao mesmo tempo, não fiquei satisfeito com seu estado, que mudou muito, depois da última vez que a vi. Parece que se trata de uma perturbação mental. Depois de muita reflexão, resolvi escrever ao meu velho amigo e mestre, o Professor Van Helsing, de Amsterdam, que conhece mais a respeito de enfermidade desse tipo que qualquer outra pessoa do mundo. Pedi-lhe que viesse examinar Srta. Westenra, e expliquei a minha interferência e meus laços com a senhorita. Estou certo de que ele virá, pois nunca deixou de atender a um pedido meu. Aparentemente, ele é um homem esquisito, arbitrário, mas isso se dá porque sabe o que diz. É um filósofo, um metafísico, um dos mais avançados cientistas de nossos dias; e tem, estou convencido, uma mentalidade muito arejada. Amanhã vou tornar a examinar Srta. Westenra. Ela vai se encontrar comigo em Stores, para não assustar sua mãe.

Saudações,

John Seward

CARTA DO DR. SEWARD A
V. EXA. ARTHUR HOLMWOOD
3 DE SETEMBRO

Meu caro Art,

Van Helsing veio e já voltou. Foi comigo a Hillingham e, graças às providências de Lucy, sua mãe estava almoçando fora e ele pôde examinar a paciente demoradamente.

Vai me informar a respeito, pois, naturalmente, não estive presente durante todo o tempo. Confesso que o achei preocupado, mas disse-me que tem de refletir sobre o caso. “É uma questão de vida ou morte, talvez mais do que isso”, disse-me ele. Quis que me explicasse melhor, mas ele não deu novos esclarecimentos. Não fique aborrecido comigo, porque a própria reticência de Van Helsing é uma prova de que seu cérebro está trabalhando intensamente para o bem da Srta. Westenra. Ele dará sua opinião quando julgar oportuno. Ainda na hora de partir, disse-me:

"Telegrafe-me, dando notícias, todos os dias. Se for preciso, voltarei. A enfermidade – que, aliás, não é, de modo algum propriamente enfermidade – me interessa e aquela encantadora jovem me interessa muito, também. Voltaria por causa dela, mesmo se não fosse por causa da moléstia ou por sua causa".

Espero que seu pai esteja melhor. Sei como você se sente, preocupado com duas pessoas que lhe são tão preciosas. Sei que o dever o prende junto a seu pai, mas, se houver necessidade, enviarei um recado para você vir imediatamente até Lucy, então não fique ansioso, a menos que tenha notícias minhas.

TELEGRAMA DE SEWARD, DE LONDRES,
PARA VAN HELSING, AMSTERDÃ

4 de setembro

Paciente melhor hoje.

TELEGRAMA DE SEWARD, DE LONDRES, PARA VAN HELSING, DE AMSTERDÃ

5 de setembro

Paciente muito melhor, com apetite; dorme naturalmente; animada; cores voltando.

TELEGRAMA DE SEWARD, DE LONDRES, A VAN HELSING,
DE AMSTERDÃ

6 de setembro

Terrível mudança para pior. Venha imediatamente; não perca uma hora. Vou aguardar sua chegada para telegrafar para Holmwood.

X

CARTA DO DR. SEWARD PARA ARTHUR HOLMWOOD

6 de setembro

As notícias de hoje não são boas. Lucy não está passando bem. Mas há males que vêm para bem. Sra. Westenra ficou aflita e consultou-me como médico. Aproveitei a oportunidade e disse-lhe que meu velho mestre, o grande especialista Van Helsing, vem me visitar e que eu o levaria para tratar de Lucy.

Desse modo, não precisamos assustar a velha senhora.

Sempre seu amigo,

John Seward

DIÁRIO DO DR. SEWARD

7 de setembro

A primeira coisa que Helsing disse, quando nos encontramos em Liverpool Street, foi: – Contou alguma coisa ao seu jovem amigo, namorado dela?

– Não – respondi. – Estava esperando sua chegada, como disse em meu telegrama. Escrevi-lhe apenas dizendo que o senhor vinha, pois Srta. Westenra não está passando muito bem.

– Fez muito bem, meu amigo! – disse ele. – É preferível que ele saiba o mais tarde possível.

Quando descrevi os sintomas de Lucy – os mesmos de antes, porém, muito mais acentuados – ele se mostrou muito sério, mas nada disse.

Quando chegamos, a Sra. Westenra veio receber-nos. Estava assustada, mas não tanto quanto eu esperava. A natureza, em sua sabedoria, determinou que mesmo a morte tivesse um antídoto para seu próprio terror. A pobre senhora está tão mal que não percebe a doença da filha.

Eu e Van Helsing fomos levados ao quarto de Lucy. Fiquei horrorizado com o seu aspecto. Estava de uma palidez mortal; a cor desaparecera mesmo de seus lábios e gengivas, e os ossos da face pareciam querer furar a pele. Respirava com grande dificuldade. Van Helsing não escondeu sua profunda preocupação. Lucy estava sem forças para falar e, assim, por alguns momentos, ficamos todos em silêncio. Depois, Van Helsing me fez um sinal e saímos do quarto em silêncio.

– Temos de fazer uma transfusão de sangue imediatamente – anunciou, então. – Quem doará o sangue? Eu ou você?

– Sou mais moço e mais forte, professor. Posso doar.

– Então, prepare-se, pois vou buscar minha valise. Já estou preparado.

Desci ao andar térreo com ele, e, quando caminhávamos, uma pancada forte soou na porta. Quando chegamos a criada tinha acabado de abrir a porta e Arthur entrou.

– Estou morrendo de aflição – disse-me ele. – Sua carta me assustou terrivelmente. Como meu pai melhorou um pouco, tomei o primeiro trem. Não é o Dr. Van Helsing? Sou-lhe muito grato por ter vindo, doutor.

– Chegou a tempo. Sua noiva está mal, muito mal.

Arthur empalideceu e sentou-se numa cadeira, quase desmaiado.

– Que devo fazer? – perguntou Arthur. – Minha vida lhe pertence e, por ela, darei, de boa vontade, até a última gota de meu sangue.

– Não lhe pedirei tanto – disse o professor. – Não precisaremos da última gota! Venha. O senhor é um homem e é disso que precisamos.

Arthur pareceu intrigado e o professor tratou de explicar:

– A jovem está muito mal. Precisa de sangue para não morrer. Eu e meu amigo John já íamos fazer uma transfusão de sangue, John tinha se oferecido para doar o seu, mas acho que o do senhor será muito melhor.

– Se soubesse quanto estou disposto a morrer por ela... – disse Arthur.

– Muito bem! – disse Van Helsing.

Aproximou-se, então, do leito de Lucy, tendo pedido a Arthur para não entrar no quarto. Tirou da valise um pacotinho, e colocou dentro de um copo d'água.

– Tome isto que lhe fará bem, disse a Lucy, jovialmente.

Ela conseguiu beber, com esforço. Foi espantoso o tempo que a droga levou para fazer efeito. Afinal, o narcótico a fez adormecer. Van Helsing, então, chamou Arthur e mandou-o tirar o casaco. A transfusão foi feita sem dificuldade e as cores começaram a voltar rapidamente às faces de Lucy.

– Chega! – exclamou, de súbito, Van Helsing, que tinha os olhos no relógio. – Cuide dele, que tomarei conta dela.

Depois de ter feito o curativo, apalpou o travesseiro de Lucy. A tira de veludo preto que ela trazia no pescoço, presa por um broche de diamantes, presente de seu namorado, saiu do lugar, deixando ver um pequeno ferimento. Arthur não o notou, mas observei que Van Helsing respirou fundo, o que é um de seus modos de demonstrar emoção.

– Agora, leve para fora o valente namorado – disse-me ele. – Dê-lhe um cálice de vinho do porto e faça-o deitar por algum tempo. Depois ele deve ir para casa, e dormir bastante. Não deve ficar aqui.

Quando Arthur se retirou, voltei para o quarto. Lucy estava dormindo sossegada. Perguntei ao professor, em voz muito baixa:

– Que acha daquele ferimento no pescoço?

– E você, que acha?

– Ainda não o examinei – respondi.

Tratei, então, de afrouxar a tira de veludo. Um pouquinho acima da veia jugular havia duas incisões, que não eram muito grandes, mas não tinham bom aspecto. Imaginei que talvez aquilo explicasse a perda de sangue, mas logo abandonei a ideia, pois toda a cama deveria estar vermelha, com a quantidade de sangue que a moça devia ter perdido, para estar tão pálida antes da transfusão.

– E então? – insistiu Van Helsing.

– Não compreendo.

– Tenho de voltar para Amsterdã hoje à noite – disse o professor. – Preciso de certos livros e outras coisas. Você deve ficar aqui a noite toda, sem perdê-la de vista.

– Não acha bom chamar uma enfermeira? – sugeri.

– Eu e você somos melhores que enfermeiras. Providencie para que ela se alimente bem e ninguém a importune. Regressarei em breve e começaremos o tratamento. – Qual tratamento? Que quer dizer isto?

– Você verá. Lembre-se de minhas recomendações. Se você abandoná-la e surgir alguma coisa de mal, irá ter muito remorso!

DIÁRIO DO DR. SEWARD (CONTINUAÇÃO)

8 de setembro

Fiquei acordado a noite inteira ao lado de Lucy. Ela acordou naturalmente e seu estado é inteiramente diferente do que era antes. A Sra. Westenra não concordou com as instruções do Dr. Van Helsing, mas eu me mostrei muito firme.

De manhã cedo, chegou a criada e vim para casa. Telegrafei a Van Helsing e a Arthur, comunicando o excelente resultado da transfusão. Durante o jantar recebi um telegrama de Van Helsing, dizendo-me para ir a Hillingham esta noite, e comunicando que ele partiria à noite e de manhã estaria comigo.

9 de setembro

Estava muito cansado quando cheguei a Hillingliam, pois há duas noites que não durmo. Lucy estava muito bem-disposta e insistiu comigo para não ficar acordado.

– Já estou bem de novo – disse ela, mostrando-me um quarto contíguo ao seu. – Fique ali naquele sofá e se eu precisar de qualquer coisa, chamarei. Cansado como estou, e diante de tal promessa, não pude deixar de concordar.

DIÁRIO DE LUCY WESTENRA

9 de setembro

Estou muito feliz esta noite. Andei tão miseravelmente fraca que conseguir pensar e me mexer pela casa é como sentir a luz do sol após uma longa lufada de vento leste em um céu cinzento. De alguma forma, Arthur parece agora muito mais próximo de mim. Como se eu pudesse sentir sua presença mais calorosa ao meu redor. Imagino que a doença e a fraqueza sejam coisas egoístas que fazem com que o nosso olhar e a nossa simpatia se voltem para o nosso próprio íntimo, ao passo que a saúde e a força dão rédeas ao amor, e, em pensamento e em sentimento, podemos perambular por onde quisermos. Sei onde meus pensamentos estão agora. Se ao menos Arthur também soubesse! Meu querido, meu querido, seus ouvidos devem estar ardendo enquanto você dorme, como os meus ardem comigo acordada. Oh, abençoado repouso da noite passada! Como dormi bem, com o querido e bom Dr. Seward a velar meu sono. E hoje à noite não terei medo de adormecer, pois ele está por perto e posso chamá-lo. Obrigada a todos por serem tão bons para mim. Graças a Deus! Boa noite, Arthur.

DIÁRIO DO DR. SEWARD

10 de setembro

Acordei com a mão do professor na minha cabeça.

– E a nossa doente? – perguntou ele.

– Estava bem quando a deixei, ou melhor, quando ela me deixou – respondi.

– Vejamos – disse ele. E entramos juntos no quarto.

A cortina estava fechada, e fui abri-la delicadamente, enquanto Van Helsing se aproximava do leito a passos de gato.

Assim que abri a cortina e a luz da manhã inundou o quarto, ouvi a inspiração ciciante e grave do professor e, como sabia o quão rara era aquela reação, um medo mortal atravessou meu coração. Quando me aproximei, ele recuou, e sua exclamação de horror – "Gott im Himmell" (Deus do céu) – dispensou qualquer argumento, além da angústia que se estampara em seu rosto.

Van Helsing ergueu a mão e apontou para a cama, e seu rosto de ferro estava pálido, lívido. Senti a perna bamba.

Ali na cama, aparentemente em transe, jazia a pobre Lucy, mais horrivelmente pálida e exangue do que nunca. Até os lábios estavam brancos, e as gengivas pareciam haver se retraído, expondo os dentes, como vemos às vezes em um cadáver após prolongada enfermidade. Van Helsing ergueu a perna como quem vai batê-la no chão com raiva, mas o instinto de toda uma vida e os longos anos de costume o acalmaram, e ele baixou o pé suavemente.

– Depressa! – exclamou. – Busque o conhaque.

Corri até a sala de jantar e voltei com a garrafa. Umedecemos os lábios da pobrezinha e, juntos, esfregamos as palmas das mãos, os punhos e o coração. Van Helsing escutou o coração e, após alguns momentos de suspense, falou:

– Não é tarde demais. Ainda está pulsando, embora muito suavemente. Todo o nosso trabalho foi desfeito; vamos ter que começar tudo de novo. Agora não temos mais o jovem Arthur aqui. Vou ter de recorrer a você mesmo desta vez, amigo John.

Enquanto falava, o professor pegava os instrumentos da transfusão. Eu havia tirado o paletó e arregaçado a manga da camisa. Não havia possibilidade de usarmos um opiáceo no momento, e tampouco necessidade. Sem demora, iniciamos a operação. Após algum tempo, que não pareceu tão curto, Van Helsing ergueu o dedo em alerta:

– Não se mexa. Receio que, recuperando as forças, ela possa acordar, e isso seria um perigo, oh, um grande perigo. Mas devo me precaver. Vou aplicar uma injeção hipodérmica de morfina nela.

O efeito sobre Lucy não foi ruim, pois o transe sutilmente se tornou um sono narcótico. Foi com uma sensação de orgulho pessoal que pude ver um discreto rubor retornando às faces e aos lábios pálidos. Ninguém sabe, até experimentar, qual a sensação de ter o próprio sangue drenado para as veias da mulher amada.

O professor me olhava com uma expressão crítica.

– Já basta – anunciou.

– Já? – retruquei. – O senhor tirou muito mais de Art.

Ao que ele abriu uma espécie de sorriso triste e respondeu:

Ele é o namorado dela, o noivo. Você tem muito trabalho pela frente, muito mais o que fazer por ela e por outros, e por ora isso foi o bastante.

Quando interrompemos a transfusão, ele foi cuidar de Lucy, enquanto eu fazia um curativo no local de minha incisão. Fiquei deitado, aguardando ele me atender, pois tive um pouco de náusea. Logo depois, Van Helsing conferiu o furo em meu braço e me mandou descer e buscar uma taça de vinho para mim mesmo. Eu estava saindo do quarto, quando ele se aproximou e sussurrou:

Lembre-se, nada disso deve ser comentado. Se o namorado aparecer inesperadamente, como antes, não conte a ele. O rapaz ficaria ao mesmo tempo apavorado e com ciúme. Não queremos que nenhuma das duas coisas aconteça!

Quando voltei, ele me olhou atentamente e disse:

Você não está mais tão abatido. Entre no quarto, deite-se no sofá e descanse um pouco, depois faça um bom desjejum e volte aqui para me ajudar.

Obedeci suas ordens, pois sabia que era o certo e o mais prudente. Tinha feito a minha parte, e agora minha próxima tarefa era me fortalecer. Estava muito fraco e, na fraqueza, perdi algo do deslumbramento. Adormeci no sofá e imaginava incessantemente como Lucy poderia ter sofrido aquele retrocesso e como poderia ter perdido tanto sangue sem que houvesse nenhum indício dessa perda. Creio que continuei a me fazer tais perguntas em meus sonhos, pois, dormindo ou acordado, meus pensamentos sempre voltavam às duas pequenas perfurações no pescoço e à aparência gasta das bordas, por minúsculas que fossem.

Lucy dormiu até mais tarde e, quando acordou, estava muito bem e forte, embora nem tanto quanto na véspera. Depois que Van Helsing a examinou, saiu para dar uma volta e me deixou encarregado, com instruções específicas de que eu não a deixasse sozinha nem por um momento. Ouvi sua voz no saguão, perguntando o caminho até o posto telegráfico mais próximo.

Lucy conversou comigo com desembaraço e parecia inteiramente alheia ao que havia acontecido. Tentei mantê-la entretida e interessada. Quando a mãe subiu para vê-la, não pareceu perceber qualquer mudança na filha, mas me disse agradecida:

– Somos muito gratas, Dr. Seward, por tudo o que o senhor tem feito, mas agora o senhor realmente tem de tomar cuidado para não trabalhar demais. O senhor também está pálido. O que precisa é de uma esposa para atendê-lo e cuidar do senhor, isso sim!

Lucy corou diante da fala da mãe, ainda que apenas momentaneamente, pois suas pobres veias não poderiam suportar muito tempo o sangue subindo-lhe à cabeça. A reação foi uma palidez excessiva enquanto me fitava com olhos suplicantes. Sorri e assenti com a cabeça, pousando um dos dedos sobre os lábios.

Com um suspiro, ela voltou a se recostar entre os travesseiros.

Duas horas depois, Van Helsing voltou e me disse:

– Agora vá para casa, coma e beba bastante. Fique forte. Passarei a noite aqui, vigiando eu mesmo a mocinha. Você e eu precisamos estar atentos ao caso dela e não podemos deixar mais ninguém saber. Meus motivos são graves. Não, não me pergunte quais são. Pense o que quiser. Não receie imaginar até o mais improvável. Boa noite.

Na saída, duas das criadas vieram me perguntar se poderiam as duas, ou pelo menos uma delas, passar a noite com a Srta. Lucy. Imploraram que eu deixasse, e quando respondi que era o desejo do Dr. Van Helsing que apenas ele ou eu ficássemos com ela, rogaram piedosamente que eu intercedesse junto ao "cavalheiro estrangeiro". Fiquei muito comovido. Já vi muitas e muitas vezes a generosidade feminina em circunstâncias similares, mas, talvez por estar fraco no momento, ou porque era o bem-estar de Lucy que estava em jogo, a devoção das duas me tocou. Voltei para cá a tempo de jantar e cumprir minhas obrigações. Está tudo bem, e escrevo isto enquanto espero o sono chegar. Está chegando.

XI

DIÁRIO DO DR. SEWARD

13 de setembro

Chegamos, eu e Van Helsing, a Hillingliam às oito da manhã. Fomos recebidos pela Sra. Westenra, que nos disse:

– Lucy ainda está dormindo. Não quis acordá-la.

– Pelo que vejo, meu diagnóstico estava certo, uma vez que o tratamento está dando bom resultado – observou o professor.

– Não deve atribuir todo o crédito só a si mesmo, doutor. O estado de Lucy esta manhã se deve, em parte, a mim.

– Que está querendo dizer, minha senhora? – perguntou o professor.

– Esta noite, fiquei um pouco nervosa, por causa de minha filha e fui vê-la. Ela estava dormindo a sono solto, mas havia um cheiro sufocante no quarto, que estava completamente fechado. Também, não era para menos, pois estava cheio daquelas flores horríveis por toda a parte e até em torno do pescoço dela. Achei que aquele cheiro lhe faria mal e não somente tirei as flores todas, como abri a janela para arejar o quarto. Vai ficar satisfeito com ela, tenho certeza.

Olhei o rosto do professor e vi que se tornara lívido. Conseguiu dominar-se enquanto a velha senhora estava presente, pois sabia o seu estado, mas logo que ela saiu, eu o vi desanimado pela primeira vez. Depois, segurou-me pelo braço, exclamando:

– Vamos vê-la. Temos de lutar!

Levantei a cortina, enquanto ele se aproximava do leito.

– Já esperava por isto – murmurou Van Helsing.

Dessa vez, foi apenas com infinita piedade e tristeza que ele olhou para o rosto lívido de Lucy.

Sem uma palavra, fechou a porta e começou os preparativos para a transfusão de sangue. Comecei a tirar o casaco, mas ele me deteve:

– Não. Hoje você faz a operação e eu doo o sangue. Você já está enfraquecido.

De novo a transfusão e já volta às faces de Lucy alguma cor, da respiração regular e de um sono saudável. Dessa vez, fiquei observando, enquanto Van Helsing ia se refazer. Uma hora depois, Lucy acordou bem-disposta, depois da terrível provação.

Que significa tudo isto? Estou começando a imaginar se não estarei também ficando louco, de tanto viver entre loucos.

THE PALL MALL GAZETTE DE 18 DE SETEMBRO – LOBO FUGITIVO

Um lobo que conseguiu fugir do Jardim Zoológico em circunstâncias bem misteriosas foi recapturado depois de ter paralisado Londres um dia e meio, com a cabeça toda cortada, o que é atribuído a ter tentado galgar algum muro em que o morador tenha colocado cacos de vidro. O animal, aliás, era muito manso e seu guarda não compreende a fuga, e diz que o lobo continua muito bem comportado.

TELEGRAMA DE VAN HELSING, EM ANTUÉRPIA, A SEWARD, CARFAX (ENVIADO PARA CARFAX, EM SUSSEX, POIS NÃO FORA MENCIONADO O CONDADO; ENTREGA RETARDADA 24 HORAS)

17 de setembro

Não deixe de estar em Hillingliam esta noite. Se não vigiar a noite toda, visite com frequência e veja se as flores estão no lugar. É muito importante. Não falhe. Estarei com você o mais cedo possível, depois de chegar.

MEMORANDO DEIXADO POR LUCY WESTENRA

17 de setembro, à noite

Sinto-me morrer de fraqueza, e mal tenho força para escrever, mas quero escrever isto, para que ninguém se veja em dificuldade por minha causa.

Fui para a cama como de costume nestes últimos dias, depois de verificar se as flores estavam colocadas de acordo com as instruções do Dr. Van Helsing, e não tardei a dormir.

Fui acordada pelo barulho de bater de asas contra a vidraça, barulho esse que começou desde o dia em que caminhei dormindo até o rochedo de Whitby e fui salva por Mina. Somente agora começo a conhecê-lo bem. Não tive medo, mas gostaria de saber se o Dr. Seward estava no quarto próximo. Esforcei-me para dormir de novo, mas não consegui e fiquei dominada pelo medo. Abri a porta e gritei: "Tem alguém aí?" Ninguém respondeu e, receando acordar minha mãe, tornei a fechar a porta. Então ouvi, vindo do mato, do lado de fora, um uivo como de um cão, porém mais alto e mais forte. Aproximei-me da janela e vi, do outro lado da vidraça, um grande morcego. Naturalmente é ele que bate de encontro à vidraça. Tornei a ir para a cama, mas disposta a não dormir. Logo depois, a porta se abriu e minha mãe apareceu.

– Estava preocupada com você, minha filha, e vim ver se está passando bem.

Com medo de que ela se resfriasse, pedi-lhe que se deitasse junto de mim, o que fez sem tirar o penhoar, pois pretendia ficar só um pouco e depois voltar para o seu quarto.

As pancadas na janela recomeçaram e minha mãe perguntou o que era, trêmula. Tranquilizei-a e ela se aquietou, mas percebi que meu coração batia com muita força. Algum tempo depois, ouvi de novo o uivo e houve um barulho de vidros quebrados. Pedaços de vidro caíram no quarto e, através da vidraça partida, apareceu a cabeça de um lobo. Minha mãe deu um grito, horrorizada, agarrando-se, instintivamente, ao que encontrou mais próximo e, na sua aflição, arrancou a guirlanda que o Dr. Van Helsing colocara em meu pescoço. Seus olhos dilataram-se, denotando um pavor indescritível e, dando um gemido, ela caiu para trás, batendo com a cabeça em minha testa, o que me fez estontear. Tive a impressão de que tudo estava girando. Fiquei olhando friamente para a janela, mas o lobo tinha retirado a cabeça e uma infinidade de pequenas manchas parecia entrar entre os vidros quadrados e rodopiar, como coluna de poeira que os viajantes descrevem quando ocorre no deserto. Tentei mexer-me, mas parecia dominada por um encantamento, e o corpo de minha mãe já parecia estar frio, pois o coração cessara de bater, pesava sobre o meu; não me lembro mais do que aconteceu, durante algum tempo.

Não deve ter passado muito tempo, mas foi horrível, até eu recuperar a consciência. Um sino tocava nas vizinhanças; os cães uivavam e bem perto de nossa casa um rouxinol cantava. Sentia-me inteiramente confusa, dominada pelo sofrimento, pelo terror e pela fraqueza, mas o canto do rouxinol parecia a voz de minha mãe reconfortando-me. O barulho parecia ter acordado também as criadas, pois ouvi o ruído de seus passos do lado de fora de meu quarto. Chamei-as e elas viram o que acontecera e puseram-se a gritar. Tiraram o corpo de minha mãe e colocaram-no na cama, recoberto com um lençol, depois que me levantei.

Depois, retiraram-se para a sala de jantar. Coloquei todas as flores que tinha sobre o corpo de minha querida mãe. Como as criadas não voltavam, saí para a sala de jantar e encontrei as quatro caídas no chão, respirando com dificuldade. A garrafa de xerez estava aberta, mas tinha um cheiro esquisito. Percebi que era cheiro de láudano. E, de fato, encontrei vazio o vidro de láudano que o médico receitara para minha mãe. Que farei?

O ar parece cheio de manchas, flutuando e circulando, e as luzes empalideceram. Minha mãe morreu. É tempo que eu vá também. Adeus, Arthur, e Deus que me ajude!

XII

DIÁRIO DO DR. SEWARD

18 de setembro

Cheguei cedo a Hillingham. Bati com cuidado, para não acordar Lucy ou sua mãe, esperando que apenas a criada viesse abrir. Não sendo atendido, bati com mais força, várias vezes, mas em vão. Fiz a volta na casa, na esperança de encontrar algum meio de entrar. Encontrando fechadas todas as portas e janelas, voltei para a varanda, justamente quando Van Helsing estava chegando. Dirigimo-nos para o fundo da casa e, com ajuda de instrumentos cirúrgicos do professor, conseguimos abrir uma janela da cozinha e por ela penetramos na casa. Van Helsing não procurava esconder sua aflição.

Não encontramos ninguém na cozinha nem nos quartos das criadas, mas ao chegarmos na sala de jantar, encontramos quatro criadas caídas no chão. Não estavam mortas, pois agonizavam e o cheiro ativo de láudano mostrava o que ocorrera.

– Podemos cuidar delas mais tarde – disse Van Helsing.

Subimos até o quarto de Lucy. Como descrever o que vimos ali? Na cama jaziam duas mulheres: Lucy e sua mãe. Esta última, coberta por um lençol branco, e, ao seu lado, Lucy, mortalmente pálida. As flores que tinham sido colocadas em torno do seu pescoço estavam no peito de sua mãe, e os dois pequenos ferimentos que eu notara antes estavam visíveis e com um aspecto horrível.

Sem uma palavra, o professor curvou-se sobre o leito.

– Ainda não é demasiadamente tarde! – exclamou. – Depressa, a aguardente!

Corri ao andar de baixo e trouxe a garrafa de aguardente e, enquanto a esfregava em Lucy, Van Helsing me disse:

– É a única coisa que posso fazer por enquanto. Vá acordar aquelas criadas. Esfregue o rosto delas com uma toalha, com bastante força. Antes de mais nada, temos que aquecer esta infeliz.

Não tive dificuldade em despertar três das mulheres. A quarta estava pior e deixei-a no sofá, dormindo. Fui enérgico com as outras, dizendo que se não trabalhassem com presteza, sacrificariam a vida da Srta. Lucy. Chorando e desculpando-se, elas correram à cozinha, onde, felizmente, o fogão estava aceso e não havia falta de água quente.

Levamos Lucy para outro quarto que lhe fora preparado e metemos, à força, algumas gotas de aguardente em sua boca.

Quando estávamos entregues a essa tarefa, uma das criadas anunciou que tinha aparecido um cavalheiro, com um recado do Sr. Holmwood e, pouco depois, ouvi a voz de Quincey Morris. Van Helsing fechou a cara, mas logo sua atitude mudou, quando me viu receber a visita, efusivamente.

– Quincey Morris! Que o trouxe aqui?

– Acho que foi Art – disse ele, entregando-me o seguinte telegrama:

“Seward não me manda notícias há três dias, e estou aflitíssimo. Não posso partir. Meu pai no mesmo estado. Comunique-me como Lucy está. Não atrase. Holmwood”.

– Creio que cheguei no momento oportuno. Basta me dizer o que devo fazer – disse o americano.

– O sangue de um homem é a melhor coisa que existe para uma mulher em dificuldade – disse Van Helsing. – O senhor é um homem de fato, é evidente. O diabo pode trabalhar contra nós, com tudo de quanto dispõe, mas Deus nos envia ajuda, quando precisamos.

Mais uma vez, começou a transfusão. Não tenho coragem de descrever os pormenores.

Terminada a operação, fui levar Quincey Morris para fora do quarto, a fim de se providenciar um cálice de vinho do porto e alguma coisa que comer para ele e, quando voltei ao quarto, encontrei Van Helsing, tendo na mão duas folhas de papel, que me entregou, dizendo:

– Caiu do colo de Lucy.

Quando terminei a leitura, perguntei ao professor:

– Que significa tudo isto? Ela estava ou está doida, ou que perigo horrível é esse?

– Esqueça-se disso por enquanto – respondeu Van Helsing. – Saberá oportunamente.

Quando acordou, à tarde, o primeiro movimento de Lucy foi enfiar a mão no colo e, para surpresa minha, tirar o papel que Van Helsing me havia dado para ler e que, naturalmente, ele tornara a colocar ali. Depois, vendo-nos junto dela, pareceu alegrar-se, mas, de repente, olhando em torno, deu um grito e cobriu o rosto com as mãos. Percebemos que se lembrara de sua mãe. Dissemos-lhe que um de nós ficaria sempre junto dela e isso pareceu reconfortá-la. Ao anoitecer, ela adormeceu e, enquanto dormia, tirou o papel do seio e rasgou-o em dois. Van Helsing retirou-o de suas mãos, mas ela continuou a fazer movimentos como se estivesse fazendo o papel em pedacinhos e depois jogando-o fora.

19 de setembro

Lucy continua muito mal. Quando dormia, parecia mais forte, e a boca aberta mostrava as gengivas brancas afastadas dos dentes, que, assim, pareciam maiores e mais aguçados que habitualmente; quando acordava, a expressão de seus olhos adoçava-lhe a fisionomia, que parecia mais suave, mas, ao mesmo tempo, a de uma moribunda. Ao meio-dia, perguntou por Arthur e telegrafamos, chamando-o. Quincey foi esperá-lo na estação.

Quando ele chegou eram quase seis horas e o sol estava se pondo. Quando a viu, Arthur ficou em estado de choque com a emoção, e nenhum de nós conseguiu dizer coisa alguma. A presença de Arthur, contudo, pareceu agir como um estimulante. Lucy aquietou-se um pouco e conversou com ele melhor do que fizera desde que tínhamos chegado.

É quase uma hora da manhã e Arthur e Van Helsing estão sentados ao lado de Lucy. Vou ajudá-los dentro de um quarto de hora, e estou gravando este diário no fonógrafo de Lucy. Eles vão tentar descansar até às seis horas. Deus nos ajude.

CARTA DE MINA HARKER A LUCY WESTENRA (NÃO FOI ABERTA PELA DESTINATÁRIA)

17 de setembro

Minha querida Lucy,

Há muito tempo que você não me escreve, mas está perdoada. Você também, estou certa, vai desculpar meu silêncio, ao saber o que sucedeu. Trouxe meu marido de volta. Em Exeter, havia uma carruagem nos esperando e nela, o Sr. Hawkins, muito embora tivesse tido um ataque de gota. Levou-nos para sua casa, onde tinha preparado para nós dois belos e confortáveis quartos e onde jantamos. Após o jantar, o Sr. Hawkins disse:

– Meus caros, quero beber à sua saúde e prosperidade. Conheço-os desde crianças e vi-os crescer, com amor e orgulho. Quero que fiquem aqui nesta casa comigo. Não tendo filhos, deixei tudo para vocês em meu testamento.

Confesso que chorei, quando eu e Jonathan apertamos a mão do bom velho. Passamos uma noite muito agradável.

Estamos, assim, instalados nesta magnífica mansão. A vista é linda do meu quarto. Não é preciso dizer que tenho estado muito ocupada com os cuidados da casa. Jonathan e o Sr. Hawkins andam atarefados todo o dia, pois, agora, Jonathan é seu sócio e o Sr. Hawkins quer que ele fique bem-informado sobre todos os clientes.

E, agora, quero saber suas notícias. Quando vai se casar? Conte-me tudo, pois tudo a seu respeito me interessa.

COMUNICAÇÃO DO DR. HENNESSEY AO DR. JOHN SEWARD

20 de setembro

Prezado Senhor,

De acordo com suas instruções, envio relatório referente a tudo deixado a meu cuidado... No que diz respeito ao paciente Renfield, há mais a dizer. Teve ele uma nova crise que poderia ter sérias consequências, o que, felizmente, não ocorreu.

Hoje à tarde, passou, diante do hospício, uma carroça com dois homens, que se destinava à casa vizinha. Os dois homens pararam diante da porta do hospício, a fim de pedir informações sobre o caminho, que não conheciam muito bem. Na ocasião, eu estava à janela do escritório, fumando após o jantar, e vi um dos homens entrar no hospício. Quando passou diante da cela de Renfield, este começou a injuriá-lo grosseiramente. Fiz sinal ao homem para não se importar e ensinei-lhe o caminho, pelo que ele me perguntara, com muitos bons modos.

Dirigi-me à cela de Renfield, a fim de acalmá-lo, e fiquei surpreendido ao ver que ele se mostrava bastante tranquilo. Quando lhe falei a respeito do incidente, desconversou, fingindo não entender. No entanto, meia hora depois, fugiu, pulando a janela. Saí, acompanhado de dois guardas, em sua perseguição e conseguimos alcançá-lo perto da entrada da propriedade vizinha. A carroça que passara diante do hospício estava parada ali e vi em cima dela alguns grandes caixotes. Os dois homens estavam em cima da carroça, limpando o suor do rosto. Antes que pudéssemos impedir, Renfield atirou-se contra os homens e, puxando um deles para fora da carroça, começou a bater sua cabeça no chão. Creio que o teria matado, se eu não o tivesse agarrado. O outro homem saltou da carroça e desfechou terrível pancada com o cabo de um chicote que trazia na mão, na cabeça do louco, que, afinal dominamos, e metemos numa camisa de força, enquanto ele furioso gritava:

– Vou impedir que façam isto! Não me roubarão! Não me matarão aos poucos! Lutarei por meu amo e senhor!

Os dois homens, a princípio, ameaçaram apresentar queixa e denunciar-nos à justiça, mas acabaram se tornando mais razoáveis, depois de um copo de aguardente e de uma moeda de ouro. Tomei nota de seus nomes, para o caso de necessidade. São Jack Smollet e Thomas Snelling, e trabalham ambos para a Companhia de Transportes e Navegação Harris & Filhos, de Solio.

Comunicarei qualquer assunto de interesse e telegrafarei, caso se dê alguma novidade importante.

Atenciosamente,

Patrick Hennessey

CARTA DE MINA HARKER A LUCY WESTENRA (NÃO FOI ABERTA PELA DESTINATÁRIA)

18 de setembro

Minha querida Lucy,

Fomos atingidos por um rude golpe. O Sr. Hawkins morreu repentinamente. Pode haver quem pense que não temos motivo para sentir muito, mas a verdade é que o estimávamos tanto que, para nós, é quase como ter perdido um pai.

Jonathan está muito abatido. Diz ele, também, que a responsabilidade que recai sobre seus ombros o torna nervoso. Está começando a duvidar de si mesmo. Felizmente, eu acredito nele e isso o ajuda a ter mais confiança em si. Mas a verdade é que o grande choque por que passou o afetou profundamente. Não acho nada agradável a perspectiva de ir a Londres, depois de amanhã, pois o Sr. Hawkins, em seu testamento, pediu que fosse enterrado no mesmo túmulo que seu pai. Como ele não deixou um só parente, Jonathan terá que fazer as honras. Vou fazer tudo para vê-la, meu bem, nem que seja apenas por alguns minutos.

Sua afetuosa,

Mina

DIÁRIO DO DR. SEWARD

20 de setembro

Sinto-me profundamente abatido com essa sucessão de mortes: a mãe de Lucy, o pai de Arthur e agora...

Estava Van Helsing, velando junto de Lucy. Foi com grande dificuldade que conseguimos fazer com que Arthur saísse de perto dela, para descansar um pouco. Olhei através da janela, levantando uma ponta da cortina. O jardim estava iluminado pelo luar e um grande morcego se aproximava, às vezes, da casa, sem dúvida atraído pela claridade. Lucy respirava com dificuldade e, pela boca aberta, mostrava as gengivas esbranquiçadas. Seus dentes pareciam mais compridos e mais aguçados e, em particular, devido a algum jogo de luz, os caninos pareciam maiores e mais pontudos que os outros.

Pouco depois, ela acordou e eu lhe dei alimento, conforme as prescrições de Van Helsing, mas ela muito pouco comeu. Não parecia estar dominada pela inconsciente luta pela vida que, até então, caracterizara sua enfermidade. Achei curioso o fato de que, no momento em que se tornou consciente, apertou as flores de alho de encontro ao pescoço. Não deixava de ser esquisito que, quando ficava no estado de letargia, com a respiração ofegante, empurrava as flores para longe; mas, agora, apertava-as para junto de si.

Às seis da manhã, Van Helsing veio falar comigo.

– Levante a cortina – ordenou-me ele.

Obedeci-lhe e ele se curvou sobre Lucy, examinando-lhe o pescoço.

– Meu Deus – exclamou, recuando.

Aproximei-me e olhei, e um arrepio percorreu-me o corpo.

Os ferimentos do pescoço tinham desaparecido inteiramente.

Durante cinco minutos, Van Helsing ficou olhando para Lucy, depois murmurou:

– Vai morrer dentro de pouco tempo. Para mim, haverá uma grande diferença, se ela morrer acordada ou dormindo. Vá chamar o pobre Arthur.

Arthur estava dormindo na sala de jantar e procurei preparar-lhe o espírito o melhor que pude. O pobre rapaz ficou num estado penoso.

Quando entramos no quarto, Lucy abriu os olhos e, vendo o noivo, murmurou:

– Arthur! Meu amor, sinto-me tão alegre por você ter vindo!

Arthur aproximou-se dela, para beijá-la, mas Van Helsing fez-lhe um sinal para recuar.

– Ainda não! – sussurrou. – Segure a mão dela. Isto a confortará mais.

Arthur ajoelhou-se junto do leito, segurando a mão de Lucy, que fechou os olhos e adormeceu.

E, então, insensivelmente, ocorreu a estranha mudança que eu observara durante a noite. A respiração de Lucy tornou-se agonizante, a boca se abriu e as gengivas brancas fizeram com que os dentes parecessem mais compridos e aguçados. De modo vago, sonolento, inconsciente, ela abriu os olhos, que tinham se tornado duros, e murmurou, com uma voz voluptuosa que eu nunca ouvira em seus lábios:

– Arthur! Meu amor, estou tão alegre por você ter vindo! Beije-me!

Arthur debruçou-se para beijá-la, mas Van Helsing precipitou-se sobre ele, afastando-o do leito e empurrando-o para longe, com uma força que eu não podia supor.

– Por sua vida, por sua alma e pela alma dela! – exclamou.

E colocou-se entre os dois, como um leão defendendo sua presa.

Arthur ficou tão espantado que, durante alguns momentos, não soube o que dizer. Eu tinha os olhos fixos em Lucy, do mesmo modo que Van Helsing, e vi uma expressão de raiva em seu rosto. Depois, ela fechou os olhos e, quando os reabriu, pegou a mão de Van Helsing e beijou-a:

– Meu verdadeiro amigo – disse, com uma voz fraquíssima, mas emocionada. – Meu amigo verdadeiro e amigo dele também! Proteja-o, dê-lhe paz!

– Eu juro! – disse Van Helsing, solenemente, ajoelhando-se junto ao leito.

Depois voltou-se para Arthur:

– Venha, meu filho. Pegue na mão dela e beije-a na fronte e apenas uma vez.

Os olhos dos dois amantes se encontraram, em vez de seus lábios; e assim se separaram.

Os olhos de Lucy se fecharam. Segurei Arthur pelo braço e o levei para a sala de estar, onde ele sentou, cobrindo o rosto com as mãos e soluçando tanto que quase não consegui me controlar também.

Voltei para o quarto, e Van Helsing estava examinando a pobre Lucy, com o semblante mais grave que nunca. Alguma mudança havia ocorrido no corpo dela. A morte lhe devolvera parte da beleza, pois a fronte e as faces haviam recuperado os contornos delicados. Até os lábios haviam perdido a palidez mortiça.

Era como se o sangue, já não mais necessário para o funcionamento do coração, tivesse suavizado o máximo possível a rispidez da morte. Pensamos que ela morria, mas ela dormia, e que estava dormindo, quando estava morta.

Parei ao lado de Van Helsing e falei:

– Ah, enfim, pobre menina, está em paz agora. Tudo acabado!

Ele virou-se para mim e ponderou com grave solenidade:

– Infelizmente, não é bem assim! Não é bem assim. Isso é só o começo!

Quando perguntei o que queria dizer, Van Helsing se limitou a balançar a cabeça e respondeu:

– Não há nada que possamos fazer agora. Espere e verá.

XIII

DIÁRIO DO DR. SEWARD (CONTINUAÇÃO)

O funeral foi marcado para o dia seguinte, a fim de que Lucy e sua mãe pudessem ser enterradas juntas. Tomei as providências devidas. Não havia parentes na cidade e, como Arthur teve de voltar no dia seguinte para assistir ao enterro de seu pai, não pudemos notificar nenhum que pudesse haver. Em vista dessas circunstâncias, eu e Van Helsing nos encarregamos de examinar os papéis, etc. Ele fez questão de examinar os papéis de Lucy.

Tirando de uma carteira o papel que estava no colo dela e que ela rasgara dormindo, disse:

– Quando você descobrir quem é o procurador da Sra. Westenra, sele todos os papéis e escreva para ele. Quanto a mim, vou ficar aqui neste quarto e no antigo quarto da Srta. Lucy, durante toda a noite, vendo o que há. Não convém que seus próprios pensamentos caiam na mão de estranhos. Arthur amanhã poderá cuidar dos papéis da Sra. Westenra, pois o enterro do pai dele foi hoje. Devemos, agora, descansar um pouco. Amanhã teremos muito que fazer, mas esta noite não precisarão de nós.

Antes de sairmos, fomos ver de novo a pobre Lucy. O quarto já estava transformado numa câmara ardente. Havia muitas flores e a morte se tornara menos repulsiva. O rosto de Lucy estava coberto com um lençol e, quando o professor o descobriu, delicadamente, tanto eu quanto ele ficamos surpreendidos com a beleza da morta. Era difícil para eu acreditar que estava contemplando um cadáver.

– Fique aqui até eu voltar – disse o professor. E saiu do quarto. Voltou trazendo um punhado de alho bravo que tirara de uma caixa que estava no vestíbulo, mas que não fora aberta, e espalhou as flores sobre o corpo e em torno do leito. Depois tirou do peito um pequeno crucifixo de ouro e colocou-o sobre a boca de Lucy. Em seguida, desceu o lençol sobre a cabeça e nós nos retiramos.

– Amanhã, quero que você me traga, antes da noite, um jogo de bisturis para autópsia – disse-me Van Helsing.

– Temos que fazer uma autópsia? – perguntei.

– Sim e não. Vou lhe dizer do que se trata, mas não diga uma só palavra a ninguém. Vou cortar a cabeça dela fora e retirar o coração. Mas você é um cirurgião, não ficará tão chocado! Você, que já vi fazer operações tão difíceis! Mas estou me esquecendo, caro amigo John, que você a amava. Eu preferiria fazer a operação esta noite, mas não posso, por causa de Arthur. Ele ficará livre depois do enterro de seu pai, amanhã, e há de querer vê-la... Depois que ela estiver fechada no caixão, no dia seguinte, nós o destamparemos, faremos a operação e tornaremos a tampar o caixão, sem deixar ninguém saber.

– Mas, para que mutilar o corpo da infeliz, sem necessidade? É monstruoso! – disse Van Helsing, pondo a mão em meu ombro:

– Tenho muita pena de você e, se pudesse, lhe pouparia isso. Mas há coisas que você não sabe, mas tem de saber, e deve dar graças a Deus porque eu sei, embora não sejam coisas agradáveis. Você me conhece há tanto tempo! Já me viu fazer alguma coisa sem um motivo justo? Posso errar, mas acredito no que faço. Você não ficou espantado, ou talvez mesmo horrorizado, quando não deixei Arthur beijá-la? No entanto, viu que ela me agradeceu e beijou as minhas mãos. Pois bem. Tenho bons motivos para fazer o que pretendo. Terá confiança em mim?

Apertei-lhe a mão, prometendo. Vi-o entrar em seu quarto e fechar a porta. Antes de entrar no meu, vi uma das criadas entrar no quarto onde Lucy se encontrava e fiquei comovido com aquela prova de dedicação. Vencendo o medo tão natural, a pobre moça ia ficar junto da patroa, para que seus restos mortais não ficassem sozinhos...

Devo ter dormido profundamente, pois já era dia claro quando Van Helsing foi me acordar.

– Não precisa mais se preocupar com os bisturis – disse ele. – Não vamos mais fazer o que eu pretendia.

– Por quê?

– Porque é tarde demais, ou cedo demais – respondeu ele, gravemente. – Veja! – acrescentou, mostrando o pequeno crucifixo de ouro. Isto foi roubado na noite passada.

– Roubado? Então como está com ele?

– Porque o tomei da amaldiçoada. Seu castigo virá, mas não por meu intermédio. Ela não sabe tudo que fez.

Afastou-se, então, deixando-me às voltas com um novo mistério.

O procurador da família apareceu ao meio-dia. Mostrou-se grato pelas providências que tínhamos tomado e se encarregou de tomar as medidas que fossem necessárias dali para diante. Durante o almoço, contou-nos que a Sra. Westenra vinha esperando, desde algum tempo, morrer de repente e pusera todos os seus negócios em ordem. Com exceção de alguns bens deixados pelo pai de Lucy e que, agora, serão herdados por parentes afastados, todos os bens, móveis e imóveis, caberão a Arthur Holmwood.

Arthur, agora Lord Godalming, pela morte do pai,dava pena quando apareceu. Sei que era bom filho e perder ao mesmo tempo o pai e a noiva deve ter sido um golpe terrível. Levei-o ao quarto onde estava o corpo e levantei o lençol de seu rosto. Meu Deus, como estava bonita! Parecia estar ficando mais linda, a cada momento.

Arthur estremeceu, depois me perguntou, quase sem voz:

– John, ela está mesmo morta?

Garanti que, infelizmente, essa era a verdade e disse-lhe que devia se despedir dela, pois o caixão tinha de ser preparado. Ele a beijou na mão e na testa, e levei-o, depois, para a sala de visitas, onde estava Van Helsing.

Depois de alguma hesitação, o professor lhe perguntou:

– Sabe que a Sra. Westenra lhe deixou todos os seus bens?

– Não, coitada. Nunca pensei nisto.

– E, como tudo é seu, o senhor tem direito de fazer o que quiser. Queria que me desse permissão de ler todos os papéis e cartas de Srta. Lucy. Pode crer que não se trata de mera curiosidade, mas que é para o bem dela.

– Dr. Van Helsing – exclamou Arthur, com seu modo franco – pode fazer o que quiser. Sinto que, ao dizer isto, estou fazendo uma coisa que minha querida Lucy teria aprovado.

– E tem razão – disse o velho professor. – Haverá sofrimento para todos nós, mas devemos ser corajosos e abnegados, e cumprir o nosso dever.

Dormi naquela noite num sofá, no quarto de Arthur. Van Helsing passou a noite em claro, andando de um lugar para outro do quarto e sem perder de vista o quarto onde se encontrava Lucy em seu caixão, rodeada de flores de alho.

DIÁRIO DE MINA HARKER

22 de setembro

No trem de Exeter, Jonathan está dormindo. Parece que foi ontem, e quanta coisa já aconteceu... Eu em Whitby, Jonathan longe, sem dar notícias e agora eu casada com Jonathan, e o Sr. Hawkins morto e enterrado.

O funeral foi muito simples. Estávamos nós, os criados, um ou dois velhos amigos de Exeter, seu agente em Londres e um representante da Sociedade Judiciária. Saindo do enterro, eu e Jonathan pegamos um ônibus até o Hyde Park, onde estivemos durante algum tempo. Quando caminhávamos de braço dado pelo Picadilly, Jonathan exclamou, de repente, apertando-me o braço:

– Meu Deus!

Vi que se tornara lívido. Acompanhando a direção do seu olhar, percebi que estava olhando para um homem alto e magro, de nariz aquilino, bigode preto e cavanhaque, que, por sua vez, olhava para uma linda moça. O rosto desse homem tinha uma expressão de maldade e seus dentes, que pareciam mais brancos por causa dos lábios muito vermelhos, eram pontudos como os de um animal.

– Está vendo quem é?

– Não. Quem é? – perguntei.

Sua resposta me chocou, pois parecia que não era comigo que ele estava falando:

– É ele em pessoa!

Estava tomado de terrível emoção e creio que teria caído, se eu não estivesse ali para sustentá-lo. O homem, sem tirar os olhos da moça que passava numa carruagem, fez sinal a um carro que passava. Jonathan continuou olhando para ele e disse, como que para si mesmo:

– Acho que é o Conde, mas ficou mais jovem, se for mesmo!

Estava tão preocupado que tive medo de desviar sua atenção perguntando-lhe por outras coisas, e fiquei em silêncio.

Continuamos andando até nos sentamos num banco do Green Park. O dia estava bem quente para o outono. Depois de alguns minutos, Jonathan fechou os olhos e adormeceu, com a cabeça no meu ombro. Cerca de vinte minutos depois acordou e disse, jovialmente:

– Que coisa, Mina! Como dormi! Desculpe-me ter sido tão grosseiro. Venha. Vamos tomar um chá, em algum lugar.

Sem dúvida, tinha esquecido de tudo a respeito do sujeito moreno. Não me atrevi a perguntar.

Mais tarde

Que tristeza voltar para casa, ainda vazia, com a morte do Sr. Hawkins! Jonathan anda pálido e abatido, e agora um telegrama de Van Helsing, dizendo:

"Lamento comunicar-lhe que a Sra. Westenra morreu há cinco dias e que Lucy morreu anteontem. Ambas foram enterradas hoje."

Quanta tristeza em tão poucas palavras!

DIÁRIO DO DR. SEWARD

22 de setembro

Tudo terminou. Arthur regressou a Ring, em companhia de Quincey Morris. Quincey é um bom sujeito. Acho que está sentindo tanto a morte de Lucy como qualquer um de nós. Van Helsing está descansando um pouco, para a viagem. Vai esta noite para Amsterdam, mas disse que voltará amanhã à noite. Disse que tem negócios a tratar em Londres que o reterão durante algum tempo.

Fui com ele levar Arthur e Quincey à estação e, quando voltamos, Van Helsing, na carruagem, começou a rir histericamente. Riu até chorar, tornou a rir e a chorar, muitas vezes, como uma mulher.

Quando se tornou mais sério e eu o interroguei, explicou:

– Rio da amarga ironia que há nisso tudo. Todos aqueles homens vestidos de branco, como anjos, fingindo ler os livros de oração, mas sem que seus olhos jamais encontrem as páginas e nós todos de cabeça baixa... E tudo por quê? Ela está morta, não está?

– Desculpe-me, John – disse Van Helsing. – Não demonstrei meus sentimentos para os outros, mas apenas para você, amigo velho, em quem posso confiar. Se você pudesse ver dentro do meu coração, enquanto estou rindo, teria mais pena de mim que de todos os outros.

Fiquei comovido com o tom de sua voz e perguntei por que.

– Porque sei! – disse ele.

THE WESTMINSTER GAZETTE

25 de setembro

Um mistério em Hampstead. Está ocorrendo, nos arredores de Hampstead, uma série de acontecimentos que parecem se assemelhar com aqueles que fizeram surgir manchetes sensacionalistas como "O Horror de Kensington" ou "A Mulher de Preto". Durante os últimos dois ou três dias, várias crianças estiveram desaparecidas durante a noite. Todas elas eram tão novas que, ao serem encontradas, não souberam explicar onde tinham estado, mas todas se desculpavam dizendo que tinham estado com uma "dama de branco". Todas desapareceram a altas horas da noite e duas só foram encontradas na manhã seguinte. Supõe-se que a primeira criança desaparecida inventou que a dama de branco a convidou para dar um passeio e que as outras a imitaram.

Mas há um detalhe do caso que parece sério, pois algumas das crianças desaparecidas à noite apresentam ligeiros ferimentos no pescoço. Os ferimentos parecem ter sido produzidos por um rato ou cão de tamanho pequeno e, embora não tenham muita importância por si mesmos, parecem indicar que o animal que os produz tem um certo método. A polícia recebeu instruções para ter o máximo cuidado com crianças encontradas sós, especialmente muito pequenas, e com qualquer cão solto pelas ruas.

The Westminster Gazette

25 de setembro – Edição Extraordinária

O HORROR DE HAMPSTEAD: A DAMA DE BRANCO

Outra criança ferida. Acabamos de ser informados que outra criança, desaparecida durante a noite passada, só foi encontrada às últimas horas da manhã de hoje, num matagal do lado do monte Shooter, lugar meio deserto. A criança tinha o mesmo ferimento no pescoço observado nos outros casos. Estava num estado de grande fraqueza e muito pálida. Quando melhorou, contou a mesma história, dizendo ter sido atraída pela dama de branco.

XIV

DIÁRIO DE MINA HARKER

23 de setembro

Jonathan passou mal de noite, mas já está melhor. Estou satisfeita porque ele tem bastante trabalho para fazer, assim não terá tempo de se lembrar daquelas coisas terríveis. Vai ficar fora até tarde, nem vai poder almoçar em casa. Já arrumei a casa, de maneira que vou poder ficar no quarto para ler o diário que escreveu no estrangeiro...

24 de setembro

Estava sem ânimo para escrever ontem à noite. Aquelas situações horríveis registradas por Jonathan me abalaram tanto! Coitado! Como deve ter sofrido, quer fosse verdade, quer fosse apenas imaginação! Não haverá alguma verdade em tudo isso? Aquele homem que ele viu ontem... Parecia ter certeza absoluta... Pobre Jonathan! Acho que ficou muito nervoso com o enterro. Mas o fato é que acredita em tudo. Parece haver em tudo isso certa continuidade. Aquele horrendo Conde pode ter vindo para Londres. Preciso estar preparada. Vou começar a copiar o diário à máquina imediatamente. Se Jonathan superar o nervosismo, pode querer me contar tudo, e eu poderei fazer perguntas a ele e esclarecer muita coisa. Assim, saberei como confortá-lo.

CARTA DE VAN HELSING À SRA. HARKER

24 de setembro

(Confidencial)

Prezada senhora,

Peço que me perdoe pela liberdade que tomo de escrever, já tendo comunicado antes a triste notícia da morte da Srta. Lucy Westenra. Por bondade de Lorde Godalming, li as cartas e documentos dela e estou muito preocupado com certas questões de importância vital. Imploro, Madame Mina, que me ajude, a fim de serem redimidos grandes males e evitadas muitas dificuldades. Poderei ir vê-Ia? Pode confiar em mim. Sou amigo do Dr. John, de Lorde Godalming (que era o Arthur de Srta. Lucy). Por enquanto, isso deve permanecer estritamente entre nós. Irei a Exeter para vê-la, imediatamente, se me permitir. Pelas cartas de Lucy, sei quanto a senhora é boa e quanto seu marido sofre; peço, portanto, se for possível, para não contar nada a ele, a fim de evitar que se aborreça. Peço perdão, mais uma vez.

Van Helsing

TELEGRAMA DA SRA. HARKER A VAN HELSING

25 de setembro

Venha hoje. Se puder, pegue o trem das dez e quinze. Posso ir ao seu encontro a qualquer hora.

Wilhelmina Harker

DIÁRIO DE MINA HARKER

25 de setembro

Aguardo ansiosa a visita do Dr. Van Helsing. Talvez ele possa esclarecer um pouco as tristes experiências de Jonathan. Como assistiu aos últimos momentos da desventurada Lucy, poderá me falar a respeito dela. É por isso que vem. É porque está preocupado com Lucy e seu sonambulismo e não por causa de Jonathan.

Jonathan saiu hoje de manhã para passar o dia e a noite fora. Esta é a primeira vez que se separa de mim após o casamento. Espero que nada o leve a ficar nervoso. São duas horas e o Dr. Van Helsing deve chegar brevemente. Evitarei falar sobre o diário de Jonathan, a não ser que ele me pergunte. Felizmente, datilografei meu próprio diário, e poderei mostrá-lo, caso ele pergunte por Lucy.

Mais tarde

Ele veio e já foi embora. Que encontro estranho! Estou confusa, parece um sonho. Se eu não tivesse lido o diário de Jonathan antes, não teria aceitado esta possibilidade. Infeliz Jonathan. Ele deve ter sofrido muito! O Dr. Van Helsing apareceu às duas e meia e me disse que tinha vindo ver Mina Murray, a amiga de Lucy Westenra. Pediu para que contasse tudo que eu sabia a respeito de Lucy, e respondi que escrevia um diário e que podia mostrá-lo, se quisesse. Ele aceitou, agradecendo muito. E depois perguntou pelo meu marido.

– Ele ficou muito chocado com a morte do Sr. Hawkins – respondi.

– Eu sei – disse Van Helsing. – Li suas duas últimas cartas.

– Acho que isso o perturbou muito, pois, quando estávamos na cidade quinta-feira passada, teve uma espécie de choque – acrescentei.

– Um choque, tão pouco tempo depois de uma febre cerebral! Isso não é bom. O que aconteceu para ter uma reação dessa?

– Ele achou ter visto alguém que o fazia lembrar uma coisa terrível, algo que provocou sua febre cerebral.

Naquela hora, senti que tudo aquilo era pesado demais para mim. A pena que sentia de Jonathan, o horror que havia experimentado e o mistério do seu diário tumultuaram a nossa vida. Apavorada, me ajoelhei e implorei ao médico que ajudasse meu marido a ficar bom de novo.

Ele me acalmou, dizendo que eu precisava me alimentar, pois Jonathan ficaria preocupado ao me encontrar tão pálida. Disse que ficaria em Exeter esta noite, pois queria refletir sobre o que eu havia dito.

Depois do almoço, quando voltamos à sala de visitas, ele me disse:

– Agora, me conte tudo a respeito do seu marido.

– O que tenho de contar é tão esquisito que receio que o senhor ria de mim ou de meu marido. Por favor, peço ao senhor que seja tolerante e não pense que acreditei nessas coisas estranhas.

– Se a senhora soubesse como é estranho o que me traz aqui, então seria a sua vez de rir – replicou. – Aprendi a respeitar qualquer crença, por mais absurda que pareça.

– Agradeço-o mil vezes! – exclamei. – O senhor tirou um peso de minha consciência. Se me permitir, vou dar o diário de Jonathan para ler. É comprido, mas eu o datilografei. Depois de ler, o senhor poderá fazer a gentileza de dar sua opinião.

Ele prometeu e saiu com os papéis na mão. Deverá vir almoçar conosco amanhã.

CARTA DE VAN HELSING À SRA. HARKER

25 de setembro, 6h.

Prezada Madame Mina,

Li o impressionante diário de seu marido. Pode dormir sabendo que, por mais estranho e terrível que pareça, é verdade! Pode ser pior para outros, mas para ele e a senhora nada há a temer. Garanto que o que ele fez, fugindo do castelo, não seria feito por um homem suscetível a ficar definitivamente paralisado por um choque. Seu cérebro e seu coração estão perfeitos!

Atenciosamente,

Abraham Van Helsing

CARTA DA SRA. HARKER A VAN HELSING

25 de setembro, 06h30min da tarde.

Prezado Dr. Van Helsing,

Mil vezes agradecida por sua carta, que me livrou de uma grande preocupação. Mas, se for verdade, que coisa horrível aquele monstro estar realmente em Londres! Recebi um telegrama de Jonathan, dizendo que estará aqui às 10h18min da noite de hoje. Assim, em vez de vir almoçar, o senhor poderia vir tomar café conosco às 8 da manhã, se não for muito cedo. Está bom assim para o senhor? Se estiver com pressa, poderá partir pelo trem das dez e meia.

Muito grata,

Mina Harker

DIÁRIO DE JONATHAN HARKER

26 de setembro

Pensei que nunca mais voltaria a escrever este diário, mas é o momento. Ontem, depois que cheguei e que jantamos, Mina me falou sobre a visita de Van Helsing e que havia dado ao doutor os dois diários copiados, e manifestado sua apreensão a meu respeito. Ela me mostrou uma carta do médico, dizendo que tudo que escrevi era verdade. Agora que sei, não tenho medo, mesmo do Conde. Ele conseguiu chegar a Londres e está mais jovem, mas não importa. Van Helsing será capaz de desmascará-lo e persegui-lo, se é como Mina diz.

Ele pareceu surpreso quando me viu.

– Madame Mina me disse que o senhor estava muito mal, que sofreu um choque.

Era engraçado ouvir aquele velho gentil e de fisionomia generosa chamar minha mulher de Madame Mina.

– Estive doente, mas já estou curado – respondi. – A carta que o senhor escreveu para Mina me curou.

– Como assim?

– Não sabia no que acreditar, nem mesmo na evidência de meus próprios sentidos. Doutor, o senhor não sabe o que é duvidar de tudo, até de si mesmo.

Ele pareceu contente e riu ao dizer:

– Ora! Você é um fisionomista. Aprendo mais aqui a cada hora. Será um grande prazer fazer o desjejum com vocês, e, oh, meu jovem, perdoe os elogios deste velho, mas a sua esposa é uma verdadeira bênção.

Poderia ficar um dia inteiro ouvindo seus elogios para Mina, então simplesmente assenti com a cabeça e fiquei em silêncio.

– Ela é uma das mulheres de Deus, feita pelas mãos d'Ele para nos mostrar, aos homens e às outras mulheres, que há um céu onde podemos entrar, e que a luz pode existir aqui na terra. Tão sincera, tão meiga, tão nobre e altruísta, e isso, devo dizer, é muito nesta época tão cética e egoísta... E você... Li todas as cartas para a pobre Srta. Lucy, e algumas delas falam de você, de modo que o conheci há alguns dias, quando conheci os outros, mas só consegui desvendá-lo verdadeiramente ontem à noite. Você me daria sua mão, não? E sejamos amigos pelo resto da vida.

Nós nos cumprimentamos, e ele se mostrou tão franco e gentil que embargou a voz.

– E agora – prosseguiu –, posso lhe pedir uma ajuda? Tenho uma grande tarefa pela frente e, para começar, é preciso que eu saiba. Você vai poder me ajudar nisso. Pode me contar o que aconteceu antes de sua ida à Transilvânia? Mais adiante posso precisar de mais ajuda, de outro tipo de ajuda, mas a princípio isso me basta.

– Veja bem, senhor, o que precisa fazer está relacionado ao Conde? – perguntei.

– Sim, está – respondeu ele, solene.

– Sendo assim, estou com o senhor de corpo e alma. Vou lhe passar todos os papéis, mas como o seu trem parte às dez e meia, o senhor não vai ter tempo de ler. Pode levá-los consigo e examiná-los no trem.

Após o desjejum, levei-o até a estação. Ao se despedir, Van Helsing perguntou:

– Você viria à cidade se eu o chamasse, e traria também madame Mina?

– Ambos iremos quando o senhor quiser – garanti.

Havia comprado os jornais matinais para ele, e os vespertinos de Londres, da tarde anterior, e, enquanto conversávamos junto à janela do trem, esperando a partida, ele passou a vista nos periódicos. Seus olhos, de repente, depararam-se com alguma notícia – pela cor do papel, era da Westminster Gazette –, e ele empalideceu. Leu absorto, resmungando consigo mesmo:

– Mas já!? Tão cedo!

Não creio que estivesse falando comigo naquele momento. Então o trem apitou e partiu. Ele voltou a si, esticou-se para fora da janela e acenou.

– Minhas recomendações à madame Mina. Escrevo assim que puder.

DIÁRIO DO DR. SEWARD

26 de setembro

Recebi uma carta de Arthur, no domingo, que mostra que ele está reagindo muito bem. Quincey também me escreveu, dizendo que Arthur já recuperou um pouco do ânimo. Infelizmente, as feridas que a pobre Lucy deixou em mim ainda estão abertas. Hoje, Van Helsing, que estava em Exeter, entrou no meu gabinete, quase correndo, às cinco e meia, e me entregou o número da Westminster Gazette de ontem.

– O que você acha disto? – perguntou.

Li uma notícia sobre o desaparecimento, durante a noite, de criancinhas em Hampstead. Não me interessou muito, até que cheguei ao parágrafo que falava a respeito de pequenos ferimentos no pescoço. Estremeci.

– É como a pobre Lucy! – exclamei.

– E o que deduz?

– Que há uma causa comum para os dois casos.

– Isto é verdade, indireta, mas não diretamente.

– Professor, o que está querendo dizer? – perguntei. – Não sei o que pensar.

– Está querendo dizer, amigo John, que não desconfia do que a desventurada Lucy morreu?

– Foi em consequência de uma crise nervosa, produzida por grande perda de sangue.

– E qual foi a causa da perda de sangue? Você é inteligente, mas tem muitos preconceitos. Não acha que existem coisas que não podemos compreender, mas que existem? Que algumas pessoas veem coisas que os outros não podem ver? Existem coisas velhas e novas que não podem ser contempladas pelos olhos dos homens, porque eles conhecem algumas coisas que os outros disseram a eles. Nossa ciência não pode explicá-las e, então, diz que não há nada a explicar. Creio que você não acredita na materialização, nem na transmissão de pensamento, nem no hipnotismo.

O hipnotismo foi perfeitamente provado por Charcot – afirmei.

– Quer dizer que acredita nele – disse Van Helsing, sorrindo. – Mas, então, por que não acredita na transmissão de pensamento? Vivemos rodeados de mistérios. Quero lembrar-lhe que existem coisas feitas hoje pela ciência da eletricidade que teriam sido consideradas absurdas pelos próprios homens que descobriram a eletricidade e que, por sua vez, teriam sido, outrora, queimados como feiticeiros. Ninguém descobriu ainda o mistério da vida e da morte. Você poderá dizer por que a tartaruga vive mais que gerações de homens e que o papagaio não morre, a não ser por mordida de cão ou gato ou coisa semelhante? Nós todos sabemos que tem havido sapos que viveram em rochedos durante milhares de anos. Quero que você acredite em coisas que não pode acreditar. Um americano deu a seguinte definição de fé: "faculdade que nos permite acreditar em coisas que sabemos não serem verdadeiras". Quero que você compreenda o que estou querendo dizer. E, agora, me diga uma coisa: acha que os pequenos ferimentos no pescoço das crianças foram feitos pelo mesmo que produziu os ferimentos na Srta. Lucy?

– Suponho que sim.

– Então, está redondamente enganado. Antes fosse isso, mas é muito pior.

– Em nome de Deus, professor! O que está querendo dizer?

Com um gesto de desespero, escondendo o rosto com as mãos, ele respondeu:

– Foram feitos por Srta. Lucy!

XV

DIÁRIO DO DR. SEWARD (CONTINUAÇÃO)

Por alguns instantes, senti uma raiva furiosa. Era como se Van Helsing tivesse esbofeteado Lucy quando ela era viva.

– O senhor está doido? – exclamei.

– Antes estivesse – respondeu, levantando a cabeça e me olhando com ternura que acabou por me fazer acalmar um pouco.

– Seria preferível a loucura à certeza que tanto me faz sofrer! Acha que eu iria dizer uma coisa destas só para torturá-lo?

– Peço que me perdoe!

– Esta noite, posso provar que, infelizmente, é a verdade. Tem coragem de vir comigo? Se não for verdade, a prova será um alívio. Na pior das hipóteses, não fará mal. Venha, vou dizer a você o que pretendo fazer. Em primeiro lugar, vamos ver a criança no hospital. O Dr. Vincent, do Hospital do Norte, onde o jornal diz que a criança está, é meu amigo. Deixará que dois cientistas examinem o caso. Nós diremos apenas que desejamos aprender. E depois...

– E depois?

Tirou uma chave do bolso e continuou:

– E depois passaremos a noite, você e eu, no cemitério em que Lucy foi enterrada. Esta é a chave que abre a capela da sepultura. Peguei com o coveiro para dar a Arthur.

Meu coração ficou apertado, pois senti que teríamos pela frente uma provação terrível. Não podia fazer nada, então reuni toda a coragem que tinha e disse que era melhor nos apressarmos, pois já estava ficando tarde.

Como a criança estava acordada, o Dr. Vincent pôde nos mostrar o ferimento no pescoço. Era igualzinho ao que eu havia visto no pescoço de Lucy.

Perguntamos ao Dr. Vincent a que atribuía o ferimento e ele respondeu que devia ser a dentada de algum animal, talvez um rato, mas que, de sua parte, estava inclinado a acreditar que fosse algum morcego, muito comum na zona norte de Londres.

– Entre os inofensivos, pode haver algum de outra espécie que tenha fugido do Jardim Zoológico, por exemplo – disse. – Isso é muito comum acontecer. Pouco tempo atrás, um lobo fugiu para aqueles mesmos lados.

– Espero que, quando mandar a criança para casa, advirta seus pais a tomarem muito cuidado – disse Van Helsing, antes de sair.

Quando saímos do hospital estava anoitecendo.

– Não precisamos correr – disse Van Helsing. – Temos muito tempo.

Jantamos no Jack Straw's Castle de onde saímos mais ou menos às dez horas.

Ao chegarmos próximo do cemitério, pulamos o muro e, com certa dificuldade por causa da escuridão, encontramos o jazigo da família Westenra. Van Helsing abriu o portão de ferro e, polidamente, me convidou a entrar em primeiro lugar e, depois de ter fechado cuidadosamente o portão, tirou da valise fósforo e uma vela, que acendeu logo. Aquele jazigo que, durante o dia, enfeitado com flores frescas, me pareceu fúnebre alguns dias antes, era horrível à noite, com as flores já murchas e as aranhas reiniciando seu trabalho entre a pedra escura e as grades enferrujadas.

Ao erguer a vela para poder ler as placas dos caixões, Van Helsing certificou-se de que estava diante do de Lucy. Grudou a vela no chão com um pouco de cera quente e, depois, tirou da valise uma chave de fenda.

– Que vai fazer? – perguntei.

– Abrir o caixão. Você precisa se convencer.

Imediatamente, começou a tirar os parafusos, levantou a tampa e o féretro de chumbo apareceu embaixo. Aquela cena foi chocante e demais para mim. Para a morta, essa violação parecia uma profanação igual a que teria sido desnudá-la em vida. Cheguei a segurar a mão de Van Helsing para detê-lo.

– Você vai ver – disse, tirando uma serra da valise.

Primeiramente, usou a chave de fenda para fazer uma pequena abertura no caixão de chumbo. Depois, encaixou a serra e fez uma abertura maior, de uns sessenta centímetros. Acendeu a vela e me mandou olhar.

Cheguei mais perto e constatei que o caixão estava vazio.

– Está convencido agora, amigo John? – perguntou o professor.

– O que sei é que o corpo de Lucy não está aí dentro – respondi. – Acontece que isso nada prova. Alguém pode muito bem ter retirado o corpo de lá.

– Precisamos de outras provas – disse o professor, dando um suspiro. – Venha comigo!

Assim que fechou o caixão, juntou todos os seus objetos e os colocou de volta na valise, inclusive a vela. Após sairmos do jazigo e ter fechado a porta pelo lado de fora, me ofereceu a chave.

– Não quer ficar com ela? – disse. – Assim, terá mais confiança.

– Uma chave não quer dizer nada – retruquei. – Pode haver uma duplicata.

Sem nada dizer, Van Helsing meteu a chave no bolso, depois me disse para vigiar de um lado do cemitério, enquanto ele vigiaria do outro.

Fiquei escondido atrás de um cipreste e vi o vulto de Van Helsing caminhar entre as árvores e os túmulos, até desaparecer.

Permaneci ali por muito tempo. Ouvi um relógio distante bater meia-noite, depois uma e duas horas da manhã. Sentia frio e estava furioso com o professor por ter me aprontado tudo aquilo.

De repente, tive a impressão de ter visto um vulto branco movendo-se entre duas árvores escuras, do lado do cemitério mais afastado do jazigo. Ao mesmo tempo, vi um vulto negro mover-se vindo do lado onde estava o professor e se encaminhar rapidamente rumo ao primeiro. Avancei, também, tropeçando nos túmulos. O céu estava coberto de nuvens e um galo cantou ao longe. Um pouco ao lado, ao longo de uma fila de ciprestes que margeavam o caminho da igreja, um vulto tênue e esbranquiçado avançava em direção ao jazigo, que estava escondido pelas árvores, de modo que não vi onde sumiu. Corri naquela direção e encontrei o professor com uma criancinha nos braços.

– Está convencido agora? – perguntou.

– Não! – respondi, de modo agressivo.

– Não está vendo a criança?

– Estou, mas quem a trouxe aqui? E está ferida?

– Vamos ver – disse.

Assim que nos afastamos um pouco, entramos numa moita de árvores e acendemos um fósforo para examinar o pescoço da criança. Não tinha o menor sinal.

– Está vendo? –Perguntou, triunfante.

– Chegamos justamente a tempo – disse o professor, satisfeito.

Precisávamos resolver o que iríamos fazer com a criança. Não podíamos levá-la a um posto policial, para não sermos interrogados. Decidimos, então, levá-la e, quando víssemos um policial, a deixaríamos de tal modo que ele pudesse esbarrar com ela. E, realmente, não tardamos muito a ouvir os passos de um. Deixamos a criança no caminho e nos escondemos. O policial ficou muito espantado com o encontro e nós nos afastamos, sem sermos vistos. Por sorte, encontramos um carro de aluguel perto do Spaniards e viemos para a cidade.

Não consegui dormir nada, mas preciso ver se descanso algumas horas, pois Van Helsing vem me procurar ao meio-dia. Faz questão que eu o acompanhe em outra expedição.

27 de setembro

Somente às duas horas conseguimos uma oportunidade para nossa investida. O enterro realizado ao meio-dia tinha acabado, e o coveiro fechou o portão pelo lado de fora. Sabíamos que teríamos até a manhã seguinte para fazer o que quiséssemos, mas o professor me disse que não seria necessário mais de uma hora.

Voltamos ao jazigo. O lugar era menos sombrio que de noite, mas era um espetáculo insuportável de se ver, iluminado pelo sol. Van Helsing aproximou-se do caixão de Lucy e eu o segui. Abriu a tampa e me senti dominado por terrível surpresa.

Lá estava Lucy, como a tínhamos visto na noite da véspera do enterro. Parecia mais bela que nunca, e eu não podia acreditar que estivesse morta. Os lábios estavam vermelhos, mais vermelhos que antes, e, nas faces, havia um rubor delicado.

– Você está convencido agora? – perguntou Van Helsing. E, enquanto falava, estendeu a mão e levantou os lábios da morta. Tive um arrepio de horror. – Veja, os dentes estão ainda mais aguçados que antes. Com estes caninos, as criancinhas são mordidas. Acredita agora, amigo John?

De novo, a revolta se apossou de mim. Eu não podia aceitar uma realidade tão cruel.

– Ela pode ter sido colocada aí depois desta madrugada – murmurei.

– Acha mesmo? – retrucou Van Helsing. – Mas ela está morta há uma semana. Depois de tanto tempo, os mortos não têm esse aspecto.

Não encontrei argumentos para contestá-lo. Van Helsing examinava atentamente o rosto da morta, levantando as pálpebras e examinando de novo os dentes. Depois, observou:

– É um caso diferente de todos os outros de que se tem memória. Trata-se de uma dupla vida, que não é o caso comum. Foi mordida pelo vampiro quando estava em transe, em estado de sonambulismo. Morreu em transe e, em transe, também, é morta-viva. É nisso que se difere de todos os outros. Habitualmente, quando uma pessoa morta-viva dorme em casa – e fez um gesto sugestivo para mostrar o que é a casa de um vampiro – seu rosto mostra o que é, mas esta quando deixa de ser morta-viva, volta dos mortos comuns. Não há maldade aqui, veja, e, por isso, será para mim uma tarefa penosa ter que matá-la em seu sono.

Senti um arrepio frio ao refletir que, se ela estava realmente morta, por que a ideia de matar Lucy me causava horror? Van Helsing naturalmente notou a expressão de meu rosto, pois perguntou:

– Agora você acredita?

– Por favor, entenda, não posso aceitar tudo ao mesmo tempo – respondi. – Estou disposto a acreditar. Como fará o seu sangrento trabalho?

– Vou cortar a cabeça dela, encher sua boca de alho e atravessar o seu corpo com um espeto.

Senti um arrepio de horror só de pensar em mutilar o corpo da mulher que eu amei. Depois de refletir por algum tempo, Van Helsing observou:

– Por mim, eu acabaria com tudo agora mesmo, pois assim eliminaríamos o perigo para sempre. Porém, temos que respeitar o Arthur. Se você, que viu os ferimentos no pescoço de Lucy e da criança, que encontrou o caixão vazio ontem e hoje com o corpo dela, custou a acreditar, imagine ele. Seria uma deslealdade fazer isto sem ele saber. Temos que explicar tudo a ele. Amanhã à noite, você vai me procurar no Berkeley Hotel, às dez horas. Mandarei chamar também Arthur e aquele simpático americano que doou seu sangue. Mais tarde, teremos todos que agir.

E, assim, fechamos o jazigo, pulamos o muro do cemitério e voltamos a Picadilly.

BILHETE DEIXADO PELO DR. VAN HELSING NO BERKELEY HOTEL E ENDEREÇADO AO DR. JOHN SEWARD (NÃO ENTREGUE)

27 de setembro

Amigo John,

Escrevo para o caso de acontecer alguma coisa. Vou sozinho vigiar aquele cemitério. Quero que a morta-viva, Srta. Lucy, não saia esta noite, para amanhã à noite estar mais ansiosa para sair. Por isso, vou levar algumas coisas de que ela não gosta – alho e um crucifixo – e fechar a porta do túmulo. Ela é uma morta-viva jovem e se aquietará. Não tenho medo quanto a ela. Mas o outro que aqui está e que a tornou morta-viva, tem o poder de encontrar seu túmulo e achar abrigo. Ele é astucioso. Nós não poderemos com sua força. Além disso, ele pode convocar seu lobo e outras coisas. Assim, se ele aparecer esta noite me encontrará, mas só a mim. Mas, possivelmente, não tentará ir lá.

Escrevo, portanto, para se acontecer alguma coisa... Pegue os papéis que estão com a pessoa morta-viva, o diário de Harker e o resto, leia tudo, depois procure esse morto-vivo, corte a sua cabeça e enfie um espeto em seu coração, para que o mundo fique livre dele.

Se assim for, adeus.

Van Helsing

DIÁRIO DO DR. SEWARD

29 de setembro, de manhã.

Ontem à noite, um pouco antes das dez horas, Arthur e Quincey vieram ao quarto de Van Helsing; este nos disse o que queria, mas dirigindo-se especialmente a Arthur. A explicação foi dolorosa. É fácil compreender como Arthur ficou abalado. Seria demais exigir que ele acreditasse naquilo tudo de pronto, se até as minhas próprias dúvidas ameaçavam.

– Preciso da sua permissão – concluiu o professor – para fazer o que acho que devo fazer esta noite. E, assim, quero que me prometa, sem saber do que se trata, para que, mais tarde, embora o senhor possa ficar com raiva de mim durante algum tempo, não fique com remorso de coisa alguma.

– Gosto desta franqueza! – exclamou Quincey.

– Assumo pelo professor. Tenho certeza que ele é sincero. Para mim, isso basta.

– Obrigado! – disse Van Helsing. – E me sinto honrado em ser seu amigo.

– Dr. Van Helsing – disse Arthur, muito sério – se o senhor me garantir que o que vou prometer não afeta minha honra de cavalheiro e minha fé de cristão, darei meu consentimento imediatamente.

– Aceito sua reserva! – exclamou Van Helsing.

Vamos, portanto, fazer o que o dever nos impõe.

XVI

DIÁRIO DO DR. SEWARD (CONTINUAÇÃO)

Faltavam exatamente quinze minutos para a meia-noite, quando pulamos o muro baixo e entramos no cemitério. A noite estava sombria e só de vez em quando a luz da lua conseguia irromper através das pesadas nuvens. Conduzidos pelo professor, chegamos ao jazigo. Ele abriu a porta e entrou primeiro, ao perceber que estávamos inseguros. Seguimos ele e fechamos a porta. Van Helsing acendeu uma lanterna e apontou para o esquife.

Arthur avançou, hesitante.

– Você esteve aqui ontem – afirmou Van Helsing. – O corpo da Srta. Lucy estava neste caixão?

– Estava – respondi.

Van Helsing abriu o esquife. Estava vazio!

Por vários minutos ninguém disse uma palavra. O silêncio foi interrompido por Quincey Morris:

– Eu confio no senhor, professor. Só quero sua palavra. Foi o senhor que fez isto?

– Juro por tudo quanto é sagrado que não a toquei nem a removi – assegurou Van Helsing. – Ontem à noite, eu impedi que ela saísse, colocando em torno da sepultura flores de alho, que os mortos-vivos não toleram. Hoje, antes do sol se pôr, tirei o alho e as outras coisas. Por isso, encontramos o caixão vazio. Mas esperem comigo, do lado de fora, escondidos e calados, e vocês vão ver coisas ainda muito mais estranhas. Agora, vamos sair.

Abriu a porta e saímos. Ele saiu por último e fechou a porta. Cada um de nós ficou no lugar que ele havia indicado. Arthur estava sombrio e Quincey Morris, paciente. Quanto a Van Helsing, estava ativo. Primeiro, tirou da valise uma hóstia enrolada num guardanapo, depois, uma espécie de massa, e, esfarinhando a hóstia, misturou-a com a massa, com a qual começou a encher as fendas entre a porta e seu encaixe no jazigo. Arthur e Quincey permaneciam quietos e ansiosos. Eu não contive minha curiosidade e tratei de perguntar logo o que ele estava fazendo.

– Estou fechando o túmulo, para que a morta-viva não possa entrar.

– E o que é isso? – indagou Arthur.

Van Helsing tirou o chapéu, ao responder:

– A hóstia sagrada, que trouxe de Amsterdam. Tenho uma indulgência.

Na realidade, era a resposta que a maioria dos céticos aceita sem discussão. Assim, respeitosamente, cada um tomou o seu lugar. A demora parecia infindável. O professor apontou para a fileira de ciprestes, onde surgiu um vulto branco, carregando algo escuro. O vulto parou e um raio da lua, passando através das nuvens, iluminou uma mulher de cabelos escuros, vestida de mortalha. Não pudemos ver seu rosto, que estava debruçado sobre a forma escura. Entretanto, conseguimos ver que se tratava de uma criança loura. Ouvimos um gritinho, como as crianças costumam dar dormindo e, instintivamente, demos um passo para diante, mas Van Helsing nos fez sinal para parar. A figura esbranquiçada avançou de novo e tornou-se bem visível ao luar. Senti um frio no coração ao ver a expressão de horror estampada no rosto de Arthur, quando reconheceu as feições de Lucy Westenra. Era mesmo Lucy Westenra, mas como estava mudada! A doçura de sua fisionomia havia se transformado numa expressão de crueldade. A pureza de antes tinha, agora, ares de luxúria. Van Helsing pediu que avançássemos e nós quatro nos colocamos em linha diante da porta do jazigo. Com a lanterna no alto, Van Helsing fez sua luz incidir no rosto de Lucy. Assim, pudemos ver que seus lábios estavam vermelhos de sangue fresco, que escorria pelo seu queixo e manchava a mortalha branca que a envolvia.

Todos nós estremecemos de horror. O meu espanto foi maior quando vi seus olhos arderem com uma luz pecaminosa e seu sorriso voluptuoso. Com um gesto descuidado largou a criança, que caiu no chão, gemendo. Desesperado, Arthur gritou. Quando ela avançou na direção dele, de braços estendidos, ele escondeu o rosto nas mãos.

– Venha, Arthur! – disse, apaticamente. – Largue os outros e venha comigo. Venha, e poderemos descansar juntos. Venha, meu marido, venha!

Arthur parecia dominado por um encantamento e, tirando as mãos do rosto, abriu os braços. De um pulo, Van Helsing se interpôs entre os dois, mostrando o pequeno crucifixo. Com o rosto cheio de ódio, Lucy recuou e demonstrou querer entrar no jazigo.

A um passo ou dois de distância, porém, parou, como detida por uma força irresistível. E, durante meio minuto, que pareceu uma eternidade, ficou entre o crucifixo e a entrada do jazigo. Van Helsing rompeu o silêncio e se dirigiu a Arthur:

– Amigo, posso continuar com o meu trabalho?

De joelhos e com as mãos no rosto, Arthur respondeu:

– Por favor, faça o que quiser, meu amigo. Impossível haver horror pior do que este vivido até aqui.

Ao aproximar-se do túmulo, Van Helsing retirou o símbolo sagrado que havia colocado em sua entrada. Quando recuou, nós todos contemplamos, horrorizados, a mulher cujo corpo era tão real, naquele momento, quanto os nossos corpos, passar pela fenda onde uma lâmina de faca mal teria passado.

O professor pegou a criança do chão e disse:

– Meus amigos, vamos embora! Agora, não há nada que possamos fazer até amanhã. Quanto a este pequeno, sofreu pouco e ficará bem até amanhã à noite.

Arthur e Quincey vieram para casa comigo e todos nós procuramos nos reanimar mutuamente no caminho.

29 de setembro, à noite.

Um pouco antes da meia-noite, eu, Arthur e Quincey Morris fomos procurar o professor. Fomos juntos ao cemitério. Chegamos por volta de uma e meia, quando os coveiros terminaram sua tarefa e saíram. Quando não havia mais ninguém, aguardamos o trabalho do professor. Em vez de sua valise preta habitual, Van Helsing trouxe uma maleta de couro, mais comprida.

Desta vez, acompanhamos logo o professor até o jazigo. Ele abriu a porta e entramos, fechando-a por dentro. Van Helsing tirou, então, da maleta a lanterna, que acendeu, e duas velas de cera, que também acendeu, e colocou sobre outros esquifes, para iluminar bem o interior do túmulo. Quando o caixão de Lucy foi aberto, vimos seu corpo em toda a sua beleza.

– Este corpo é mesmo o de Lucy ou de algum demônio sob sua forma? – perguntou Arthur, fazendo enorme esforço para entender o que se passava.

– É seu corpo e, ao mesmo tempo não. Calma, espere um pouco e vai vê-la como era, e como é – respondeu Van Helsing.

Como de costume, Van Helsing começou a retirar vários objetos da maleta. Primeiro, uma lâmpada de soldagem e um pouco de solda, depois os bisturis e, finalmente, um comprido espeto de pau com aproximadamente oito centímetros de espessura e cerca de um metro de comprimento, com uma das pontas muito aguçada. Tirou também um martelo, desses usados para quebrar carvão.

Depois de tudo pronto, explicou:

– Antes de qualquer coisa, vou explicar a vocês o que significa tudo isso. Esse trabalho é inspirado na experiência e conhecimento dos antigos e de todos que têm estudado o poder dos mortos-vivos. Quando se tornam assim, há uma mudança no curso da imortalidade. Eles não podem morrer, mas devem continuar pelos anos afora acrescentando novas vítimas e multiplicando os males do mundo, pois todos os que morrem como presas dos mortos-vivos tornam-se, eles próprios, mortos-vivos. E assim o círculo vai se alargando. Justamente isso aconteceria a você, amigo Arthur, se a pobre Lucy conseguisse beijá-lo. A carreira da desventurada menina mal começou. Aquelas crianças cujo sangue ela sugou ainda não constituem coisa grave, mas, se ela continuar vivendo como morta-viva, elas irão cada vez perdendo mais sangue e irão procurá-la, pelo poder que ela exercerá. Ao passo que, se ela morrer de verdade, todo esse processo acabará. Em vez de fazer o mal durante a noite, ela tomará seu lugar entre os outros mortos. Assim, meu amigo, será abençoada a mão que desfechar o golpe que a liberte. Estou disposto a isso, mas não há, entre vocês, alguém com mais direito do que eu?

Nós todos olhamos para Arthur. Pálido como a neve e com as mãos trêmulas, ele disse, contudo, com a voz firme:

– Meu verdadeiro amigo, agradeço a você do fundo do meu coração amargurado. Por favor, diga o que tenho de fazer e não hesitarei!

– Muito bem, valente homem! – disse Van Helsing.

– Basta um momento de coragem e tudo ficará bem. É preciso atravessá-la com esta estaca. Admito que será uma provação horrível, mas o tempo será curto e logo você poderá respirar aliviado. Mantenha-se firme assim que começar o combinado. Segure a estaca com a mão esquerda, pronto a colocá-la bem em cima do coração, e o martelo na mão direita. Depois, quando começarmos a rezar a oração dos defuntos, para isso trouxe o livro de rezas, crave a estaca, em nome de Deus, para que a morta que amamos tenha paz e a morta-viva desapareça para sempre.

Arthur segurou firme a estaca e o martelo, sem tremer, e fez o que tinha de fazer. Van Helsing abriu o missal e começou a ler, e eu e Quincey o acompanhávamos o melhor que podíamos.

A coisa que estava no caixão contorceu-se e um grito horrível, sangrento, saiu de seus lábios vermelhos. Os dentes brancos e aguçados cravaram-se nos lábios e a boca se cobriu de espuma. O corpo se contorcia todo. Arthur não fraquejou e, por fim, o corpo se imobilizou. A terrível tarefa foi cumprida!

Arthur largou o martelo e teria caído, caso não o segurássemos. Durante algum tempo, nem tivemos coragem de olhar para o caixão. Quando olhamos, contudo, não pudemos conter um grito de surpresa. Lucy havia retomado a expressão de doçura e pureza que tinha em vida, marcada, é verdade, também pelo sofrimento.

– Meu filho, agora pode beijá-la – disse Van Helsing a Arthur. – Finalmente, ela é uma morta de verdade, cuja alma está com Deus!

Arthur beijou a morta e pedimos que ele e Quincey saíssem do jazigo. Eu e o professor serramos, então, a parte de cima da estaca, deixando a ponta cravada no corpo de Lucy. Em seguida, cortamos a sua cabeça e enchemos sua boca de alho. Soldamos o caixão de chumbo, fechamos a tampa do ataúde e saímos. O professor entregou a Arthur a chave do jazigo.

Do lado de fora, ao vermos o sol brilhar e ouvir o canto dos pássaros, constatamos que toda a natureza havia se transformado. Apesar disso, Van Helsing nos advertiu:

– Ainda não terminamos a nossa tarefa. Temos de descobrir o autor de todos esses males e eliminá-lo. Estão dispostos a me ajudar?

Concordamos! E ele continuou:

– Dentro de dois dias, vamos jantar juntos, às sete da noite. Quero que conheçam duas outras pessoas. Amigo John, venha comigo, pois temos muito que conversar.

XVII

DIÁRIO DO DR. SEWARD (CONTINUAÇÃO)

Quando chegamos ao Berkeley Hotel, Van Helsing encontrou um telegrama, que havia chegado em sua ausência:

"Chegarei por estrada de ferro. Importante notícia. Mina Harker".

O professor ficou muito satisfeito:

– Madame Mina é uma pérola! Mas não posso esperá-la. Deve recebê-la na estação e levá-la para sua casa, amigo John.

Em seguida, deu-me cópias de um diário escrito por Jonathan Harker no estrangeiro e de um diário da Sra. Harker, em Whitby.

– Leia estes papéis e estude-os bem – disse-me ele. – Quando eu voltar, você estará bem a par desses assuntos e poderemos tomar as providências necessárias.

Cheguei à estação quinze minutos antes do trem chegar. Quando este chegou, fui reconhecido pela Sra. Harker, que fora avisada por telegrama de que eu iria esperá-la na estação, em vez do professor Van Helsing.

– O senhor é o Dr. Seward, não é? perguntou-me. – Reconheci-o pela descrição feita pela pobre Lucy.

Corou ao dizer aquilo, mas eu também corei e aquilo pareceu nos pôr mais à vontade, como uma resposta tácita a ela própria. Peguei sua bagagem, que incluía uma máquina de escrever.

Pouco depois, chegávamos ao hospício, onde eu mandara preparar um quarto e uma sala para a Sra. Harker.

DIÁRIO DE MINA HARKER

29 de setembro

Depois de ter me aprontado, fui ao gabinete do Dr. Seward. Parei, por um momento, junto da porta e o ouvi conversando com outra pessoa. Bati na porta e ele me mandou entrar.

Fiquei surpreendida ao encontrá-lo só. Na mesa, em frente dele, havia um aparelho que, pela descrição, vi se tratar de um fonógrafo, coisa que eu nunca vira antes.

– Estava fazendo meu diário – disse-me ele.

– Seu diário?

– Sim. Gravo nesta máquina.

Fiquei entusiasmada e pedi para ouvir alguma coisa. Muito embaraçado, ele murmurou:

– Meu diário é quase exclusivamente acerca de meus casos, de modo que...

Para livrá-lo de seu embaraço, sugeri:

– O senhor assistiu à morte de Lucy. Ficaria muito grata por tudo que souber a seu respeito. Ela me era muito querida.

Fiquei surpreendida com a reação dele:

– Contar-lhe a morte dela? Por coisa alguma do mundo!

– Mas, por que não? – insisti.

Muito sem jeito, ele desculpou-se, dizendo que não conseguiria distinguir uma parte determinada de seu diário.

– Então, será melhor o senhor deixar que eu copie o diário a máquina – propus.

– Não, não! – protestou ele. – De maneira alguma! Não a deixaria ficar sabendo daquele caso horrível!

– O senhor não me conhece – repliquei. – Quando tiver lido meu diário e o do meu marido, que datilografei, há de me conhecer melhor.

Ele se pôs de pé e abriu uma gaveta, onde havia vários cilindros ocos, cobertos com cera escura.

– Tem razão – disse. – Não confiei na senhora porque não a conhecia, mas agora já a conheço. Leve estes cilindros e os escute.

Ele mesmo levou o fonógrafo para minha sala, onde o preparou para mim.

DIÁRIO DO DR. SEWARD

29 de setembro

Fiquei tão absorvido com a leitura do diário que nem percebi a passagem do tempo. Quando terminei a leitura e fui para a sala de jantar, a Sra. Harker tinha acabado de voltar. Estava triste e tinha os olhos vermelhos de chorar.

– Peço desculpas por ter-lhe aborrecido – exclamei.

– Não me aborreceu – disse ela. – Mas fiquei profundamente comovida com o pesar demonstrado pelo senhor. A sua voz cortava o coração. Por isso, resolvi copiar o diário à máquina, para que os outros possam lê-lo em vez de ouvi-lo. Naturalmente, o senhor me deixará ajudá-lo, não é mesmo? Eu e Jonathan estamos trabalhando, noite e dia, depois que estivemos com o professor Van Helsing. Não devemos ter segredos entre nós. Devemos trabalhar juntos e termos completa confiança uns nos outros.

– Tem razão – concordei. – Precisamos ser muito fortes para executar a tarefa que temos pela frente. Mas, agora, venha jantar.

DIÁRIO DE MINA HARKER

29 de setembro

Depois do jantar, fui com o Dr. Seward para o seu escritório. Ele trouxe o fonógrafo e eu a máquina de escrever, e ele me deu as instruções necessárias.

Se eu não tivesse lido o diário de Jonathan na Transilvânia, não acreditaria nessa horrível história da morte de Lucy. Felizmente, não tenho propensão para desmaiar.

– Vou tratar de escrever tudo, para que esteja pronto quando o Dr. Van Helsing chegar – disse, afinal, ao Dr. Seward. – Telegrafei ao Jonathan, dizendo-lhe para vir para cá quando chegar a Londres, procedente de Whitby.

O Dr. Seward colocou o fonógrafo em pequena velocidade e comecei a copiar o diário, a partir do começo do sétimo cilindro, tirando três cópias.

DIÁRIO DO DR. SEWARD

30 de setembro

O Sr. Harker chegou às nove horas. É muito inteligente e, a julgar por seu diário, muito enérgico também. Ele conseguiu as cartas entre o consignatário dos caixotes em Whitby e o transportador de Londres que se encarregou de sua remessa.

É estranho eu nunca ter imaginado que a casa vizinha pudesse ser o esconderijo do Conde! Havia muitos indícios, pela conduta do internado Renfield. Se tivéssemos sabido mais cedo, poderíamos ter salvado a pobre Lucy.

Encontrei hoje Renfield sentado em seu quarto, com os braços cruzados, sorrindo. Naquele momento, parecia tão sadio como qualquer um de nós. Sentei-me ao seu lado e conversei com ele sobre vários assuntos, que abordou com muita facilidade. Depois, por sua própria iniciativa, falou em voltar para casa, assunto que, ao que eu saiba, jamais mencionou desde que aqui se encontra. É estranho. Sei que as suas crises correspondiam à presença do Conde na propriedade vizinha. Que significará, agora, essa sua estranha calma? Desconfio dela. E, por precaução, determinei ao guarda vigiá-lo atentamente e ter uma camisa de força à mão.

DIÁRIO DE JONATHAN HARKER

9 de setembro, no trem, em viagem para Londres.

Quando recebi a atenciosa carta do Sr. Billington, prontificando-se a me dar qualquer informação, pensei que o melhor era ir a Whitby. Meu primeiro objetivo é descobrir para onde foi a horrível carga do Conde. O Sr. Billington pôs à minha disposição todas as cartas relativas à consignação de caixotes. Tudo fora preparado com precisão. Vi a fatura: "Cinquenta caixotes de terra comum destinadas a experiências." Vi e copiei a cópia da carta de Carter Paterson e a resposta. Depois, conversei com os funcionários da Alfândega e da Guarda Costeira, que me falaram sobre a estranha chegada do navio, e me puseram em contato com os homens que tinham recebido as caixas, mas nada mais sabiam, exceto que as caixas eram pesadíssimas.

30 de setembro

Depois de várias indagações, cheguei pelo menos a uma conclusão: todas as caixas vindas pelo "Demeter" foram colocadas na velha capela de Carfax. Ali deve haver cinquenta caixas, a não ser que alguma tenha sido removida, como receio, pelo que diz o diário do Dr. Seward.

Preciso procurar o transportador que levou as caixas de Carfax, quando Renfield atacou os homens.

DIÁRIO DE MINA HARKER

30 de setembro

Lorde Godalming e o Sr. Morris chegaram mais cedo do que esperávamos. O Dr. Seward tinha saído com Jonathan, de maneira que tive de recebê-los. Foi um encontro penoso, pela lembrança de Lucy. Dei a cada um deles uma cópia dos diários para lerem na biblioteca.

XVIII

DIÁRIO DO DR. SEWARD

30 de setembro

Cheguei em casa às cinco horas e vi que Godalming e Morris não só já haviam chegado como já tinham analisado todos os papéis que Harker e sua encantadora mulher arranjaram.

– Posso lhe pedir um favor? – perguntou a Sra. Harker. – Queria ver seu doente. O que o senhor disse a respeito dele no diário me interessa muito.

Pediu com tanto empenho que não pude recusar-lhe. Fui ao quarto de Renfield e lhe disse que uma senhora estava querendo vê-lo.

– Por quê? – retrucou ele, simplesmente.

– Está visitando a casa e quer ver todos aqui – respondi.

– Está bem – disse ele. – Pode trazê-la. Mas espere um minutinho, para eu fazer uma limpeza aqui no quarto.

Seu método de fazer limpeza era bem original: engoliu todas as moscas e aranhas das caixinhas, antes que eu pudesse impedir.

Quando terminou sua repulsiva tarefa, anunciou, jovialmente:

– Pode mandar a dama entrar.

Sentou-se na cama, de cabeça baixa, mas com os olhos levantados. Por um momento, tive medo que estivesse com intenções homicidas, e fiquei ao lado dele, pronto para agir, se fosse preciso.

A Sra. Harker entrou sorridente e estendeu a mão, cumprimentando amavelmente o louco. Ele a olhou durante algum tempo, depois exclamou, causando-me grande espanto:

– A senhora não é a moça com quem o doutor queria se casar, não é? Não pode ser, pois sei que ela está morta.

– Não – respondeu ela. – Já era casada antes de conhecer o Dr. Seward. Sou a Sra. Harker.

– Que está fazendo aqui?

– Eu e meu marido viemos fazer uma visita ao Dr. Seward.

– Então, não demore.

– Por quê?

Achei que a conversa não devia estar agradando a Sra. Harker e intervi, perguntando:

– Como soube que eu queria me casar com alguém?

– Que pergunta idiota! – disse Renfield.

– Não vejo por que, Sr. Renfield.

– A senhora deve compreender – disse o doido voltando-se para ela – que, quando um diretor de estabelecimento é estimado como é o Dr. Seward, tudo quanto lhe diz respeito é de interesse de nossa pequena comunidade. O Dr. Seward é estimado não apenas pelos seus parentes e amigos, mas também pelos seus pacientes, alguns dos quais, devido ao desequilíbrio mental, costumam confundir a causa com o efeito. Como eu mesmo tenho estado internado num hospício, não posso deixar de observar que as tendências sofisticadas de alguns dos doentes conduzem a erros.

Fiquei espantado. Como seria possível aquele louco estar falando sobre filosofia e se portando como um cavalheiro? Fosse espontâneo ou devido à influência inconsciente da Sra. Harker, o fato é que ela devia ter alguma qualidade ou poder raro.

Continuamos a conversar e, vendo que ele parecia inteiramente razoável, a Sra. Harker se aventurou a falar sobre o assunto favorito dele, depois de me ter consultado com um olhar. De novo fiquei assombrado, pois ele respondeu com a imparcialidade de uma pessoa mentalmente sã.

– Eu mesmo sou o exemplo de um homem que teve uma estranha crença. Não é de admirar que meus amigos tenham se alarmado e tratado de me colocar sob vigilância. Convenci-me de que era possível prolongar indefinidamente a vida consumindo uma multidão de seres vivos, por mais baixos que fossem na escala da criação. Algumas vezes, acreditei com tal convicção que tentei matar. O doutor pode confirmar que, certa vez, tentei matá-lo, a fim de aumentar minhas forças vitais pela assimilação em meu corpo da sua vida, através do sangue, baseando-me, naturalmente, na frase das Escrituras "Pois o sangue é a vida". Na verdade, o vendedor de certas panaceias vulgarizou o tratamento até o ponto de se tornar desprezível, não é mesmo, doutor?

Fiz que sim com a cabeça, pois estava espantado demais para saber o que dizer ou pensar. Não podia acreditar que, ainda cinco minutos antes, aquele homem estava comendo moscas e aranhas.

Consultei o relógio e vi que estava na hora de ir esperar o Dr. Van Helsing na estação. Avisei a Sra. Harker, que me acompanhou até fora do quarto, depois de ter se despedido amavelmente de Renfield, que disse:

– Adeus. Espero nunca mais ver seu rosto bondoso. Que Deus a abençoe e a proteja!

Van Helsing estava animado ao desembarcar.

– Tudo vai bem? – perguntou-me. – Deixei todos os meus negócios em ordem e poderei demorar-me, se houver necessidade. Todos estão com você?

Informei-o das novidades de que dispúnhamos e, terminado o jantar, levou uma cópia dos papéis, a fim de estudá-los, antes da nossa reunião, que está marcada para as nove horas.

DIÁRIO DE MINA HARKER

30 de setembro

Duas horas depois do jantar, estávamos reunidos no gabinete do Dr. Seward. O professor Van Helsing ficou na cabeceira e eu à sua direita, fazendo as funções de secretária; Jonathan sentou-se perto de mim. Em frente estavam Lorde Godalming, o Dr. Seward e o Sr. Morris.

– Creio – começou o professor – que devo dizer algumas palavras sobre o inimigo que temos de enfrentar. Os vampiros existem. Não podemos duvidar disso. Mas, se fomos incapazes de salvar a desventurada Srta. Lucy, temos o dever de trabalhar para que outras almas não pereçam, quando as podemos salvar. O nosferatu não morre como a abelha quando se pica. Fica mais forte e mais capaz de praticar o mal. Esse vampiro que está entre nós é mais forte que vinte homens; é mais astucioso que qualquer mortal e se vale, ainda, da necromancia; pode, dentro de certas limitações, aparecer à vontade, sob qualquer das formas de que dispõe; pode, dentro de sua categoria, dirigir os elementos: a tempestade, o nevoeiro, o raio; pode dar ordem a seres inferiores: o rato, o morcego, a coruja, a raposa e o lobo; pode crescer e tornar-se pequeno; e pode, às vezes, desaparecer e tornar-se desconhecido. Não será fácil destruí-lo. Mas temos um dever diante de nós e não podemos recuar. Quanto a mim, estou velho, e pouco tenho a perder. Mas vocês são moços. Que me dizem?

Quando o professor terminou, eu e meu marido encaramo-nos bem nos olhos, e ele exclamou:

– Respondo por mim e por Mina.

– Conte comigo, professor – disse Quincey Morris, concisamente.

– Estou com o senhor – disse Lorde Godalming. – Por causa de Lucy, se não houvesse outro motivo.

O Dr. Seward limitou-se a um aceno de cabeça.

– Muito bem – prosseguiu o Dr. Van Helsing. – Já sabem contra o que temos de lutar; mas não carecemos, também, de poderio. Temos a ciência, temos liberdade de agir e raciocinar, e podemos dispor tanto das horas do dia quanto da noite. Lutamos por uma causa, pela abnegação e não pelo egoísmo. Tudo isso tem grande importância. Vejamos as limitações dos vampiros em geral e, em particular, daquele contra o qual temos que lutar. O vampiro não morre com a passagem do tempo simplesmente; fortalece-se quando pode dispor do sangue dos vivos. E, mais do que isso, vemos que pode mesmo rejuvenescer. Mas não pode se fortalecer sem a dieta de sangue; não come outra coisa. O amigo Jonathan, que morou com ele durante semanas, jamais o viu comer. Não produz sombra, nem se reflete no espelho, como Jonathan também teve oportunidade de constatar. Tem uma força prodigiosa, outra constatação de Jonathan. Pode se transformar em lobo, como deduzimos pela chegada do navio a Whitby, onde ele despedaçou um cão; pode se transformar em morcego, como Madame Mina viu na janela em Whitby e como foi visto na janela do quarto de Lucy. Pode surgir no meio do nevoeiro, como mostrou o capitão do navio, mas parece que esse nevoeiro é limitado e só fica em torno dele próprio. Pode vir sob a forma de poeira, como Jonathan viu acontecer com as irmãs no castelo de Drácula. Pode se tornar pequeníssimo, como nós próprios vimos, quando Srta. Lucy entrou numa fenda diminuta para o túmulo. Pode ver no escuro, o que é uma grande coisa. Pode fazer tudo isso, mas não é livre. Está mais preso que o escravo na galé ou o louco na cela. Não pode ir aonde quer. Não pode entrar em lugar algum pela primeira vez, a não ser que alguém da casa o convide, embora, depois, possa entrar à vontade. Seu poder, como o de todas as coisas malignas, cessa com o nascer do dia. Apenas em certas ocasiões tem uma liberdade ilimitada. Se não está no lugar ao qual pertence, só pode se mudar ao meio-dia ou no momento exato do nascer e do pôr do sol. Assim, pode fazer o que quer dentro de seus limites, quando mora em seu túmulo, sua casa infernal, seu lugar sacrílego, como vimos na cova do suicida em Whitby; em outras ocasiões, só pode se mudar na oportunidade propícia. Existem coisas que o afligem tanto que não tem poder contra elas, como o alho, que nós conhecemos, e símbolos sagrados, como meu crucifixo. Há ainda outras coisas: um ramo de rosa-silvestre colocado no seu caixão o impede de sair de lá; uma bala abençoada disparada contra seu caixão mata-o de verdade; e, quanto à estaca, vocês já conhecem seu poder, assim como a cabeça cortada. Vimos isto com nossos próprios olhos. Assim, precisamos descobrir a habitação desse ex-homem, prendê-lo em seu caixão e destruí-lo.

O Sr. Morris, que estava olhando atentamente para a janela, saiu nesse momento do aposento. Houve uma pequena pausa, e o professor prosseguiu:

– E, agora, vamos traçar os planos de nossa campanha. Sabemos que do castelo vieram para Whitby cinquenta caixas de terra, todas as quais foram entregues em Carfax; também sabemos que pelo menos algumas dessas caixas foram removidas. Parece-me que a primeira coisa que devemos fazer é verificar se o resto das caixas está na casa vizinha deste hospício.

Um tiro de pistola, disparado do lado de fora, o interrompeu; a vidraça da janela foi quebrada por uma bala, que, ricocheteando, foi se cravar no alto da parede do gabinete. Todos os homens se puseram de pé. Lorde Godalming correu até a janela e abriu-a. Ouvimos, então, a voz do Sr. Morris, vinda do lado de fora:

– Desculpem-me por tê-los assustado.

Um minuto mais tarde, tendo voltado, ele nos explicava:

– Foi uma tolice minha, e peço-lhe mil desculpas, Sra. Harker. Receio tê-la assustado muito. Mas é que, enquanto o professor estava falando, apareceu um grande morcego, que pousou no peitoril da janela. Por causa destas coisas que têm acontecido, tomei tanto horror desses bichos, que não pude me conter e saí para atirar nele, como faço agora, sempre que vejo um morcego.

– Acertou? – perguntou o Dr. Van Helsing.

– Não sei; acho que não, pois ele fugiu para o bosque.

Tornamos a nos sentar e o professor prosseguiu:

– Precisamos descobrir aquelas caixas, ou capturar, ou matar aquele monstro em seu esconderijo; ou então, por assim dizer, esterilizar a terra, de maneira que ele não possa mais procurar proteção nela. Assim, poderíamos encontrá-lo em sua forma de homem, entre o meio-dia e o pôr do sol, quando ele é mais fraco. Quanto à senhora, Madame Mina, de agora em diante deve se poupar. Quando nos separarmos hoje, a senhora não deve mais fazer perguntas. Oportunamente, nós lhe diremos tudo. A senhora é nossa estrela e nossa esperança, e queremos agir sabendo que não corre os mesmos perigos que nós.

Nada pude fazer, a não ser concordar.

– Como não há tempo a perder, proponho irmos imediatamente ver a casa dele – exclamou Morris. – Para combatê-lo, o fator tempo é da máxima importância.

A proposta foi aceita e todos saíram. Vou deitar-me e fingir que estou dormindo, para que Jonathan não fique ainda mais aflito quando voltar.

DIÁRIO DO DR. SEWARD

11 de outubro, 4h da manhã.

Justamente quando íamos sair, chegou um recado urgente de Renfield, dizendo que queria me ver imediatamente, pois tinha uma comunicação importantíssima para fazer. Disse ao mensageiro para responder que iria vê-lo na manhã seguinte, mas o guarda observou:

– Ele parece estar muito aflito e receio que tenha um acesso de fúria se o senhor não for agora.

Achei mais prudente vê-lo e segui acompanhado de todos os outros, que estavam com curiosidade de ver o louco. Encontramo-lo muito agitado, mas muito mais racional em suas palavras e nos seus modos do que sempre. Queria que eu lhe desse liberdade imediatamente, a fim de voltar para casa. Justificava sua pretensão com argumentos sobre seu restabelecimento.

– Apelo para os seus amigos – acrescentou. – A propósito: o senhor não nos apresentou.

Fiz as apresentações. Renfield apertou a mão de cada um.

– Lorde Godalming – disse – tive a honra de conhecer seu pai em Windham; lamento saber, pelo fato de o senhor estar usando o título, que ele já não vive; sei que, em sua mocidade, inventou um famoso ponche de rum. Sr. Morris, o senhor deve se sentir orgulhoso de seu grande Estado. Sua recepção na União foi um precedente que pode ter consequências de longo alcance. E que direi do prazer de conhecer Van Helsing? Não me desculpo por ter dispensado os prefixos cerimoniosos. Quando um indivíduo revoluciona a medicina com sua descoberta sobre a evolução contínua do cérebro, as formas convencionais tornam-se supérfluas. Os senhores que, pela nacionalidade, hereditariedade ou pela posse de dons naturais, estão em condições de ocupar lugares destacados no mundo, podem ser testemunhas de que tenho o espírito tão lúcido como pelo menos a maioria dos homens que gozam de sua liberdade. E estou certo de que o senhor, Dr. Seward, que não é somente um cientista, mas um médico humanitário, sentirá no dever moral de tratar-me como alguém que merece ser considerado dentro de circunstâncias especiais.

Creio que todos ficaram estupefatos. Quanto a mim, fiquei convencido de que, apesar dos antecedentes, o homem tinha recuperado a razão; e tive vontade de dizer-lhe isto e anunciar que, no dia seguinte cedo, tomaria as devidas providências para que ele fosse posto em liberdade. Mas, refletindo melhor, contive-me e disse-lhe apenas que, de fato, parecia estar melhorando muito e que, no dia seguinte, teria uma conversa prolongada com ele, para estudar a possibilidade de satisfazer seus desejos.

– Creio – retrucou ele, vivamente.

Como eu não respondi, ele me olhou, depois olhou para os outros.

– Será possível que errei em minha suposição? – perguntou.

– Errou – respondi, com uma franqueza que eu mesmo achei brutal.

– Então, acho que devo modificar a natureza do pedido. Permita-me que peça essa concessão, esse privilégio. Sou levado a implorar em tal caso, não por motivos pessoais, mas para o bem de outros. Não posso lhe explicar todos os motivos, mas pode acreditar que me são ditados pelo dever. Se pudesse ler o meu coração, aprovaria inteiramente os sentimentos que me animam. E, mais do que isso, poderia me considerar um de seus melhores e mais leais amigos.

Van Helsing, que o encarava fixamente, perguntou-lhe, então:

– Pode me dizer, com toda a franqueza, o verdadeiro motivo que o leva a desejar ser posto em liberdade esta noite? Se me disser, comprometo-me a conseguir que o Dr. Seward lhe conceda o que pede.

– Nada posso dizer – retrucou Renfield. – Se eu pudesse, não hesitaria um momento; mas não sou senhor de mim mesmo nessa questão. Só lhe posso pedir que confie em mim. Se me recusarem, a responsabilidade não recairá sobre mim.

Achei que era tempo de acabar com aquilo e convidei os outros a se retirarem.

– Vamos, meus amigos. Temos um trabalho a fazer. Boa noite.

Ao nos aproximarmos da porta, porém, nova mudança ocorreu com o enfermo, que caiu de joelhos, implorando-me, de mãos postas, que o deixasse sair.

– Deixe-me sair desta casa imediatamente, Dr. Seward! Mande-me para onde quiser; mande-me acompanhado de guardas, com correntes e chicotes; mande-me numa camisa de força, dentro de uma jaula, mas deixe-me sair daqui. Não sabe o que está fazendo ao manter-me aqui, e eu não posso dizer. Estou lhe implorando do fundo do coração, do fundo da alma. Pelo amor do Onipotente, tire-me daqui e salve minha alma! Deixe-me sair! Deixe-me sair!

Achando que quanto mais aquilo se prolongasse mais furioso ficaria ele, segurei-o por um braço e levantei-o.

– Acabe com isto – exclamei, com energia. – Vá para sua cama e fique quieto.

Ele parou e me encarou, fixamente, durante algum tempo. Depois, sem dizer uma palavra, levantou-se e sentou-se na cama.

Quando eu estava saindo do quarto, disse-me, com muita calma:

– Estou certo, Dr. Seward, que, mais tarde, o senhor me fará justiça, reconhecendo que fiz o que pude para convencê-lo esta noite.

XIX

DIÁRIO DE JONATHAN HARKER

10 de outubro, 5h da manhã.

Saí com os outros despreocupado, pois tinha a impressão de nunca ter visto Mina tão forte e bem-disposta.

A caminho da casa vizinha, fomos conversando sobre a estranha atitude do Sr. Renfield, e o Dr. Seward explicou:

– Se ele fosse um doido comum, eu poderia ter corrido o risco de confiar nele. Mas ele tem alguma estranha ligação com o Conde e o caso se complica por isso. Não posso me esquecer que, certa vez ele me implorou que lhe arranjasse um gato, quase da mesma maneira. Além disso, chamou o Conde de "meu senhor", e pode estar querendo sair para ajudá-lo.

Nesse ponto, Lorde Godalming, que se afastara de nós alguns minutos antes, voltou, anunciando, depois de ter mostrado um pequeno apito de prata:

– É possível que a casa abandonada esteja cheia de ratos, mas, para tal caso, arranjei um antídoto.

Depois de pularmos o muro, dirigimo-nos para a casa, tendo o cuidado de nos escondermos nas sombras das árvores quando o luar aparecia. Quando chegamos à varanda, o professor abriu a valise e dela retirou vários objetos, que separou em quatro grupos, evidentemente um para cada um de nós, depois disse:

– Meus amigos, vamos correr um grande perigo e precisamos de vários tipos de armas. Lembrem-se que nosso inimigo tem uma força prodigiosa. Precisamos evitar seu contato. Ponham isto perto do coração – e entregou-me, então, um pequeno crucifixo de prata – coloquem estas flores em torno do pescoço e, para outros inimigos mais terrenos, usem este revólver e esta faca; para completar, esta pequena lanterna elétrica e, acima de tudo, isto, que não devem usar sem necessidade. Era uma parte da Hóstia Sagrada, que ele pôs num envelope e me entregou. Todos os outros receberam os mesmos objetos.

O Dr. Seward tirou do bolso duas chaves, dessas que abrem qualquer porta, e, com sua habilidade de cirurgião, não tardou a abrir a porta da casa, que guinchou as dobradiças enferrujadas.

– Entrego minha alma nas tuas mãos, Senhor! – exclamou, benzendo-se ao passar pelo umbral.

Avançamos cautelosamente, iluminados pela luz das lanternas elétricas. Tudo estava coberto de poeira, a não ser onde havia marcas de pisadas recentes. As paredes e os tetos estavam cobertos de teias de aranha. Numa mesa do vestíbulo havia um grande molho de chaves, cada uma com uma etiqueta amarelada pelo tempo.

O professor dirigiu-se a mim:

– Você conhece a casa, Jonathan, pois copiou muitas plantas dela. Qual é o caminho para a capela?

Indiquei o caminho e, com um pouco de dificuldade, encontramos a chave e abrimos a porta. Um cheiro intenso de terra, de umidade e podridão enchia aquele desagradável ambiente. Mas, depois de um estremecimento involuntário de náusea, todos nos pusemos a trabalhar, como se estivéssemos num jardim.

Examinamos cuidadosamente o local, tendo o professor explicado, quando começamos:

– A primeira coisa que temos que ver é quantas caixas restam. Temos de olhar por toda a parte.

Das cinquenta caixas, restavam apenas vinte e nove!

Enquanto estávamos entregues à nossa tarefa, senti, certa vez, um arrepio de horror: Lorde Godalming virou-se de súbito e começou a olhar para a porta abobadada que dava para o escuro corredor. Olhei, também, e tive a impressão de ver o rosto maligno do Conde, com seus olhos vermelhos e sua palidez cadavérica. Mas, apenas por um momento. Corri ao corredor; não vi sinal de ninguém, e não havia nenhuma abertura por onde alguém, mesmo ele, pudesse ter passado.

Alguns minutos depois, vi Morris recuar, vivamente, de um canto que estava examinando. Olhamos para lá e, instintivamente, todos recuamos. A capela estava se enchendo, inteiramente, de ratos.

Durante alguns momentos, ficamos todos atordoados, menos Lorde Godalming, que estava preparado para tal emergência. Correu para a pesada porta de carvalho que dava para fora, meteu a chave na fechadura e abriu-a. Depois, tirando o assovio de prata do bolso, levou-o à boca e soprou-o. De além da casa do Dr. Seward vieram uns latidos de cães e, pouco depois, três cães rateiros apareceram. Instintivamente, nós todos tínhamos nos dirigido para a porta. O número de ratos tinha aumentado de tal maneira, que os animaizinhos cobriam inteiramente o chão. Os cães avançaram, mas, no limiar da porta, pararam e começaram a uivar lamentosamente. Os ratos estavam se multiplicando aos milhares, e nós nos retiramos.

Lorde Godalming carregou um dos cães e colocou-o no chão da capela. No momento em que seus pés tocaram o chão, o animal pareceu recuperar a coragem e investiu contra os seus inimigos naturais. Os ratos fugiram apressadamente, a tal ponto que o cão não pôde matar mais de uns vinte, e os dois cães, que tinham sido colocados da mesma maneira, apenas conseguiram poucas presas antes de toda a massa ter desaparecido.

Fechamos, então, a porta de fora e demos uma busca rigorosa na casa, mas não encontramos nada além de muita poeira. Os cães não demonstraram, também, qualquer sinal de inquietação.

Já estava amanhecendo quando saímos. O Dr. Van Helsing tinha tirado do molho a chave da porta da frente, que fechou, metendo a chave no bolso depois.

– Até agora – disse ele – tudo transcorrido muito bem. Nada sofremos ainda, como eu receava, e já sabemos a quantidade de caixas. E um fato auspicioso foi o de não ter sido preciso trazer Madame Mina conosco nessa perigosa missão. Ficamos sabendo, ainda, que os seres brutos que servem sob as ordens do Conde não são sensíveis ao seu poder espiritual: os ratos que invadiram a capela fugiram dos cães de nosso amigo Arthur. E, agora, vamos tratar de descansar, pois o dia já se aproxima.

O hospício estava em silêncio, a não ser por gritos que vinham de uma enfermaria afastada e gemidos que partiam da cela de Renfield. Caminhei pé ante pé ao entrar no nosso quarto e encontrei Mina dormindo, respirando tão de leve que tive de pôr o ouvido junto dela para ouvi-la. Estava mais pálida que de costume. Permita Deus que estas emoções por que temos passado não prejudiquem sua saúde. Vou dormir num sofá, para não acordá-la.

10 de outubro, mais tarde.

Era natural que estivéssemos com tanta necessidade de dormir, depois de um dia e uma noite tão agitados. Mesmo Mina devia estar exausta, pois, embora eu tivesse me levantado quando o sol já estava alto, fui encontrá-la dormindo tão profundamente que tive de chamá-la três vezes antes que acordasse. Por alguns instantes, pareceu não me reconhecer e encarou-me com uma cara assustada, como alguém que acaba de sair de um pesadelo. Queixou-se de cansaço e deixei-a repousar até mais tarde.

Sabemos, agora, que vinte e uma caixas foram removidas e, se várias foram removidas ao mesmo tempo, poderemos descobrir para onde foram todas. Vou procurar Thomas Snelling hoje mesmo.

DIÁRIO DO DR. SEWARD

1º de outubro

Era mais ou menos meio-dia quando fui acordado pelo professor, que entrava no meu quarto.

– Seu paciente me interessa muito – disse ele. – Queria vê-lo.

Como tinha um trabalho urgente para fazer, pedi-lhe para ir sozinho, mas adverti-o para tomar cuidado, a fim de não ter uma falsa impressão. Mais tarde, quando terminei o trabalho, Van Helsing veio me procurar de novo.

– Nossa entrevista foi curta – disse-me ele. – Quando entrei na cela, Renfield estava sentado, muito quieto. Perguntei-lhe se não estava me conhecendo e sua resposta não foi tranquilizadora: "Conheço-o até demais. É o velho idiota Van Helsing. Vá para longe com suas teorias cretinas sobre o cérebro!" Não disse mais uma palavra e nem olhou para o meu lado. Deixei-o, portanto, e agora, se puder, vou conversar um pouco com aquela encantadora Madame Mina.

E, assim, Van Helsing foi conversar com Harker e sua senhora; Quincey e Art estão fora, procurando descobrir a pista das caixas de terra. Vou acabar meu trabalho para nos encontrarmos à noite.

DIÁRIO DE MINA HARKER

10 de outubro

É estranho, para mim, ficar tão às escuras como estou hoje; depois das confidências de Jonathan durante tantos anos, é esquisito vê-lo evitar, deliberadamente, a conversa sobre certos assuntos comigo. Ele não me disse uma palavra sobre o que aconteceu na casa do Conde e, no entanto, devia saber como eu estava aflita. E, agora, eis-me chorando como uma criança. Na verdade, sinto-me estranhamente triste e abatida hoje. Acho que é reação à terrível excitação.

Ontem à noite fui me deitar quando os outros saíram, apenas porque tinham dito para deitar-me. Estava sem sono e com terrível ansiedade. Não me lembro bem como adormeci. Lembro-me de ter ouvido latidos de cães e ruídos estranhos, como se houvesse alguém rezando, ruidosamente, no quarto do Sr. Renfield, que fica abaixo deste. Depois veio um silêncio tão profundo que me espantou e eu me levantei e olhei pela janela. Tudo estava tranquilo e escuro, pois nuvens espessas encobriam a lua. Tudo estava tão parado na natureza que um pouco de névoa esbranquiçada que avançava devagar, quase imperceptivelmente, sobre o gramado, em direção à casa, parecia dotada de vida. Voltei para a cama, mas não consegui dormir e, depois de algum tempo, tornei a olhar pela janela. A névoa estava se espalhando, já perto da casa, espessando-se de encontro à parede, como se estivesse subindo para as janelas. O pobre homem estava falando mais alto que antes e, embora eu não distinguisse uma palavra do que ele dizia, percebi, pela tonalidade, que estava muito emocionado. Depois, ouvi o barulho de uma luta e percebi que alguém enfrentava o louco. Fiquei com tanto medo que me meti na cama, escondi a cabeça embaixo das cobertas e tapei o ouvido com a mão. Acho que não estava com sono, mas devo ter dormido, pois, a não ser sonhos, não me lembro de coisa alguma até de manhã, quando Jonathan me acordou. Meu sonho foi esquisito, confundindo-se com meus pensamentos na vigília.

Pensei que estava dormindo e esperando o regresso de Jonathan com ansiedade e sem poder me mover, pois sentia os pés, as mãos e o cérebro muito pesados. Depois, comecei a ter a impressão de que o ar em torno de mim estava pesado, úmido e frio. Tirei a cabeça de baixo das cobertas e, com surpresa, vi que tudo estava escuro. O bico de gás que eu deixara aceso, muito baixo, era, agora, um simples clarão vermelho no nevoeiro, que, evidentemente, se tornara mais espesso e invadira o quarto. Imaginei se teria fechado a janela antes de deitar-me, mas não consegui ir verificar, pois uma pesada letargia travava-me os nervos. E o nevoeiro foi se tornando cada vez mais espesso e pareceu formar uma espécie de coluna, tendo no alto a chama do bico de gás. Tudo começou a girar, a coluna pareceu aproximar-se e pareceu-me ver, em lugar de um único, dois olhos vermelhos, como Lucy disse ter visto ao crepúsculo, certo dia. De repente, fui tomada de horror, lembrando-me que Jonathan vira aquelas horríveis mulheres se corporificarem saindo da névoa, ao luar, e, no sonho, devo ter desmaiado, pois tudo escureceu em torno de mim. O último esforço consciente de minha imaginação foi mostrar-me um rosto lívido debruçado sobre mim. Preciso não ter mais esses pesadelos. Se não fosse o receio de assustá-los, pediria ao Dr. Van Helsing ou ao Dr. Seward para me receitarem algum sonífero.

2 de outubro, 10 h da noite.

Não sonhei a noite passada. Devo ter dormido profundamente, pois não acordei quando Jonathan se deitou. No entanto, sinto-me muito abatida hoje. Ontem à tarde, Renfield mandou me pedir para vê-lo. Coitado! Mostrou-se muito amável e beijou minha mão, pedindo que Deus me abençoasse. Fiquei muito emocionada com isso; choro quando me lembro dele. Aliás, preciso ter cuidado com essa história de chorar à toa. Jonathan iria sofrer muito se soubesse. Hoje à noite, como estava sem sono, pedi ao Dr. Seward para me dar algum sonífero. Ele me deu um, dizendo que não me faria mal. Tomei-o e estou esperando o efeito.

XX

DIÁRIO DE JONATHAN HARKER

19 de outubro, à noite.

Encontrei Thomas Snelling em sua casa, mas tão bêbado que nada me pôde adiantar. Sua mulher, porém, disse-me que ele é apenas ajudante de Smollet. Assim, parti para Walworth e encontrei o Sr. Joseph Smollet em casa, em mangas de camisa, tomando chá em um pires. É trabalhador sério, inteligente e consciencioso. Lembrava-se bem do caso das caixas e, tirando do bolso um caderno de notas repleto de anotações que me pareceram hieróglifos, deu-me o destino dos caixotes.Havia, disse ele, seis na partida que levou de Carfax para o número 197 da Chicksand Street, Mile End New Town, e outras seis para Jamaica Lane, Bermondsey.

Se o Conde quer espalhar suas sinistras caixas por toda a extensão de Londres, esses lugares devem ter sido escolhidos para que de lá as caixas sejam distribuídas mais amplamente.

Perguntei a Smollet se não poderia nos dizer se outras caixas tinham sido retiradas de Carfax.

– Há uns quatro dias, numa taberna, ouvi um homem chamado Bloxam contar que ele e seu companheiro tinham feito um carreto muito poeirento de uma velha casa em Purfleet. Esses trabalhos não são comuns e, portanto, é capaz de se tratar dessas caixas pelas quais o senhor se interessa. Talvez Sam Bloxam possa lhe dar a informação.

Prometi-lhe outra meia libra se me arranjasse o endereço de Sam Bloxam, ou mais.

– Não adianta o senhor ficar esperando hoje – disse ele. – Talvez eu me encontre com Sam ainda hoje, mas não é certo; mas, mesmo que encontre, não é provável que ele esteja em condições de conversar esta noite. Quando começa a beber, vai longe... Se o senhor deixar um envelope selado e com seu endereço, vou saber onde Sam pode ser encontrado e mando para o senhor esta noite. Mas é bom procurá-lo de manhã, pois ele sai sempre cedo, mesmo que tenha bebido muito na véspera.

2 de outubro, à noite.

Hoje foi movimentado. Recebi, pelo primeiro correio, o envelope que eu subscritara para mim mesmo e que trazia dentro um pedaço de papel muito sujo com o endereço de Sam Bloxam. Levantei-me sem acordar Mina, que tem andado pálida e indisposta. Só estive com o Dr. Seward por um momento, e disse-lhe aonde ia, prometendo voltar logo que pudesse.

Não foi fácil encontrar o bairro em questão e, quando encontrei o endereço, fui informado que Bloxam saíra às cinco da manhã para trabalhar em Poplar. O informante não sabia onde era o seu local de trabalho, mas tinha uma vaga ideia de que se tratava de "um armazém novo". Dispondo apenas dessa precária informação segui para Poplar, e, só ao meio-dia tive uma informação satisfatória a respeito do tal armazém, num botequim onde alguns operários estavam almoçando. Finalmente consegui descobrir o tal armazém, e um capataz me disse que, de fato, havia um sujeito chamado Bloxam que trabalhava ali. Mandou-o chamar, pois prometi uma recompensa. Era um sujeito bem esperto embora sem educação. Quando prometi pagar-lhe generosamente a informação, ele me contou que fizera duas viagens entre Carfax e uma casa em Piccadilly, e havia levado nove caixas "muito pesadas".

Perguntei-lhe se podia dizer o número da casa de Piccadilly, e ele respondeu:

– Esqueci-me do número, mas sei que fica bem perto de uma grande igreja branca, ou coisa parecida. É, também, uma casa muito cheia de poeira, embora não tanto quanto a casa de onde tiramos as caixas.

– Como foi que entrou nas casas, se ambas estavam vazias?

– O velho que tinha me contratado estava esperando na casa de Purfleet. Ajudou a carregar as caixas. Nunca vi sujeito tão forte, apesar de já ter o bigode branco!

– Como foi que você entrou na casa de Piccadilly?

– Ele estava lá, também. Quando toquei a campainha, ele abriu a porta e ajudou-me a colocar as caixas no vestíbulo.

– Todas as nove caixas?

– Sim. Cinco na primeira viagem e quatro na segunda.

– Não ficou com alguma chave?

– Não. O velho abriu a porta e fechou-a quando eu saí.

– E não pode se lembrar do número da casa?

– Não, senhor, mas não será difícil encontrá-la. Tem uma fachada de pedra e uma escada na porta.

Certo de que conseguiria encontrar a casa, graças a essa descrição, e tendo pagado o informante, segui para Piccadilly. Não tive dificuldade em encontrar a casa. Evidentemente estava desocupada há muito tempo. As janelas estavam cobertas de poeira e as cortinas descidas. Indaguei a alguns homens que vi pelas proximidades se sabiam alguma coisa a respeito da casa desocupada, e um deles me informou que, recentemente, havia um letreiro anunciando que a mesma estava à venda e que se lembrava de ter visto no anúncio o nome da firma Mitchell, Filhos & Candy.

Tratei de procurar o endereço dessa firma e, pouco depois, estava lá. Fui recebido por um cavalheiro bem-educado, mas muito reticente. Negou-se a me dar qualquer informação, a não ser que a casa estava vendida. Resolvi entrar com meu jogo.

– Eu também sou de sua profissão – disse-lhe. – Sou procurador de Lorde Godalming, que está interessado em comprar a casa. A quem é que ele deve se dirigir para isso?

Ao mesmo tempo, entreguei-lhe meu cartão.

– Eu teria muito prazer em ser útil, Sr. Harker, e especialmente em ser útil a Lorde Godalming – disse o homem. – Já fizemos alguns serviços para ele. Se quiser deixar o endereço, consultarei os diretores e me comunicarei com Lorde Godalming pelo correio da noite.

Como eu queria fazer um amigo e não um inimigo, dei-lhe o endereço do Dr. Seward, agradeci-lhe e saí.

Tomei o primeiro trem para Purfleet. Encontrei todos os outros em casa. Mina estava abatida e pálida, mas fez um grande esforço para parecer animada. É desagradável ter de esconder as coisas dela.

Não podia contar aos outros minha descoberta, senão quando ficássemos a sós; assim, depois do jantar – seguido por um pouco de música para salvar as aparências, mesmo entre nós – levei Mina para o quarto e deixei-a na cama. Ela se mostrou mais afetuosa que sempre. Graças a Deus tudo continuou na mesma entre nós, embora eu tenha deixado de contar-lhe muita coisa que acontece comigo. Encontrei os outros na sala e contei o resultado de minhas investigações.

– Aproveitou bem o dia, Jonathan – disse Van Helsing. – Não há dúvida de que estamos na pista das caixas que faltam. Se encontrarmos todas na casa, nosso trabalho estará quase terminado. Mas, se faltar algumas, temos de procurar até encontrá-las.

– Mas como entraremos naquela casa? – perguntou Morris.

– Já entramos na outra – apressou-se em dizer Lorde Godalming.

– Mas o caso é diferente, Art. Entramos na casa de Carfax, mas protegidos pela noite e por um parque murado. Será muito diferente praticarmos um arrombamento em Piccadilly, de noite ou de dia.

– Quincey tem razão – disse Lorde Godalming. – A tarefa é difícil, a não ser que encontremos as chaves do Conde.

Como nada se poderia fazer antes da manhã seguinte e convinha esperar a comunicação de Mitchell a Lorde Godalming, resolvemos nada fazer antes do amanhecer.

Aproveitei para escrever este diário, embora esteja morrendo de sono. Mina está dormindo profundamente e respirando com regularidade.

DIÁRIO DO DR. SEWARD

1º de outubro

Estou preocupado com Renfield. Tive uma longa conversa com ele hoje e percebi que agora está preocupado com a "alma" de alguma coisa. Não há perigo de querer a "vida" no futuro. Desprezando as formas inferiores de vida, teme ser perseguido por suas almas. Logicamente, todas essas coisas apontam para um caminho. Ele tem alguma garantia de que irá adquirir uma vida mais elevada e teme as consequências: a responsabilidade por uma alma. Portanto, é uma vida humana que está procurando!

E a garantia?

Meu Deus, o Conde o tem influenciado e deve ter tramado algum novo plano de terror!

Mais tarde

Comuniquei minha suspeita a Van Helsing. Ele ficou muito sério e, depois de refletir, pediu-me para levá-lo ao quarto de Renfield. Quando entramos, vimos, com assombro, que o doente tinha espalhado de novo o açúcar para pegar moscas. Tentamos fazê-lo voltar ao assunto de nossa conversa anterior, mas em vão. Começou a cantar, como se estivesse sozinho. Tinha na mão um pedaço de papel, que dobrou e meteu num caderno de notas.

CARTA DE MITCHELL, FILHOS & CANDY A LORDE GODALMING

1.º de outubro

Meu Lorde,

Estamos sempre muito felizes em atender aos seus desejos. Com referência à informação, solicitada por intermédio do Sr. Harker, a respeito da compra e venda do prédio número 347 de Piccadilly, temos a dizer que os vendedores são os testamenteiros de Archibald Winter Suffield e o comprador é um nobre estrangeiro, Conde de Ville, que fez o pagamento à vista. Além disso, nada mais sabemos.

Somos, meu Lorde, seus humildes servidores,

Mitchell, Filhos & Candy.

DIÁRIO DO DR. SEWARD

2 de outubro

Coloquei um homem no corredor para prestar atenção em qualquer ruído suspeito que saísse do quarto de Renfield, e chamar-me imediatamente.

Antes de deitar-me observei a cela, pela abertura da porta. Renfield estava dormindo.

Esta manhã o guarda me disse que, um pouco depois de meia-noite, Renfield mostrou-se agitado, rezando em voz alta. Perguntei-lhe se era tudo, e ele me respondeu que fora tudo que ouvira. Desconfiei do seu modo e, insistindo, fi-lo confessar que "cochilara" um pouco.

Hoje Harker saiu seguindo a pista que descobriu, e Art e Quincey saíram para procurar cavalos. Godalming acha que é bom termos cavalos à mão, pois, quando tivermos a informação de que necessitamos, não podemos perder tempo. Temos que esterilizar toda a terra importada entre o nascer e o pôr do sol; assim, apanharemos o Conde quando está mais fraco e sem refúgio para onde ir. Van Helsing está no Museu Britânico estudando as velhas autoridades de medicina. Os antigos médicos atentavam para coisas que seus sucessores não aceitam, e o professor está procurando tratamentos para bruxas e demônios, que podem nos ser úteis mais tarde.

Às vezes penso que nós todos estamos doidos, e que o aconselhável seria nos metermos em camisas de força.

Mais tarde

O guarda entrou correndo em meu gabinete e me disse que ocorreu um acidente com Renfield. Ouviu-o gritar e, quando entrou, encontrou-o caído de bruços, coberto de sangue. Vou para lá imediatamente.

XXI

DIÁRIO DO DR. SEWARD

3 de outubro

Quando entrei no quarto de Renfield, encontrei-o deitado no chão, encostado no lado direito, no meio de uma poça de sangue. Devia ter sofrido ferimentos graves. Verifiquei contusões em seu rosto, como se o tivesse batido de encontro ao chão.

– Acho que ele está com a espinha quebrada – disse o guarda, que se ajoelhara junto dele. – Veja: tanto a perna quanto o braço direito, como todo o lado direito do rosto, estão paralisados. Não posso compreender. Ele poderia machucar o rosto batendo a cabeça de encontro ao chão, e acho que quebrou a espinha caindo da cama. Mas não posso conceber como as duas coisas ocorreram ao mesmo tempo.

– Vá chamar o Dr. Van Helsing e peça-lhe para vir imediatamente – ordenei ao guarda.

Pouco depois o professor apareceu, ainda de robe de chambre e chinelo.

– Um lamentável acidente – disse ele, depois de um rápido exame. – É necessário vigiar o doente e prestar muita atenção nele. Vou me vestir, mas voltarei dentro em pouco.

O enfermo respirava com dificuldade.

Van Helsing voltou logo depois, com sua valise de instrumentos cirúrgicos.

– Mande o empregado embora – disse ele. – Precisamos estar a sós com o doente quando ele recuperar a consciência, após a operação.

Fiz o que ele pedia e passamos a fazer um exame cuidadoso do paciente. Os ferimentos do rosto eram superficiais; o verdadeiro ferimento era uma fratura do crânio, estendendo-se à direita pela zona motora. Depois de refletir um pouco, o professor observou:

– Precisamos reduzir a pressão. Toda a zona motora parece afetada. Precisamos fazer a trepanação imediatamente, senão será tarde demais.

Enquanto estava falando, bateram de leve na porta. Fui abrir e vi, no corredor, Arthur e Quincey, de pijama e chinelos.

– Ouvi chamarem o Dr. Van Helsing e resolvi ir acordar Quincey para vir ver se, por acaso, têm necessidade de nós – disse Arthur.

Fiz-lhe sinal para entrar e fechei a porta, depois que me obedeceram. Contamos-lhes, em poucas palavras, o que ocorrera.

– Temos de esperar a fim de verificar qual é o melhor lugar para a trepanação, para podermos retirar rápida e completamente o hematoma – disse Van Helsing.

Passaram-se minutos de grande ansiedade e depois a respiração do paciente se tornou ofegante; podia morrer de um momento para outro.

– Não há tempo a perder – disse Van Helsing. – Suas palavras podem valer muitas vidas. Pode haver uma alma em jogo! Vamos operar acima da orelha.

E, sem dizer mais nada, iniciou a operação. O paciente continuou a respirar ofegante durante algum tempo, mas, depois, respirou fundo, dando um suspiro demorado. De súbito, seus olhos se abriram e ficaram fixos, com uma expressão selvagem. Algum tempo depois, os olhos se abrandaram numa expressão de surpresa e satisfação, e dos seus lábios saiu um suspiro de alívio. Mexeu-se, convulsivamente, e disse:

– Vou ficar quieto, doutor. Mande tirar a camisa de força. Tive um pesadelo horrível, que me deixou tão fraco que não posso me mexer. O que houve no meu rosto? Está inchado e doendo muito.

– Conte-nos seu sonho, Sr. Renfield – disse Van Helsing.

– É o Dr. Van Helsing – disse o doente. – Que bom ter vindo! Deem-me um pouco de água, pois tenho os lábios secos, e vou procurar contar-lhes.

Sonhei...Parou, parecendo que estava desmaiando.

Voltei-me para Quincey:

– Traga a aguardente.

Quincey saiu correndo e voltou logo com a garrafa de conhaque e um copo com água e molhou os lábios do doente, que voltou a si.

– Não devo me iludir – disse ele. – Não é um sonho, mas a triste realidade.

Fechou os olhos, depois os abriu e exclamou:

– Depressa, doutor! Estou morrendo. Sinto que só tenho poucos minutos. Depois tenho de voltar à morte... ou coisa pior! Umedeça meus lábios com aguardente de novo. Preciso dizer uma coisa antes de morrer. Obrigado! Foi naquela noite, depois que o senhor saiu, quando lhe implorei para me deixar ir embora. Não podia falar, pois sentia a língua presa, mas, a não ser isto, estava perfeitamente são, como estou agora. Fiquei desesperado durante muito tempo depois que o senhor saiu, depois me tranquilizei. Ouvi os cães latirem por trás da casa, mas não onde ele estava!

– Continue – disse Van Helsing.

Renfield prosseguiu:

– Ele subiu para a janela, na névoa, como eu já o vira fazer muitas vezes antes; mas não era, então, um fantasma, e seus olhos chamejavam, como os de um homem quando tem raiva. Ria com sua boca vermelha, e seus dentes aguçados e brancos brilhavam ao luar quando se virou para olhar para as árvores, onde os cães estavam ladrando. A princípio, eu não lhe disse para entrar, embora soubesse que ele queria. Então ele começou a me prometer coisas, não em palavras, mas fazendo-as surgir, como costumava fazer aparecer as moscas, quando o sol brilhava. Ratos, ratos! Centenas, milhares, milhões, e cães para comê-los, e gatos também. Todos vivos, com sangue vermelho, trazendo anos de vida! Depois uma nuvem vermelha, cor de sangue, pareceu aproximar-se de meus olhos. E, antes que eu soubesse o que estava fazendo, abri a janela e disse-lhe: "Entre, meu Amo e Senhor". Todos os ratos tinham desaparecido, mas ele entrou no quarto, embora a janela estivesse apenas entreaberta.

A voz do moribundo estava mais fraca e tornei a umedecer-lhe os lábios com aguardente, e ele prosseguiu; mas pareceu que sua memória continuou a trabalhar com intervalos, pois a narrativa já estava adiantada.

– Durante o dia todo esperei notícias dele, mas não me mandou coisa alguma, nem ao menos uma varejeira, e, quando a lua nasceu, eu estava furioso com ele. Quando ele entrou pela janela que estava fechada, sem nem ao menos bater, recebi-o hostilmente. Encarou-me desdenhosamente como se eu não existisse. Nisso, a Sra. Harker entrou no quarto.

O professor estremeceu.

– Quando a Sra. Harker veio me ver esta tarde, já não era a mesma – continuou Renfield. – Não gosto das pessoas pálidas, e sim com muito sangue, e ela parecia ter perdido o seu. Naquela ocasião não pensei nisso, mas, quando ela saiu, comecei a refletir e fiquei furioso ao saber que ele estava lhe roubando a vida. Assim, quando ele veio esta noite, ataquei-o. Ouvi dizer que os loucos têm uma força prodigiosa e achei que ia vencer, pois não queria que ele continuasse a roubar a vida dela, até que vi seus olhos. Eles penetraram-me, queimando, e perdi a força. Ele me levantou e atirou-me ao chão.

Sua voz estava enfraquecendo e sua respiração transformando-se em agonia.

Van Helsing pôs-se de pé.

– Sabemos o pior – exclamou. – Ele está aqui e sabemos o que quer. Talvez não seja tarde demais. Vamos nos armar, como na noite passada, mas não podemos perder tempo, nem um instante.

Nós todos nos apressamos e fomos buscar, em nossos respectivos quartos, as mesmas coisas que levávamos conosco quando entramos na casa do Conde.

Encontramo-nos no corredor e paramos diante da porta do quarto de Harker – Se a porta estiver trancada – disse Van Helsing – temos que arrombá-la. Meus amigos, quando eu virar a maçaneta, se a porta não se abrir, vocês todos metam o ombro, com força!

Girou a maçaneta e a porta não se abriu. Lançamo-nos todos contra ela, que foi arrombada e, com o impulso, quase fomos atirados ao chão. O que vi dentro do quarto fez os meus cabelos se arrepiarem.

O luar estava tão claro que, mesmo através da cortina da janela, iluminava bastante o interior. No leito, junto da janela, Jonathan Harker dormia profundamente, como que narcotizado. Ajoelhado na beira do leito estava o vulto branco de sua esposa. Ao seu lado estava, de pé, um homem alto e magro, vestido de preto. Tinha o rosto virado para o outro lado, mas reconhecemos imediatamente o Conde, inclusive pela cicatriz da testa. Com a mão esquerda segurava as duas mãos da Sra. Harker e, com a direita, a segurava pela nuca. A camisola da Sra. Harker estava manchada com sangue que escorria, também, pelo queixo do Conde e no seu peito. Quando irrompemos no quarto, o Conde virou o rosto para o nosso lado e a expressão do seu rosto se tornou demoníaca. Empurrando sua vítima para o leito, avançou contra nós. Mas Van Helsing caminhou ao seu encontro, segurando o envelope que continha a Hóstia Sagrada. O Conde parou, de súbito, como a pobre Lucy tinha parado à entrada do túmulo, e recuou. Avançamos mostrando os crucifixos, e ele foi recuando cada vez mais. A lua foi, subitamente, obscurecida por uma pesada nuvem e, quando Quincey riscou um fósforo e acendeu o gás, o Conde havia desaparecido e vimos apenas uma névoa passando através das fendas da porta, que se fechara de novo. Nesse momento a Sra. Harker deu um grito tão estridente, que tenho impressão que hei de ouvi-lo para o resto da vida. Corremos para junto dela. Seu rosto estava cadavérico, de uma palidez acentuada pelo sangue que a manchava e lhe escorria pela boca, queixo e pescoço; seus olhos denotavam um pavor indescritível. Escondeu o rosto nas mãos, deixando ainda ver nos punhos os sinais das garras do Conde.

– Jonathan está no estado de paralisia que o vampiro pode produzir, como sabemos – murmurou Van Helsing. – Nada podemos fazer pela pobre Madame Mina, por enquanto. Precisamos despertá-lo.

Molhou uma toalha em água fria e começou a esfregar o rosto de Jonathan, cuja esposa, enquanto isto, soluçava com o rosto escondido nas mãos.

A lua já brilhava de novo e, olhando pela janela, vi Quincey Morris que atravessava o gramado correndo e se escondia à sombra de uma árvore. Estava imaginando qual seria sua intenção, quando ouvi a voz de Harker, que estava recuperando os sentidos, e começou a gritar.

– Em nome de Deus, que significa isto? – gritou ele. – Que aconteceu? Mina, que aconteceu? Contem-me! Que quer dizer este sangue? Meu Deus, meu Deus, ajudai-nos!

E pulando da cama, frenético, continuou:

– Dr. Van Helsing, sei que o senhor tem grande estima por Mina. Faça alguma coisa para salvá-la. Ainda deve haver tempo. Tome conta dela, enquanto eu o procuro!

– Não! – gritou Mina, esquecendo o próprio sofrimento e agarrando-se ao marido. – Não pode deixar-me, Jonathan!

Van Helsing procurou acalmar ambos.

– Não tenha mais medo, minha filha. Estamos aqui e, enquanto isto estiver junto de você, nada de mal lhe acontecerá. – disse à Mina, entregando-lhe um crucifixo. Está em segurança por esta noite; devemos nos manter calmos e discutirmos a situação. Ela estremeceu e ficou em silêncio, escondendo a cabeça no peito do marido. Quando se afastou, a camisa de dormir de Jonathan estava manchada de sangue onde seus lábios tinham encostado, e onde pingara o sangue dos pequenos ferimentos do pescoço.

– Estou contaminada! – exclamou, então, soluçando. – Não devo mais encostar em meu marido ou beijá-lo! Sou, agora, sua pior inimiga!

– Deixe de tolice, Mina – retrucou Jonathan. – Não diga mais isto.

Quando a Sra. Harker finalmente se acalmou um pouco, Jonathan pediu-me:

– Agora, Dr. Seward, conte-me tudo, por favor. Sei muito bem o que se deu, naturalmente, mas desejo conhecer os detalhes.

Contei-lhe exatamente o que acontecera e ele me ouviu, impassível. Quando acabei de contar, Quincey e Godalming, que também tinham saído do quarto em perseguição ao Conde, voltaram.

– Fui ao quarto de Renfield, mas a única coisa que descobri foi que o pobre coitado morreu – disse Arthur.

– E você, amigo Quincey, que viu? – perguntou Van Helsing.

– Não vi o Conde, mas vi um morcego saindo da janela do quarto de Renfield e voando em direção ao poente – respondeu o americano. – Esperava vê-lo voltar a Carfax sob qualquer forma, mas, evidentemente, ele procurou outro esconderijo. Não voltará esta madrugada, pois o dia já está quase nascendo.

– E agora, Madame Mina, conte-nos exatamente o que aconteceu – disse o professor. – Só Deus sabe quanto lhe queria evitar qualquer sofrimento, mas temos de saber tudo.

Depois de uma pausa, naturalmente para coordenar seus pensamentos, a desventurada Sra. Harker começou:

– Ontem tomei o sonífero que o senhor me deu e seu efeito demorou. Comecei a pensar em coisas horríveis: na morte, em vampiros, em sangue, em sofrimento. Percebi que devia ajudar o remédio com minha vontade e fiz força para dormir. Não vi quando Jonathan se deitou. Quando me vi de novo acordada, ele estava ao meu lado. No quarto havia a mesma névoa fina e branca que eu já notara antes. Aliás, creio que o senhor ainda não sabe disso, mas contei no meu diário. Senti o mesmo terror vago que me dominara antes. Tentei acordar Jonathan, mas ele estava dormindo tão profundamente que parecia que fora ele que tomara o sonífero. Fiquei horrorizada. Depois o horror ainda se tornou maior: junto do leito, como se tivesse saído da névoa, ou melhor, como se a névoa se tivesse transformado nele, estava um homem alto e magro, vestido de preto. Reconheci-o imediatamente, pela descrição dos outros. Quis gritar, mas ele sussurrou, apontando para Jonathan: "Silêncio! Se fizer o menor barulho, eu arrebentarei os miolos dele". Não consegui dizer nada. Com um sorriso zombeteiro e, segurando-me com força, ele desnudou-me o pescoço com a outra mão, dizendo: "Não é a primeira nem a segunda vez que suas veias apaziguam minha sede!" Sentia-me atordoada e, por mais estranho que pareça, não queria dificultar sua ação. Acho que isso faz parte da maldição que ele traz quando toca em uma vítima. Senti minhas forças desaparecerem e fiquei meio desfalecida. Não sei quanto tempo durou aquele horror; só sei que custou muito a afastar sua boca asquerosa. Eu a vi gotejando sangue! Depois ele me disse, em tom zombeteiro: "Você estava querendo ajudar a perseguir-me e frustrar minhas intenções. Mas, agora, você é carne de minha carne, sangue do meu sangue, e atenderá ao meu chamado. Quando meu cérebro lhe disser: "Venha!", você atravessará terra ou mar para me obedecer. E, desabotoando a camisa, abriu uma veia no peito com suas unhas aguçadas e, enquanto me segurava pelos punhos com uma das mãos, com a outra me segurou a cabeça e apertou-me a boca de encontro ao ferimento, de modo que, para não morrer sufocada, eu tinha que engolir... Meu Deus, meu Deus! Que fiz para merecer tal sorte? Tende piedade de mim, meu Deus! Quando terminou sua dolorosa narrativa, o dia já estava clareando.

XXII

DIÁRIO DE JONATHAN HARKER

3 de outubro

Como preciso fazer alguma coisa para não enlouquecer, resolvi escrever este diário.

Depois de mais ou menos refeitos dos terríveis acontecimentos da noite passada, tratamos de discutir qual providência deveríamos tomar em seguida, e a primeira coisa que resolvemos foi: não esconder coisa alguma de Mina, por mais dolorosa que fosse.

Ela própria concordou com isso, observando:

– Aliás, nada poderia haver no mundo capaz de me fazer sofrer mais do que o que já sofri e estou sofrendo. Não me assusta a realidade. Estou disposta a morrer se notar que posso fazer mal a quem amo.

– Não diga uma coisa destas! – protestou Van Helsing. – A senhora não pode morrer enquanto o outro, que profanou sua vida, não tenha morrido de verdade, pois, se ele ainda for morto-vivo, a morte da senhora a tornará igual a ele.

A minha pobre Mina ficou lívida, mas exclamou, corajosamente:

– Prometo-lhe, caro amigo, que, se Deus me deixar viver, lutarei para isso, até que, graças a ele, fique livre dessa maldição.

Passamos, então, a discutir nossos planos de ação.

– Até o fim do dia de hoje – disse Van Helsing – aquele monstro conservará a forma que tem agora. Está preso, dentro de suas limitações, em seu invólucro de terra. Não pode se dissolver no ar nem passar através das fendas. Se passar por uma porta, terá que abri-la, como um mortal. Assim, temos o dia de hoje para procurar todos os seus refúgios e esterilizá-los. Se não o tivermos ainda descoberto e destruído, teremos que obrigá-lo a se esconder em algum lugar onde possamos, afinal, com segurança, encontrá-lo e destruí-lo. Temos de agir com a máxima presteza. E, muito provavelmente, a chave da situação é aquela casa de Piccadilly. É possível que o Conde tenha comprado muitas casas e, em tal caso, terá as escrituras de compras, as chaves e outras coisas. Deve ter um talão de cheques. Precisa de um lugar para guardar todas essas coisas; por que não naquele lugar tão tranquilo, onde pode entrar e sair pela frente e pelos fundos a qualquer hora, protegido pelo silêncio da vizinhança?

– Então vamos logo, que o tempo é precioso! – exclamei.

– Mas como entraremos na casa de Piccadilly? – retrucou o professor.

– De qualquer maneira. Mesmo que seja preciso arrombá-la!

– E a polícia?

– Não espere mais do que o necessário. Estou certo de que sabe a angústia em que me encontro.

– Na verdade, meu filho, não há necessidade de aumentar sua angústia – disse Van Helsing. – Mas precisamos de uma chave para entrar, não é mesmo?

– Arranjarei um serralheiro respeitável e o mandarei ajustar a fechadura para mim.

– E a polícia?

– Não intervirá se souber que o homem está trabalhando autorizado.

Mina estava se interessando por tudo, e fiquei tranquilo vendo que as exigências das tarefas que tínhamos de realizar a estavam fazendo esquecer um pouco das angústias da noite. Mas estava pálida, lívida e tão magra que seus lábios estavam afastados, mostrando os dentes um tanto salientes. Nem gosto de pensar nisto. Mas o tempo urge.

Quando passamos a discutir a sequência de nossos esforços, resolvemos, em vez de começar em Piccadilly, destruir o esconderijo mais próximo do Conde...

Quanto à distribuição de tarefas, o professor sugeriu que, depois de nossa visita a Carfax, nós todos fôssemos à casa de Piccadilly e que eu e os dois médicos ficássemos ali, enquanto Lorde Godalming e Quincey fossem descobrir e destruir os esconderijos de Walworth e Mile End. Opus-me a esse plano, pois não queria me separar de Mina, mas ela não concordou comigo, dizendo que eu devia ir, pois minha experiência poderia ser muito útil no exame dos papéis do Conde, e acrescentou que a única esperança que lhe restava era que todos trabalhassem juntos.

– Quanto a mim, não tenho medo – exclamou. – Vá, meu marido! Deus, se assim quiser, pode me proteger sozinha.

– Então – disse eu – em nome de Deus, partamos imediatamente, pois estamos perdendo tempo. O Conde pode aparecer mais cedo em Piccadilly do que pensamos.

– Está se esquecendo de que ele se banqueteou fartamente na noite passada e que, portanto, vai dormir até tarde? – retrucou Van Helsing.

Mal acabara de falar, arrependeu-se de sua distração e pediu muitas desculpas a Mina.

– Não tem importância – disse ela, com lágrimas nos olhos. – É uma coisa que eu não conseguirei esquecer. Mas o café está pronto e vocês todos precisam comer.

Durante a refeição tentamos, em vão, nos mostrar alegres e Mina foi a que fez mais esforço.

– E agora, a caminho para nossa terrível missão, meus amigos! – exclamou Van Helsing. – Todos estão armados como estávamos naquela noite em que estivemos pela primeira vez no esconderijo do inimigo. A senhora estará em perfeita segurança aqui, Madame Mina, até o pôr do sol. Mas, antes de partirmos, quero vê-la armada contra um ataque pessoal. Já preparei seu quarto com as coisas que o impedirão de entrar. Agora vou tratar de protegê-la diretamente, encostando a Hóstia Sagrada em sua testa, em nome do Pai, do Filho e do...

Ouvimos um grito horrível, que nos cortou o coração. Ao tocar a testa de Mina, a Hóstia se queimara como se tivesse sido colocada numa chapa de ferro incandescente. Minha pobre esposa, escondendo o rosto nas mãos, começou a gritar:

– Estou contaminada! Até o Onipotente evita a minha carne contaminada! Trarei essa marca de vergonha em minha fronte até o dia do juízo final!

Abracei-a, tentando consolá-la, enquanto nossos amigos viravam o rosto, procurando esconder as lágrimas.

– Madame Mina – disse Van Helsing, com voz emocionada – pode ficar certa de que essa cicatriz desaparecerá quando Deus tiver visto o peso que colocou sobre nós. Até então, temos de carregar nossa cruz, como Seu Filho carregou, em obediência à Sua vontade. Pode ser que tenhamos sido escolhidos para instrumentos de seu prazer, e que nos elevemos a ele através de vergonha, lágrimas, sangue, dúvidas, temores e tudo que constitui a diferença entre Deus e o homem.

Mina sentiu-se confortada com essas palavras. E, sem dizermos uma palavra, nós todos nos ajoelhamos e rezamos por ela.

Era tempo de partir. Despedi-me de Mina, numa despedida da qual nunca mais hei de me esquecer em minha vida, e partimos.

Uma coisa já resolvi: se virmos que Mina acabará sendo um vampiro, não irá sozinha para aquela região desconhecida e terrível. Creio que era assim que, nos velhos tempos, os vampiros se multiplicavam; do mesmo modo que seus horríveis corpos só podiam descansar em terra sagrada, assim também o mais santo amor era quem recrutava suas sinistras legiões.

Entramos em Carfax sem dificuldade e encontramos tudo como se encontrava na primeira ocasião.

– E agora, meus amigos – exclamou o Dr. Van Helsing, solenemente – temos que esterilizar a terra que ele trouxe de um país distante para uso tão sórdido. Ele escolheu essa terra porque era sagrada. Vamos derrotá-lo com suas próprias armas, pois a tornaremos ainda mais sagrada.

Enquanto falava, tirou da valise uma chave de fenda e abriu logo o primeiro caixote. Depois tirou da valise, reverentemente, um pedaço da Hóstia Sagrada, que espalhou sobre a terra. Logo em seguida tratou de tampar de novo o caixão e, brevemente, já tínhamos feito o mesmo com todos os outros caixotes.

Ao passarmos diante do hospício, a caminho da estação, olhei ansiosamente, vi Mina na janela do nosso quarto e acenei-lhe com a mão dando a entender que tínhamos sido bem-sucedidos. Ela me acenou também, demonstrando ter entendido.

Escrevi isto no trem.

Piccadilly, 12h:30min

Antes de chegarmos a Fenchurch Street, Lorde Godalming me disse:

– Eu e Quincey vamos procurar um serralheiro. É melhor o senhor não vir conosco, pois chamará menos atenção ao entrarmos numa casa vazia. Meu título será útil para arranjar as coisas com o serralheiro e com algum policial que possa aparecer. Quando vir a janela aberta, quer dizer que tudo correu bem e o senhor poderá entrar.

– O conselho é bom – concordou Van Helsing.

Godalming e Morris tomaram um carro de aluguel e nós seguimos em outro. Na esquina de Arlington Street, senti o coração bater com muita força ao avistar a casa em que se concentravam as nossas esperanças. Sentamos num banco e começamos a fumar, de maneira a atrair o menos possível a atenção dos transeuntes. Os minutos se arrastavam.

Finalmente, parou diante da casa uma carruagem de quatro rodas, com Lorde Godalming e Morris muito à vontade, ao mesmo tempo que saltava da boleia um homem carregando um cesto de ferramenta! Lorde Godalming mostrou ao operário o que fazer e ele tirou o paletó, pendurando-o na grade que havia em frente da casa, enquanto dizia alguma coisa a um policial que acabara de aparecer. O policial sacudiu a cabeça em sinal de anuência e se afastou, enquanto o serralheiro ajoelhava-se junto da porta e punha mãos à obra. Não tardou muito o trabalho estava terminado e, despedido o operário, os dois homens entraram. Eu e Van

Helsing esperamos algum tempo, depois atravessamos a rua e batemos à porta da casa, que foi aberta imediatamente por Quincey Morris, ao lado do qual estava Lorde Godalming, acendendo um charuto. – A casa está com um cheiro horrível – disse o último.

Era o mesmo cheiro de Carfax e não havia dúvida de que o Conde estava se utilizando da casa. Tratamos logo de examiná-la, andando todos juntos, para o caso de um ataque. Na sala de jantar encontramos apenas oito das nove caixas que estávamos procurando. Nosso trabalho não terminara, pois não poderíamos descansar enquanto não tivéssemos localizado a última caixa.

Depois de uma busca rigorosa, chegamos à conclusão de que se encontravam na sala de jantar todos os objetos pertencentes ao Conde. Estes consistiam nas escrituras das casas de Piccadilly, Mile End e Bermondsey, papéis para carta e envelopes, tudo embrulhado por causa da poeira, e também uma escova de roupa, um pente, um jarro e uma bacia com água suja, que parecia avermelhada com sangue. Havia, finalmente, um molho de chaves de todas as espécies e tamanhos, provavelmente pertencentes às outras casas. Lorde Godalming e Morris tomaram nota dos endereços das outras casas e se muniram com as chaves das mesmas, a fim de destruir as caixas que se encontravam naqueles lugares. O resto do grupo tinha de esperar pacientemente seu regresso – ou o aparecimento do Conde.

XXIII

DIÁRIO DO DR. SEWARD

3 de outubro

Pareceu-nos incrivelmente longo o tempo que tivemos de esperar pelo regresso de Godalming e Quincey Morris. O professor procurou nos distrair, conversando sem parar, e notei, pela maneira com que se dirigia a Harker, que estava preocupado principalmente com ele, o que era natural.

Enquanto conversávamos, bateram na porta, com a dupla pancada característica dos mensageiros telegráficos, e nós todos corremos instintivamente para a entrada, mas Van Helsing, com um gesto, impôs-nos silêncio e foi abrir a porta. O mensageiro entregou o telegrama e o professor fechou a porta, e depois de olhar para todos os lados, abriu e leu, em voz alta:

"Procurem D. agora mesmo. 12h45min acaba de sair de Carfax, apressado, em direção ao sul. Talvez queira vê-los. Mina."

– Agora, graças a Deus, vamos encontrá-lo dentro em pouco! – exclamou Harker.

– Deus saberá agir oportunamente e como lhe parecer melhor – atalhou Van Helsing, vivamente.

Meia hora depois, bateram de novo à porta. Era uma pancada comum, como qualquer pessoa costuma bater, mas fez meu coração bater descompassadamente. Olhamos um para o outro e dirigimo-nos juntos ao vestíbulo, prontos a nos utilizar de nossos diversos instrumentos, os espirituais com a mão esquerda e os mortais com a direita.

Mas eram apenas Godalming e Quincey Morris que voltavam.

– Tudo correu bem – anunciou o primeiro. – Encontramos seis caixas em cada casa e esterilizamos todas.

– Agora, nada nos resta senão esperar – disse Quincey. – Se, contudo, ele não aparecer até cinco horas, devemos voltar, pois é perigoso deixar a Sra. Harker sozinha.

– Ele não vai demorar muito a chegar – anunciou Van Helsing. – Estejam todos preparados!

Não pude deixar de admirar como, mesmo num momento como aquele, cada um de nós manifestava as tendências de sua personalidade, em todas as nossas caçadas e aventuras, em diferentes lugares.

Quincey Morris sempre organizava o plano de ação e eu e Arthur estávamos acostumados a segui-lo. O velho hábito pareceu renovar-se instintivamente. Quincey olhou rapidamente em torno e, sem dizer uma palavra, com simples gestos, colocou-nos cada um numa posição. Eu, Van Helsing e Harker ficamos atrás da porta, de maneira que, quando ela fosse aberta, o professor pudesse guardá-la, enquanto nós dois nos colocássemos entre o recém-chegado e a porta. Godalming e Quincey, perto da janela, estavam prontos a entrar em ação logo que fosse preciso.

Esperamos com uma ansiedade que fazia os segundos se arrastarem com uma lentidão de pesadelo. Passos lentos, cuidadosos, se fizeram ouvir no vestíbulo; evidentemente, o Conde receava alguma surpresa.

De repente, de um pulo, ele se precipitou na sala, com um movimento de pantera. O primeiro a agir foi Harker, que se lançou diante da porta que dava para a sala da frente da casa. Ao nos ver, o Conde soltou um rugido, mostrando os dentes aguçados. Nós todos avançamos contra ele. Harker desferiu-lhe uma facada e somente sua agilidade o salvou: por uma fração de segundo, a lâmina deixou de se enterrar em seu coração. A ponta da faca abriu o casaco do Conde e, pelo rasgão, um punhado de notas e muitas moedas de ouro se espalharam pelo chão. A expressão do seu rosto tornou-se diabólica e receei pela vida de Harker, que investira de novo com a faca. Instintivamente, avancei para protegê-lo, levantando o crucifixo e a hóstia na mão esquerda. É impossível descrever a expressão de ódio que se estampou na fisionomia do Conde. Com um ágil movimento, afastou-se de Harker e, depois de ter apanhado no chão um punhado de dinheiro, atravessou o quarto correndo e pulou a janela. Entre o tilintar de vidros partidos, caiu no pátio abaixo. No meio do barulho do vidro estilhaçado, pude ouvir o tilintar de algumas moedas de ouro que caíram das mãos do vampiro.

Corremos à janela e o vimos se levantar ileso, e dirigir-se ao portão dos fundos.

– Pensam que podem me enfrentar? – gritou para nós. – Ainda vão sofrer muito! Pensam que me deixaram sem lugar para descansar, mas tenho mais. Minha vingança está apenas começando! Suas mulheres, que vocês amam, já são minhas. E, através delas, vocês todos serão minhas criaturas.

E, com um rugido furioso, desapareceu no portão dos fundos.

– Ficamos sabendo de uma coisa – disse o professor. – Apesar de sua soberba, ele está com medo de nós. E acho que é preciso providenciar para que ele nada encontre que lhe possa ser útil, no caso de voltar.

E, assim falando, meteu no bolso o dinheiro que sobrara e colocou na lareira as escrituras e os demais objetos, ateando fogo em seguida. Godalming e Morris tinham corrido ao pátio em perseguição ao Conde, mas ele já estava longe.

A noite se aproximava e tratamos de voltar para o hospício, onde encontramos a Sra. Harker nos esperando, aparentemente animada.

Antes dela e do marido irem se deitar, o professor preparou o quarto contra o vampiro e assegurou-lhes de que podiam ter confiança e de que iriam passar uma noite tranquila.

DIÁRIO DE JONATHAN HARKER

3-4 de outubro, quase meia-noite.

O dia me pareceu interminável. Antes de nos separarmos, discutimos a respeito de qual deve ser nossa próxima providência, mas não chegamos a um acordo. A única coisa que sabemos é que resta uma caixa de terra e só o Conde sabe onde ela está. Se ele resolver ficar escondido, pode nos enfrentar durante anos. Não gosto nem de pensar numa coisa destas! Graças a Deus, Mina está dormindo tranquilamente. Eu também preciso dormir...

Mais tarde

Devo ter dormido, pois fui acordado por Mina, que estava sentada na cama, muito assustada.

– Há alguém no corredor! – murmurou no meu ouvido.

Levantei-me, pé ante pé, e abri a porta. O Sr. Morris estava no corredor, estendido num colchão, mas bem acordado.

– Vá para a cama – disse-me ele. – Um de nós vai ficar aqui a noite toda. Não facilitaremos.

4 de outubro

Mais uma vez, Mina me acordou durante a noite. Dessa vez percebi, através das janelas, que já estava amanhecendo.

– Vá chamar o professor – disse ela. – Preciso vê-lo imediatamente.

– Para quê?

– Tive uma ideia. Creio que essa ideia surgiu durante a noite e foi amadurecendo sem que eu soubesse. Ele deve me hipnotizar antes do amanhecer e poderei falar. Vá depressa, querido. O tempo está passando.

Abri a porta. O Dr. Van Helsing estava descansando no colchão no corredor e, ao me ver, levantou-se. Dois ou três minutos depois estava no quarto, metido em seu robe de chambre, enquanto Morris e Lorde Godalming, na porta com o Dr. Seward, faziam perguntas.

– Quero que o senhor me hipnotize antes de amanhecer, para que eu possa falar livremente – disse Mina.

Olhando fixamente para ela, o professor começou a fazer movimentos com as mãos. Mina ficou imóvel, sem tirar os olhos dele; meu coração batia descompassadamente, pois receava uma crise. Pouco a pouco, os olhos dela foram se fechando e ela sentou-se e ficou imóvel. Depois de mais alguns movimentos, o professor perguntou:

– Onde se encontra?

– Não sei – respondeu Mina, com uma voz muito esquisita. – É inteiramente desconhecido para mim.

– Que está vendo?

– Não consigo ver coisa alguma; tudo está escuro.

– Que está ouvindo?

– O barulho da água. Pancadas de pequenas ondas.

– Quer dizer que você está num navio?

Nós todos olhamos uns para os outros. Tínhamos medo de pensar.

– Estou!

– Que mais está ouvindo?

– Homens que caminham por cima de onde estou. O ruído de uma corrente, o ranger de um guindaste.

– Que é que você está fazendo?

– Estou imóvel, tão imóvel! É como a morte!

A voz desapareceu e Mina abriu os olhos. O sol já se levantara e estávamos iluminados pela luz do dia. O Dr. Van Helsing segurou Mina pelos ombros e pôs sua cabeça no travesseiro. Ela dormiu tranquilamente durante algum tempo, depois, dando um suspiro, acordou e olhou em torno.

– Falei dormindo? – foi tudo o que disse.

Mas parecia conhecer a situação, pois se mostrou muito interessada em saber o que tinha dito. O professor repetiu a conversa e ela exclamou:

– Então, não há um momento a perder. Talvez ainda não seja muito tarde.

O Sr. Morris e Lorde Godalming fizeram menção de se encaminhar para a porta, mas o professor os conteve.

– Calma, meus amigos! – disse ele. – Aquele navio estava levantando âncora no momento em que ela falou. São muitos os navios que levantam âncora no porto de Londres. Qual deles será? Graças a Deus, temos de novo uma pista, embora não saibamos ainda aonde ela pode nos levar. Agora podemos compreender qual foi a ideia do Conde, quando agarrou aquele dinheiro em Piccadilly. Queria fugir. Viu que, dispondo apenas de uma caixa de terra e com um grupo de homens a persegui-lo, como cães atrás de uma raposa, não havia lugar para ele em Londres. Levou sua última caixa de terra para um navio e deixou este país. Acha que vai escapar, mas está enganado. Nós o acompanharemos. Por enquanto, vamos tratar de tomar banho, vestirmo-nos e comermos.

– Mas, se ele está fugindo de nós, para que persegui-lo? – perguntou Mina.

– Agora, minha cara Madame Mina, é que precisamos segui-lo, mesmo se fosse para as profundezas dos infernos – respondeu o professor. – Porque ele pode viver séculos e a senhora é apenas uma mulher mortal. Há tudo a temer depois que ele deixou aquele sinal em seu pescoço.

Corri a tempo de recebê-la, desmaiada, em meus braços.

XXIV

DIÁRIO FONOGRÁF ICO DO DR. SEWARD, FALADO POR VAN HELSING

Este recado é para Jonathan Harker.

Deve ficar com Madame Mina. Vamos sair para fazer novas investigações, mas para você nada há de mais importante do que ficar ao lado dela. Nosso inimigo voltou para o seu castelo na Transilvânia. Ele é muito esperto e sabia que seu jogo aqui estava terminado. Temos agora que descobrir o navio e persegui-lo. Pode ficar confiante. A batalha apenas começou e havemos de vencê-la.

Van Helsing.

DIÁRIO DE JONATHAN HARKER

4 de outubro

Quando li para Mina o recado que Van Helsing deixou no fonógrafo, ela ficou muito animada. O dia correu tão rapidamente que até estou custando a acreditar. Já são três horas.

DIÁRIO DE MINA HARKER

5 de outubro, 5h da tarde.

Presentes: professor Van Helsing, Lorde Godalming, Dr. Seward, Sr. Quincey Morris, Jonathan Harker e Mina Harker.

O Dr. Van Helsing tomou a palavra:

– Como eu sabia que o Conde queria voltar à Transilvânia, deduzi que ele devia ir pela foz do Danúbio ou por algum porto do Mar Negro, caminho pelo qual veio. Assim, tratamos de saber quais navios tinham partido para o Mar Negro e chegamos à conclusão de que se trata de uma escuna, a Czarina Catherine, que partiu para Varna do cais de Doolittle. Dirigimo-nos àquele cais e ali um empregado nos deu todas as informações que desejávamos. Na véspera, ao anoitecer, um homem alto, magro e pálido, de nariz adunco, dentes muito brancos e olhos que pareciam fosforescentes, aparecera para embarcar um caixote para Varna. Tirara ele mesmo o caixote de uma carroça, demonstrando uma força prodigiosa, pois foram necessários vários homens para levá-lo para bordo. O homem insistiu muito sobre o lugar que a caixa devia ser colocada, a tal ponto que o capitão perdesse a paciência, mas, depois de insultar em várias línguas, pois era poliglota, acabou dizendo que ele poderia voltar, se quisesse, para ver onde o caixote ia ficar. A escuna não pôde partir na hora esperada, pois um nevoeiro a envolveu. O capitão estava de muito mau humor quando o homem magro apareceu de novo, pedindo para ver onde estava o caixote. O capitão mandou-o a todos os diabos, mas o homem não se ofendeu e foi, levado por um marinheiro, ver onde estava a caixa. Ao voltar, parou no convés, coberto pelo nevoeiro. Ninguém reparou quando ele saiu. Na verdade, a tripulação não se preocupou muito com ele, pois, em seguida, o nevoeiro se desfez e o barco pôde se preparar para partir.

Quando tivemos estas informações, a escuna já estava em alto-mar. Assim, cara Madame Mina, devemos agora descansar um pouco, pois nosso inimigo está no mar, com o nevoeiro à sua volta, a caminho da foz do Danúbio. Vamos cercá-lo viajando por terra. Nossa grande esperança é encontrá-lo na caixa entre o nascer e o pôr do sol, pois, então, ele não poderá lutar e poderemos atacá-lo. A caixa, segundo apuramos, deve ser desembarcada em Varna, e será recebida por um agente chamado Ristics.

Perguntei ao Dr. Van Helsing se tinha certeza de que o Conde estava a bordo do navio.

– Temos a melhor prova nesse sentido: suas próprias palavras quando em transe hipnótico, hoje de manhã – respondeu.

Perguntei, ainda, se seria necessário perseguir o Conde, pois não queria que Jonathan se separasse de mim, e ele, naturalmente, faria questão de ir se os outros fossem. O Dr. Van Helsing respondeu, quase com raiva:

– É indispensável! Para seu próprio bem, em primeiro lugar, e para o bem da humanidade. Esse monstro já fez muito mal. Tem de ser exterminado! E Deus está conosco. Já nos permitiu redimir uma alma e agora, como os antigos cavaleiros das cruzadas, iremos redimir outras. Como eles, viajaremos rumo ao nascente e, como eles, se cairmos, teremos caído em defesa de uma nobre causa!

Depois de uma discussão geral, ficou resolvido deixar a decisão definitiva para amanhã.

Senti-me muito tranquila, como se uma presença desagradável tivesse se afastado de mim. Mas não pude deixar de ver no espelho a mancha vermelha em minha testa. Sei que ainda estou contaminada.

DIÁRIO DO DR. SEWARD

5 de outubro

Levantamo-nos todos muito cedo e o sono foi muito bom para todos nós.

Quando nos reunimos na refeição matinal, estávamos mais alegres do que acreditaríamos antes ser possível.

Ao sairmos da mesa, o professor me acompanhou ao meu gabinete.

– Amigo John – disse ele – há uma coisa que precisamos conversar a sós. Madame Mina está mudando. Com a triste experiência de Srta. Lucy, devemos, desta vez, estar prevenidos antes que as coisas cheguem muito longe. Já podem ser notadas em seu rosto as características do vampiro. Ainda são muito leves, por enquanto; mas precisamos ter coragem de olhar sem preconceitos. Seus dentes estão mais aguçados e, às vezes, seu olhar se torna mais duro. Mas isso não é tudo: há os seus silêncios, como ocorria com Srta. Lucy. O que receio é o seguinte: se ela pode, por nosso transe hipnótico, contar o que o Conde está vendo e ouvindo, não é verdade que ele a hipnotizou primeiro, que bebeu do sangue dela e fez com que ela bebesse do seu, e poderá obrigar o espírito de Mina a dizer o que ela sabe? Se assim for, temos que impedir que isso aconteça; devemos esconder dela o que pretendemos fazer e, ignorando nossas intenções, ela não poderá contar o que desconhece. É uma tarefa penosa, mas indispensável. Quando nos reunirmos hoje, vou dizer-lhe que, por motivos que não podemos explicar-lhe, ela não tomará mais parte em nossas decisões, mas apenas será protegida por nós.

Mais tarde – logo no começo da reunião geral, eu e Van Helsing tivemos um grande alívio, pois a Sra. Harker mandou um recado, pelo marido, dizendo que achava melhor não participar de nossas reuniões, para não nos embaraçar com a sua presença. Da minha parte achei que, se a própria Sra. Harker percebia o risco, muito aborrecimento e perigo poderiam ser evitados.

Van Helsing resumiu a situação em poucas palavras:

– O Czarina Catherine saiu do Tâmisa ontem de manhã, e deverá levar pelo menos três semanas para chegar a Varna, ao passo que, nós, viajando por terra, poderemos chegar àquela cidade em três dias. Se admitirmos menos dois dias para a viagem do navio, devido às influências meteorológicas que sabemos que o Conde tem poderes para manobrar, e se contarmos com um dia e uma noite para os atrasos que possam ocorrer conosco, teremos uma vantagem de cerca de duas semanas. Assim, a fim de não corrermos nenhum risco, devemos partir daqui no dia 17, o mais tardar. Desse modo, chegaremos em Varna na véspera da chegada do navio, e poderemos tomar as providências necessárias. Naturalmente, iremos armados com nossas armas materiais e espirituais.

– Sei que o Conde é de um país onde há muitos lobos – observou Quincey Morris. – Proponho, portanto, que acrescentemos carabinas winchester ao nosso armamento.

– Concordo plenamente – disse Van Helsing. – E outra coisa: acho que, presentemente, nada nos prende aqui. Creio que nenhum de nós conhece Varna e, por isso, talvez fosse mais interessante partirmos logo. Tanto adianta esperar aqui, como lá. Até amanhã podemos preparar tudo e, então, se tudo correr bem, podemos, nós quatro, partir para a viagem.

– Nós quatro? – perguntou Harker.

– Sim – apressou-se em dizer o professor. – Você deve ficar para tomar conta de sua mulher.

Harker ficou em silêncio durante algum tempo, depois disse, com a voz abafada:

– Falaremos sobre isto amanhã cedo. Preciso conversar com Mina.

Achei que era hora de Van Helsing avisá-lo para não contar nossos planos à sua esposa. Como ele não tomou a iniciativa, olhei-o de modo significativo e tossi. Mas ele, em resposta, levou um dedo aos lábios.

DIÁRIO DE JONATHAN HARKER

5 de outubro, de tarde.

O rumo que as coisas estão tomando me intriga. Achei esquisita a resolução de que Mina não participaria da reunião. Também a maneira com que os outros receberam o fato me intriga; da última vez que conversamos sobre o assunto, tínhamos resolvido que nada mais se ocultaria entre nós. Mina está dormindo como uma criança. Graças a Deus.

Mais tarde

É estranho. Fiquei contemplando o sono de Mina e me senti quase feliz, apesar de tudo. De repente, ela abriu os olhos e, encarando-me ternamente, disse-me:

– Jonathan, quero que me prometa uma coisa, sob palavra de honra. Uma promessa para ser cumprida, mesmo que eu me ajoelhe a seus pés e lhe peça, chorando, que a quebre. Prometa-me imediatamente.

– Não posso fazer uma promessa desta imediatamente, Mina – retruquei. – Não tenho o direito de fazê-la.

– Mas sou eu que desejo, querido, e não é para mim mesma. Pode perguntar ao Dr. Van Helsing se não tenho razão; você pode fazer o que quiser. E mais ainda: se vocês todos concordarem, você poderá deixar de cumprir a promessa.

– Prometo! – disse eu.

E, durante um momento, Mina pareceu muito feliz, embora, para mim, toda a felicidade lhe fosse negada pelo sinal vermelho da testa.

– Prometa-me – disse ela – que você não me contará coisa alguma dos planos organizados para a diligência contra o Conde, e nem ao menos dará a entender qualquer coisa sobre os mesmos, enquanto isto estiver em mim!

E apontou para a mancha vermelha.

– Prometo! – exclamei.

E tive a impressão de que, naquele momento, uma porta se fechara entre nós.

6 de outubro, pela manhã.

Outra surpresa. Mina acordou cedo, quase na mesma hora de ontem, e pediu-me para chamar o Dr. Van Helsing. Pensei que ela quisesse ser hipnotizada de novo e, sem nada perguntar, fui chamar o professor. Ele devia estar esperando o chamado, pois estava vestido e a porta do seu quarto entreaberta.

Quando chegou ao nosso quarto, Mina lhe disse:

– O senhor deve me levar em sua companhia na viagem.

O Dr. Van Helsing ficou tão espantado quanto eu e perguntou, depois de um pequeno silêncio:

– Por quê?

– Deve me levar. Estarei mais segura com o senhor e o senhor estará mais seguro comigo.

– Mas por quê, Madame Mina? Sabe que sua segurança constitui para nós um dever sagrado. Vamos enfrentar perigos que para a senhora, em vista das circunstâncias...

E o professor parou, embaraçado.

– Eu sei – disse Mina, apontando para sua testa. – É por isto que preciso ir. Posso dizer-lhe agora, enquanto o sol está nascendo; talvez não possa dizer-lhe de novo. Sei que, quando o Conde quiser, terei de ir. Sei que se ele me disser para ir escondida, irei, lançando mão de todas as astúcias, iludindo até mesmo Jonathan.

Apenas consegui apertar-lhe a mão; não pude falar e minha emoção era demasiadamente grande, mesmo para se expandir em lágrimas.

– Vocês são fortes e bravos – continuou Mina. – Além disso, posso ser útil, pois o senhor poderá me hipnotizar e ficar sabendo o que até eu mesma não sei.

– Tem razão, como sempre, Madame Mina – replicou Van Helsing, solenemente. – Deve vir conosco. Juntos, faremos o que temos que fazer.

Como Mina não disse mais nada, olhei para ela. Tinha tornado a se deitar e estava dormindo profundamente. Van Helsing me fez um sinal para que o acompanhasse. Fomos para seu quarto, onde chegaram, pouco depois, Lorde Godalming, o Dr. Seward e o Sr. Morris. O professor contou-lhes o que Mina lhe dissera e acrescentou:

– De manhã partiremos para Varna. Temos de contar, agora, com um novo fator: Madame Mina. Não podemos perder nenhuma oportunidade e, em Varna, devemos estar prontos para agir quando o navio chegar.

– Que devemos fazer? – perguntou o Sr. Morris, sucintamente.

– Em primeiro lugar, devemos entrar a bordo daquele navio – respondeu o professor, depois de refletir um pouco. – Depois, quando tivermos identificado a caixa, colocaremos em cima dela um ramo de rosa silvestre. Desse modo, ninguém poderá sair de dentro da caixa.

– Não vou esperar oportunidade nenhuma – disse Morris. – Quando encontrar a caixa, vou abri-la e destruir o monstro, nem que mil homens estejam observando, e nem que eu seja atirado para fora do navio no momento seguinte!

Agarrei a mão dele instintivamente e descobri que era firme como um pedaço de aço. Creio que ele entendeu meu olhar. Espero que tenha entendido.

– Você é um rapaz valente e abnegado, meu filho! – exclamou Van Helsing. – Deus o abençoe por isso. Mas, na verdade, não poderemos afirmar o que vamos fazer. Muitas coisas podem ainda acontecer e, até o momento exato, nada podemos dizer. Devemos estar armados e dispostos e, quando chegar o momento decisivo, nossa coragem não pode faltar. E, agora, tratemos de tomar as providências necessárias, inclusive as passagens.

Não havia necessidade de se dizer mais nada, e separamo-nos.

Mais tarde

Todas as providências foram tomadas; fiz meu testamento. Mina, caso sobreviva, será minha única herdeira. Caso não seja assim, então outras pessoas que foram muito boas conosco vão ficar com tudo.

O sol já está se pondo. A agitação de Mina me chamou atenção para este fato. Tenho certeza de que existe algo em sua mente que será revelado na hora exata do crepúsculo. Essas ocasiões estão se tornando momentos angustiantes para todos nós. Pois cada aurora e cada alvorecer abre a perspectiva de um novo perigo – uma nova dor que, queira Deus, pode ser um instrumento para um bom fim. Escrevo tudo isto porque minha amada não pode ouvir agora. Mas, caso tenha oportunidade de ler isto mais tarde, já deixarei tudo pronto.

Ela está me chamando.

XXV

DIÁRIO DE JONATHAN HARKER

15 de outubro, Varna.

Partimos de Charing Cross na manhã do dia 12, chegamos na mesma noite a Paris e tomamos os lugares que nos estavam reservados no Orient Express. Viajamos durante a noite e o dia, chegando aqui cerca de cinco horas da tarde. Lorde Godalming foi ao consulado, a fim de ver se havia chegado algum telegrama para ele, enquanto nós, restantes, vínhamos para este hotel, o Odessus. Não prestei atenção na viagem.

Até que o Czarina Catherine chegue a este porto, coisa alguma do mundo me interessa. Graças a Deus Mina está passando bem; parece estar se fortalecendo e está mais corada. Dormiu durante quase toda a viagem. Antes do nascer e do pôr do sol, contudo, tem se mostrado muito agitada; tornou-se quase um hábito de Van Helsing hipnotizá-la nessas ocasiões. A princípio era preciso muito esforço, mas agora o sono hipnótico vem com grande facilidade. O professor sempre lhe pergunta o que ela está vendo e ouvindo e ela responde, invariavelmente:

– Não estou vendo coisa alguma; tudo está escuro. Ouço as ondas batendo contra o navio e o ruído de velas e enxárcias.

É claro que o Czarina Catherine ainda está no mar, a caminho de Varna.

Lorde Godalming acaba de voltar, trazendo quatro telegramas, um correspondendo a cada dia desde que partimos, e todos no mesmo sentido: O "Lloyd's" ainda não recebeu qualquer comunicação sobre o Czarina Catherine. Godalming providenciou, antes de sair de Londres, que lhe telegrafassem, diariamente, transmitindo informações nesse sentido.

Fomos cedo para a cama. Amanhã iremos procurar o vice-cônsul para ver se conseguimos entrar a bordo do navio logo que chegue. Diz Van Helsing que a nossa sorte será chegar ao navio entre o nascer e o pôr do sol. O Conde, mesmo se tomar a forma de um morcego, não pode atravessar a água corrente por sua própria vontade e, portanto, não poderá sair do navio. Como não se atreverá a tomar a forma humana sem despertar suspeitas – que, evidentemente, deseja evitar – terá que ficar dentro da caixa. Assim, se entrarmos no navio depois do nascer do sol, ele ficará à nossa mercê. Graças a Deus estamos num país onde tudo se consegue com suborno, e temos bastante dinheiro.

16 de outubro

Mina continua a fazer as mesmas revelações: ondas batendo, escuridão e ventos favoráveis. É claro que chegaremos a tempo e, quando tivermos notícias do Czarina Catherine, estaremos em condições de agir. Naturalmente, teremos alguma notícia quando a escuna atravessar o Dardanelos.

17 de outubro

Tudo foi providenciado. Acho que estamos em condições de receber o Conde adequadamente. Godalming disse aos armadores que desconfiava que a caixa embarcada no navio continha objetos roubados de um amigo seu e que este o autorizara a abrir a caixa, por sua conta e risco. Os armadores deram-lhe uma autorização para ser apresentada ao comandante. Além disso, puseram o agente à nossa disposição, o qual se mostra encantado com a maneira com que Godalming o trata e está disposto a fazer tudo que estiver ao seu alcance para nos facilitar. Já combinamos tudo que devemos fazer quando abrirmos a caixa. Se o Conde estiver lá dentro, Van Helsing e Seward cortarão imediatamente sua cabeça e atravessarão seu coração com uma estaca.

Eu, Morris e Godalming impediremos a interferência de terceiros, ainda mesmo que tenhamos, para isso, de utilizar as armas que possuímos. O professor afirma que, se fizermos isso com o corpo do Conde, ele se transformará em poeira imediatamente. Desta forma não haveria prova contra nós, no caso de surgir suspeita de homicídio. Mas, seja como for, estamos dispostos a executar nossa missão. Combinamos com algumas autoridades que, logo que o Catherine seja avistado, nós seremos avisados por um mensageiro especial.

24 de outubro

Hoje completamos uma semana inteira de espera. Godalming recebe um telegrama diariamente, mas sempre anunciando que não há novidade. As respostas de Mina, pela manhã e à tarde, durante seu sono hipnótico, são invariáveis: barulhos de ondas e rangidos de velas e cordames.

Telegrama de Rufus Smith, do Lloyd's de Londres, a Lorde Godalming, aos cuidados do vice-cônsul de sua majestade britânica em Varna:

"Czarina Catherine avistado esta manhã no estreito de Dardanelos."

DIÁRIO DO DR. SEWARD

25 de outubro

Estou sentindo muita falta do fonógrafo. Escrever um diário com caneta dá muito trabalho, mas Van Helsing acha que devo escrever. Ficamos todos muito excitados ontem, quando Godalming recebeu o telegrama. Apenas a Sra. Harker não demonstrou qualquer emoção. Aliás, ela tem mudado muito nas últimas três semanas. A letargia progride e, embora seu aspecto seja melhor e esteja mais corada, eu e Van Helsing não estamos satisfeitos. Van Helsing, segundo me disse, tem examinado seus dentes com muito cuidado durante os transes hipnóticos, e diz que há perigo de mudança imediata. Se ocorresse tal mudança, seria necessário tomar certas medidas! Nós sabemos quais seriam essas medidas, embora não tenhamos coragem de falar sobre isto. "Eutanásia" é uma palavra confortadora!

No ritmo em que o Czarina Catherine veio desde Londres, faltam apenas cerca de vinte e quatro horas do estreito de Dardanelos até aqui. Ele deve, portanto, chegar pela manhã, mas como é possível que chegue antes do meio-dia, resolvemos nos recolher mais cedo. Acordaremos à uma hora, para nos prepararmos.

25 de outubro, meio-dia.

Nenhuma notícia da chegada do navio. A informação hipnótica da Sra. Harker, hoje de manhã, foi a mesma de sempre. Todos nós estamos muitos excitados, com exceção de Harker; suas mãos estão frias como gelo e, há uma hora, encontrei-o amolando um facão de que não se separa.

Mais tarde

Ao pôr do sol, a Sra. Harker fez a habitual revelação hipnótica. Seja onde for que ele esteja, no Mar Negro, o Conde está se encaminhando para o seu destino. Para o seu aniquilamento, espero!

26 de outubro

Outro dia sem notícia do Czarina Catherine. A escuna já devia estar aqui. Parece que continua a navegar para algum lugar, pois as revelações da Sra. Harker continuam as mesmas.

27 de outubro

É estranho! Nenhuma notícia do navio. As revelações da Sra. Harker ontem à noite e hoje de manhã foram as mesmas, acrescentando: "ondas muito fracas". Os telegramas de Londres comunicam que não chegaram outras informações. Van Helsing está aflitíssimo, com medo de o Conde ter escapado de nós.

"Não estou gostando da letargia de Madame Mina", disse ele. "As almas e a memória podem fazer coisas estranhas durante o transe."

Eu ia pedir-lhe que explicasse melhor, mas Harker entrou nesse momento e o professor me fez um gesto significativo.

28 de outubro

Telegrama. Milfus Smith, de Londres, a Lorde Godalming, aos cuidados do vice-cônsul e Sua Majestade Britânica: informa que Czarina Catherine entrou em Galatz à uma hora de hoje.

DIÁRIO DO DR. SEWARD

28 de outubro

Quando chegou o telegrama anunciando a chegada do navio a Galatz, creio que ninguém sentiu o choque que seria de se esperar. Acho que, no fundo, já esperávamos coisa semelhante. Van Helsing levantou as mãos para o alto, mas não disse uma palavra. Lorde Godalming empalideceu e Quincey Morris apertou o cinto, com um movimento rápido, que conheço muito bem e quer dizer: ação. A Sra. Harker ficou lívida, de tal modo que a mancha na testa pareceu estar queimando. Harker sorriu, amargamente, como alguém que tivesse perdido as últimas esperanças. Mas, ao mesmo tempo, sua mão procurou o inseparável facão.

– A que horas parte o primeiro trem para Galatz? – perguntou Van Helsing, sem se dirigir a nenhum de nós em particular.

– Às 06h30min da manhã!

Nós todos nos espantamos, pois fora a Sra. Harker quem respondera.

– Como sabe? – perguntou Art.

– Sou especialista em horários de trem – respondeu a Sra. Harker. – Em Exeter sempre tomava nota dos horários para ajudar meu marido. Eu sabia que, se tivéssemos de ir ao Castelo de Drácula, tínhamos de ir por Galatz, ou, de qualquer modo, passando por Bucareste, de maneira que decorei os horários. Infelizmente, não há necessidade de decorar muito, pois, como já disse, o primeiro trem só parte amanhã, às seis e meia.

– Não conseguiremos arranjar um trem especial? – sugeriu Lorde Godalming.

– Infelizmente, creio que não – respondeu Van Helsing. – Este país é muito diferente do seu e do meu. Mesmo se conseguíssemos um trem especial, provavelmente ele não iria partir antes do trem comum. O melhor é tomarmos logo as providências. Você, amigo Arthur, vá à estação comprar as passagens e providencie para que tudo esteja em ordem amanhã cedo. Você, amigo Jonathan, vá procurar o agente do navio e obtenha uma carta dele ao agente de Galatz, autorizando-nos a revistar o navio. Você, Quincey Morris, vá procurar o vice-cônsul e providencie para que seu colega de Galatz facilite tudo para nós. Você, John, ficará comigo e Madame Mina, para discutirmos.

– Farei tudo que estiver em minhas mãos para ajudá-lo – disse a Sra. Harker. – Tenho a impressão de que algo se afasta de mim e sinto-me mais livre do que tenho me sentido ultimamente.

Os três rapazes mostraram-se alegres ao ouvirem estas palavras, mas eu e Van Helsing nos entreolhamos preocupados.

Quando os três outros se retiraram, Van Helsing pediu à Sra. Harker para ir buscar uma cópia do diário de Harker escrito no Castelo e, quando ela saiu, fechando a porta, me disse:

– Amigo John, quero lhe dizer uma coisa. Vou assumir uma tremenda responsabilidade, mas acho que estou fazendo bem. No momento em que Madame Mina disse aquilo que tanto nos surpreendeu, veio-me uma inspiração. No transe, há três dias, o Conde enviou-lhe seu espírito, para ler seu pensamento. Ele ficou sabendo, então, que estamos aqui e agora está fazendo todo o esforço para escapar de nós. Está certo de que ela atenderá ao seu chamado. E tenho esperança de que nossos cérebros de homens que não perderam a graça de Deus, possam chegar mais longe que seu cérebro de criança que jaz na tumba há séculos e que só atua para satisfazer o egoísmo e, portanto, mesquinhamente. Mas Madame Mina está voltando. Nem uma palavra a respeito de seus transes! Ela nada sabe e iria ficar desesperada, quando tanto precisa de esperança.

XXVI

DIÁRIO DO DR. SEWARD

29 de outubro

Estou escrevendo no trem, em viagem de Varna para Galatz. Ontem à noite, reunimo-nos um pouco antes do anoitecer. Cada um de nós tinha executado a tarefa que lhe competia, da melhor maneira possível. Quando chegou o momento oportuno, a Sra. Harker preparou-se para ser hipnotizada; e, depois de um esforço mais sério e mais prolongado por parte de Van Helsing do que tem sido necessário habitualmente, ela caiu em transe. Geralmente ela responde a uma simples insinuação: mas, dessa vez, o professor teve de insistir nas perguntas antes que conseguisse saber de qualquer coisa. Veio a resposta:

– Não estou vendo coisa alguma; estamos parados; não há batida de ondas, mas apenas o de água correndo junto ao navio. Ouço vozes de homens gritando, longe e perto, e o ruído de remos. Um canhão atirou; o eco parece longínquo. Por cima, há o ruído de passos; cordas, cabos e correntes são arrastados. Que é isto? Surge um raio de luz; sinto o sopro do ar me atingindo.

Nesse ponto, ela parou. Tinha se levantado do sofá onde estava, impulsivamente, levantando ambas as mãos com as palmas viradas para cima como se estivesse carregando um peso.

Eu e Van Helsing trocamos olhares significativos. Houve um silêncio bem prolongado, depois Van Helsing exclamou:

– Como estão vendo, meus amigos, ele está perto da terra: saiu de sua caixa. Mas ainda precisa chegar à terra. De noite pode ficar escondido em algum lugar, mas, se não for transportado, ou se o navio não encostar, não poderá chegar à terra. Em tal caso poderá, se for de noite, mudar de forma e voar ou pular para terra, como fez em Whitby. Mas se o dia chegar antes dele alcançar a terra, a não ser que seja carregado, não escapará. E, se for carregado, os funcionários da alfândega poderão descobrir o que a caixa contém. Se ele não escapar esta noite ou antes do amanhecer.

Esperamos, com paciência, até o amanhecer, quando poderíamos saber mais alguma coisa por intermédio da Sra. Harker.

Hoje cedo ouvimos, com a respiração contida pela ansiedade, suas respostas em transe. O sono hipnótico custou a vir mais ainda que na véspera. Foi preciso um grande esforço de Van Helsing, até que ela respondeu:

– Tudo está escuro. Ouço as pancadas da água, junto de mim, e um ruído como de madeira sobre madeira.

Parou, e o sol surgia, vermelho. Temos que esperar até a noite. Deveríamos chegar a Galatz entre duas e três da manhã, mas já passamos por Bucareste com três horas de atraso e, portanto, só vamos poder chegar bem depois de o sol nascer.

Mais tarde

Felizmente, no momento do anoitecer, não estávamos numa estação, pois, se tal tivesse acontecido, não teríamos conseguido a calma e o isolamento necessários. A Sra. Harker caiu no transe hipnótico com mais dificuldade ainda que de manhã. Receio que seu poder de ler as sensações do Conde venha a desaparecer justamente quando mais precisávamos dele. Quando ela falou, suas palavras foram enigmáticas:

– Algo se afasta; posso sentir que passa por mim como um vento frio. Posso ouvir, muito longe, sons confusos de homens conversando em línguas estranhas, água que se despeja com força e uivos de lobo.

Foi tomada, então, por um tremor convulsivo e, depois disso, nada mais disse, apesar das perguntas imperiosas do professor.

30 de outubro, 7h da manhã.

Estamos perto de Galatz e talvez eu não tenha tempo de escrever mais tarde. O amanhecer de hoje foi ansiosamente esperado por nós. Em vista da crescente dificuldade de conseguir o transe hipnótico, Van Helsing começou os movimentos mais cedo que de costume, mas eles só produziram efeito um minuto antes do sol nascer. O professor não perdeu tempo em interrogar e a resposta veio logo:

– Tudo está escuro. Ouço a água passar, à altura dos meus ouvidos e o ranger de madeira. Mugidos de bois. Há outro ruído esquisito, parecido com...

– Vamos, continue, eu ordeno! – exclamou Van Helsing.

A Sra. Harker, porém, abriu os olhos e murmurou:

– Professor, para que me mandar fazer o que não posso?

O trem está apitando; estamos perto de Galatz.

DIÁRIO DE MINA HARKER

30 de outubro

O Sr. Morris levou-me ao hotel onde tínhamos mandado reservar quartos por telegrama, sendo ele o indicado para isso, porque não fala nenhuma língua estrangeira e os outros estavam ocupados em outras tarefas. As tarefas foram distribuídas como tinham sido em Varnia, com a diferença que o Lorde procuraria o vice-cônsul, pois seu título constituiria uma garantia de que precisávamos agir com urgência. Jonathan e os dois médicos foram procurar o agente do navio para saber os pormenores da chegada do Czarina Catherine.

DIÁRIO DE JONATHAN HARKER

30 de outubro

Às nove horas, eu, o Dr. Van Helsing e o Dr. Seward procuramos a firma Mackenzie & Steinkoff, agentes da Companhia de Londres. Eles tinham recebido um telegrama de Londres, em resposta a um pedido de Lorde Godalming. Receberam-nos com muita amabilidade e nos levaram, imediatamente, a bordo da escuna. Fomos, então, apresentados ao comandante Donelson, que nos contou a viagem.

– Nunca vi uma viagem assim na minha vida! – disse. – Viemos de Londres ao Mar Negro com vento favorável, a tal ponto que parecia que o próprio diabo estava soprando as velas para o seu proveito. Mas, ao mesmo tempo, sempre que passávamos por um porto ou um navio, a escuna ficava envolta pelo nevoeiro. Passamos por Gibraltar sem podermos fazer sinal. Até chegarmos ao Dardanelos, onde tivemos de parar para obter licença para entrar, não tivemos a menor comunicação com quem quer que seja. Quando entramos no Bósforo, os marinheiros começaram a resmungar; alguns deles, os romenos, vieram me pedir para atirar ao mar uma caixa que fora colocada a bordo por um velho esquisito, antes de partirmos de Londres. Eu notara que eles tinham olhado horrorizados para o tal velho e tinham feito figa para se livrar do mau-olhado. Muito bem. O nevoeiro não nos deixou durante cinco dias e deixei o vento nos levar, pois, se o diabo queria ir a algum lugar, lá chegaria... O certo é que seguimos com vento bom e sempre em águas tranquilas. Há dois dias, quando o nevoeiro se dissipou, vimos que estávamos no rio, em frente de Galatz. Os romenos ficaram furiosos e queriam, por força, pegar a caixa e atirá-la ao rio. Tive de enfrentá-los decididamente para impedi-los de fazer aquilo, pois, com diabo ou sem diabo, tenho de entregar devidamente a carga que me foi confiada pelos armadores. A caixa estava despachada para Galatz, via Varna, e assim resolvi descarregá-la no porto, livrando-me dela para sempre. Tivemos de passar a noite ancorados, mas de manhã, uma hora antes do amanhecer, apareceu um homem a bordo, com uma ordem enviada da Inglaterra, para receber uma caixa destinada ao Conde Drácula. Tinha todos os papéis em ordem e dei graças a Deus de lhe entregar a encomenda.

– Como se chamava esse homem? – perguntou o Dr. Van Helsing, sem esconder a ansiedade.

– É fácil saber – disse o capitão, que, indo ao seu camarote, voltou trazendo um recibo assinado por Inimanuel Hildesheim, cujo endereço era Burgenstrasse 16.

Despedimo-nos do capitão e fomos encontrar Hildesheim em seu escritório. Era um hebreu do tipo clássico, com nariz adunco e insuportável. Com alguns argumentos convincentes de nossa parte ele nos contou o que queríamos. Recebera uma carta do Sr. De Ville, procedente de Londres, encarregando-o de receber, se possível antes do amanhecer para evitar a alfândega, uma caixa que chegaria a Galatz pelo Czarina Catherine. A caixa tinha de ser entregue a um certo Petrof Skinsky, que se entendia com os eslovacos, que fariam o transporte para o porto, pelo rio. Fora pago em dinheiro inglês. Quando Skinsky o procurou, levara-o ao navio e desembarcara a caixa, a fim de evitar as despesas de carreto. Era tudo que sabia.

Fomos, então, procurar Skinsky, mas não conseguimos encontrá-lo.

Um dos vizinhos que não parecia, aliás, estimá-lo de modo algum, informou-nos que ele partira há dois dias e ninguém tivera mais notícias suas. Isso foi confirmado pelo dono de sua casa, que recebera, por um mensageiro, as chaves da casa e o aluguel devido, em dinheiro inglês, entre dez e onze horas da noite da véspera.

Enquanto estávamos conversando, apareceu um homem correndo, ofegante, para anunciar que o corpo de Skinsky tinha sido encontrado dentro do cemitério da igreja de São Pedro, com o pescoço estraçalhado por algum animal selvagem.

Saímos, sem podermos chegar a qualquer conclusão definitiva. Estávamos convencidos de que a caixa estava sendo transportada por água, para algum lugar, mas só isto. Consternados, voltamos ao hotel para junto de Mina.

DIÁRIO DE MINA HARKER

30 de outubro, à noite.

Eles estão tão cansados que não adianta tentar fazer qualquer coisa, enquanto não tiverem descansado; por isso, pedi-lhes para se deitarem durante meia hora. Sou grata a quem inventou a máquina de escrever portátil e ao Sr. Morris, por ter arranjado esta para mim. Eu divagaria muito se tivesse de escrever à mão...

Creio que, com a ajuda de Deus, fiz uma descoberta. Vou examinar os mapas...

Estou cada vez mais convencida de que tenho razão. Minha nova conclusão está pronta, e vou reunir o pessoal e ler o memorando. Cada minuto nos é muito precioso.

MEMORANDO DE MINA HARKER (ANEXADO AO SEU DIÁRIO)

Assunto analisado

O problema do Conde Drácula consiste em voltar para o seu castelo.

(a) Tem de ser levado para lá por alguém. Isto é evidente, pois se tivesse o poder de mover-se sozinho ele poderia ir sob a forma de homem, lobo, morcego ou sob outra forma. Evidentemente, ele tem medo de ser descoberto ou detido no estado de impotência em que deve estar metido, do nascer ao pôr do sol, em sua caixa de madeira.

(b) Como será levado? – A esse respeito, será útil aplicar um método de exclusão. Pela estrada comum, por estrada de ferro ou por água.

1. *Pela estrada comum* – Haveria grandes dificuldades, especialmente para sair da cidade:

(x) Há gente, com a curiosidade natural do homem. Uma dúvida a respeito do que conteria a caixa seria fatal ao Conde.

(y) Há, ou pode haver, funcionários aduaneiros.

(z) Seus perseguidores podem acompanhá-lo. Isto é o que mais ele teme; e, para evitar isso, para impedir de ser traído, ele repeliu tanto quanto pôde, até sua vítima – eu!

2. *Por estrada de ferro* – Não há ninguém encarregado de tomar conta da caixa. Isso tornaria provável seu atraso, o que pode ser fatal, com os inimigos no seu encalço. Na verdade, ele pode escapar de noite; mas que adiantaria, se fosse deixado num lugar estranho, sem um refúgio para onde pudesse ir?

3. *Por água* – Este é o caminho mais seguro, sob um aspecto, porém mais perigoso, sob outro. Sobre a água, ele é o nevoeiro, a tempestade, a neve e seus lobos. Mas, se naufragasse, estaria perdido. Poderia levar a embarcação para terra, mas se fosse uma terra hostil, sem refúgio, ficaria numa situação desesperadora.

Sabemos que ele estava sobre a água; resta saber que água.

A primeira coisa consiste em compreender exatamente o que ele já fez; poderemos, então, ter um indício de qual será sua tarefa futura.

Em segundo lugar, devemos deduzir, pelos fatos que sabemos, o que ele fez aqui. Quanto à primeira, evidentemente, ele pretendia chegar a Galatz e mandou a fatura para Varna para nos iludir. A prova disso é a carta a Inimanuel Hildesheim.

Sabemos que, até agora, seus planos têm sido bem-sucedidos.

Agora, resta saber o que o Conde deve ter feito depois de sua chegada em terra, a Galatz.

A caixa foi entregue a Skinsky antes do amanhecer. Ao amanhecer, o Conde podia aparecer em sua própria forma. Por que Skinsky foi escolhido? No diário de meu marido, está esclarecido que esse homem trabalhava com os eslovacos, que são muito malvistos aqui. O Conde queria isolamento.

Minha dedução é a seguinte: o Conde resolveu voltar ao seu castelo por água, como o meio mais seguro e secreto. Fora tirado do seu castelo por ciganos e, provavelmente, estes entregaram sua carga aos eslovacos, que transportaram as caixas para Varna, para serem despachadas para Londres. Assim, o Conde conhecia as pessoas capazes de executar esse serviço. Quando a caixa estava em terra, entre o anoitecer e o amanhecer, ele saiu da caixa, esteve com Skinsky e deu-lhe instruções sobre o modo de providenciar o transporte da caixa rio acima. Feito isso, apagou sua pista, assassinando seu agente.

Examinei o mapa e cheguei à conclusão de que os eslovacos devem estar subindo ou o Pruth ou o Sereth.

Li no diário que, em meu transe, ouvi o mugido de vacas e a água correndo à altura de meus ouvidos, e o ruído de madeira. O Conde, então dentro da caixa, estava num rio, num barco aberto, impulsionado por varas ou remos, subindo a correnteza.

Naturalmente, tanto pode ser o Sereth como o Pruth. O Pruth é mais facilmente navegável, mas o Sereth contorna o Passo de Borgo e, portanto, passa muito mais perto do castelo do Drácula.

DIÁRIO DE MINA HARKER (CONTINUAÇÃO)

Quando terminei de ler, Jonathan me abraçou e me beijou. Os outros ficaram me cumprimentando, e o Dr. Van Helsing disse:

– A madame Mina é mais uma vez nossa professora. Seus olhos viram quando os nossos estavam cegos. Agora estamos novamente na pista certa e, desta vez, podemos ter sucesso. Nosso inimigo está mais vulnerável do que nunca. E se conseguirmos alcançá-lo durante o dia, sobre a água, nossa missão estará cumprida. Ele tem alguma vantagem, mas está sem forças para acelerar, já que não pode sair da caixa para não despertar suspeitas em seus portadores. Pois, se desconfiassem de alguma coisa, acabariam atirando a caixa no rio, onde ele pereceria. Disso ele sabe, e não sairá. Agora, homens, ao nosso Conselho de Guerra, pois aqui e agora, devemos planejar cada passo a tomar.

– Vou alugar um barco a vapor para segui-lo – disse lorde Godalming.

– E eu, cavalos para ir por terra, caso ele consiga desembarcar –acrescentou o Sr. Morris.

– Muito bem! – observou o professor. – Ambas ótimas ideias. Mas nenhum de vocês pode ir sozinho. É preciso força para combater a força, se for o caso. Os eslovacos são robustos e violentos, e carregam armas brutais.

Todos sorriram, pois também traziam consigo um pequeno arsenal.

O Sr. Morris disse:

– Trouxe algumas Winchesters. São muito úteis em multidões, e pode haver lobos. O Conde, vocês se lembram, tomou outras precauções. Ele pediu coisas aos eslovacos que a Sra. Harker não ouviu ou não entendeu. Devemos estar preparados para tudo.

O Dr. Seward acrescentou:

– Acho melhor que eu vá com Quincey. Estamos acostumados a caçar juntos e, nós dois, bem armados, seremos páreo para qualquer coisa que apareça no caminho. Você também não pode ir sozinho, Art. Pode ser necessário lutar contra os eslovacos, e uma estocada, pois não imagino que eles levem armas de fogo, acabaria com nossos planos. Não podemos correr nenhum risco desta vez. Só vamos descansar quando a cabeça e o corpo do Conde estiverem separados e tivermos certeza de que ele não pode mais reencarnar.

Ele olhava para Jonathan enquanto falava, e Jonathan olhava para mim. Pude ver que meu amado estava transtornado. Claro que queria ficar comigo. Mas a missão no barco seria provavelmente a que destruiria o... o... vampiro. (Por que receio escrever a palavra?) Ele ficou calado por um tempo, e, durante seu silêncio, o Dr. Van Helsing falou:

– Amigo Jonathan, isto cabe a você por dois motivos. Primeiro, porque é jovem, corajoso e capaz de lutar, e, no final, todas as energias podem ser necessárias. Além disso, é seu direito destruí-lo. Destruir aquilo que tanta dor trouxe ao senhor e aos seus. Não se preocupe com madame Mina. Ela vai ficar sob meus cuidados, se eu puder. Sou um velho. Minhas pernas não são tão velozes para correr como já foram. E não estou acostumado a cavalgar longas distâncias ou a caçar como este caso exige, nem lutar com armas fatais. Mas posso prestar outros serviços. Sou capaz de lutar de outra maneira. E posso morrer, se necessário, tão bem quanto um homem mais jovem. Agora, permita que eu diga o que vou fazer. Enquanto você, Lorde Godalming e o amigo Jonathan seguem em seu ágil vapor rio acima, e John e Quincey protegem a margem em que ele pode desembarcar, vou levar madame Mina direto para o coração do território do inimigo. Com a velha raposa presa em sua caixa, flutuando sobre água corrente, sem poder fugir para a terra firme e sem ousar abrir a tampa de seu caixão para que os eslovacos apavorados não o atirem na água em que pereceria, vamos seguir os passos de Jonathan, de Bistritz até Borgo, e dali ao castelo do Drácula. No castelo, o poder hipnótico de madame Mina certamente vai ser útil, e vamos encontrar o caminho, que, de outro modo, seria escuro e desconhecido, depois do primeiro raio de sol, quando estivermos próximos do local fatídico. Temos muito a fazer e outros lugares para santificar para que aquele ninho de víboras não possa mais ser acessado. – Nesse ponto, Jonathan o interrompeu acaloradamente:

– O senhor quer dizer, professor Van Helsing, que vai levar Mina, em sua triste situação e adoentada como está com a moléstia daquele demônio, direto para as entranhas de seu matadouro? Nem por nada neste mundo! Nem pelo céu, nem pelo inferno!

Ele ficou quase sem palavras por um minuto, então prosseguiu:

– O senhor sabe o que é aquele lugar? O senhor viu aquele antro pavoroso de infâmias infernais, aquele luar pulsante de vultos horrendos, em que cada grão de poeira girando no vento é um monstro devorador em embrião? O senhor sentiu os lábios do vampiro em seu pescoço? – Aqui ele se virou para mim e, quando seus olhos se fixaram em minha testa, estendeu os braços com um grito:

– Oh, meu Deus, o que fizemos para merecer este terror? – E afundou no sofá abatido de angústia.

A voz do professor, num tom que parecia vibrar no ar, nos acalmou:

– É justamente porque quero salvar madame Mina daquele lugar que preciso ir até lá. Deus me perdoe por ter de levá-la àquele antro. Existe muito trabalho, um trabalho brutal a ser feito antes de conseguirmos purificar aquele lugar. Lembre-se de que estamos em maus lençóis. Se o Conde escapar desta vez, e ele é forte, sutil e astuto, pode decidir dormir por mais um século, e então, com o tempo, nossa querida... – ele tomou minha mão – vai acabar se tornando companheira dele, assim como aquelas outras que você, Jonathan, conheceu pessoalmente. Você mesmo nos contou sobre seus lábios maliciosos. Você ouviu a gargalhada voluptuosa que deram quando agarraram o saco que o Conde atirou para elas. E estremeceu de medo, e devia mesmo estremecer. Perdoe-me por provocar essa dor, mas é necessário. Meu amigo, não é de fato uma necessidade extrema esta em que estou apostando minha própria vida? Se alguém deve ir para aquele lugar e ali ficar para sempre, serei eu a fazer companhia para ele.

– Faça como o senhor quiser – disse Jonathan, com um soluço que o fez estremecer inteiro. – Estamos nas mãos de Deus!

Mais tarde

Como me fez bem ver o modo como esses homens corajosos trabalhavam. Como pode uma mulher não amar homens que são tão sinceros, verdadeiros e bravos! E isso também me fez pensar no maravilhoso poder do dinheiro! No que o dinheiro pode fazer quando bem empregado. Senti muita gratidão por lorde Godalming ser rico, e tanto ele quanto o Sr. Morris, que também tem muito dinheiro, estão dispostos a gastar sem pejo. Pois se não estivessem, esta nossa pequena expedição não poderia sequer ter começado, nem tão rapidamente, nem tão bem-equipada, como acontecerá dentro de uma hora. Há menos de três horas ficou decidido o que cada grupo vai fazer. E Lorde Godalming e Jonathan alugaram um adorável barco a vapor, que já está pronto para partir no momento oportuno. O Dr. Seward e o Sr. Morris arranjaram meia dúzia de bons cavalos, todos de boa linhagem. Todos têm mapas e os diversos tipos de equipamentos que se pode reunir. O professor Van Helsing e eu partiremos no trem das onze e quarenta, hoje à noite, rumo a Vereşti, onde tomaremos uma carruagem até o passo Borgo. Levaremos conosco uma boa quantia em dinheiro trocado, pois vamos precisar comprar uma carruagem e cavalos. Vamos sozinhos, pois não podemos confiar em mais ninguém nesse caso. O professor sabe diversas línguas, por isso vamos chegar sem problema. Estamos todos armados, até mesmo eu tenho um revólver grande. Jonathan não ficou satisfeito até que eu estivesse equipada como os demais. Infelizmente, não posso levar outra arma que eles portam, pois a cicatriz em minha testa não permite. O Dr. Van Helsing me consolou com carinho, dizendo que estou perfeitamente munida, pois deve haver lobos. O tempo está ficando cada vez mais frio com as horas, e breves tempestades de neve vêm e vão como sinais de alerta.

Mais tarde

Precisei reunir toda a minha coragem para me despedir de meu amado. Talvez não nos encontremos nunca mais. Força, Mina! O professor está de olhos atentos em você. A expressão no rosto dele é um aviso. Agora não é hora para lágrimas, a não ser que, queira Deus, sejam de alegria.

DIÁRIO DE JONATHAN HARKER

30 de outubro, à noite.

Estou escrevendo ao clarão da fornalha da lancha, que Lord Godalming está atiçando. Ele tem grande experiência com lanchas, tendo uma no Tâmisa e outra em Norfolk Broads. No que diz respeito aos nossos planos, estamos convencidos de que a dedução de Mina estava correta e que, se o Conde fugir para o seu castelo por via fluvial, será pelo Sereth e depois pelo Bistritza. Chegamos à conclusão de que o lugar escolhido para a travessia da região, entre o rio e os Cárpatos, deve ser mais ou menos a 47 graus de latitude norte. Não temos receio de subir o rio à noite a boa velocidade, pois ele é largo e bem profundo. Lord Godalming me disse para dormir um pouco, a fim de revezarmos, mas estou sem sono. Não posso dormir, lembrando-me do perigo terrível que ameaça minha querida Mina e de que ela vai àquele lugar maldito. Meu único consolo é que estamos nas mãos de Deus.

O Sr. Morris e o Dr. Seward partiram antes de nós; estão seguindo pela margem direita, mas afastados do rio, pelo planalto, de onde podem ter uma vista ampla do curso d'água e evitar seguir suas curvas. No princípio do percurso, levaram dois homens, para tomar conta dos cavalos de reserva, quatro ao todo. Dentro em pouco, dispensarão os homens e eles mesmos cuidarão dos animais. Uma das selas poderá ser transformada em silhão, rapidamente, para servir a Mina, em caso de necessidade.

31 de outubro

Continua a viagem. O dia nasceu e Godalming está dormindo. Estou de plantão. A manhã está muito fria e é agradável ficar junto à fornalha. Ainda há pouco, passamos por alguns barcos abertos, mas nenhum deles conduzia qualquer caixa ou volume parecido. Sempre que voltávamos sobre eles o foco da lanterna elétrica, os tripulantes ficavam amedrontados e caíam de joelhos, rezando.

1º de novembro, à noite.

Nenhuma novidade, durante todo o dia. Revistamos toda embarcação encontrada, grande ou pequena. Hoje de manhã cedo a tripulação de um barco nos tomou por autoridades e nos tratou com o máximo respeito. Isso nos deu uma ideia, e em Fundu, onde o Bistritza deságua no Sereth, arranjamos uma bandeira da Romênia, que hasteamos ostensivamente. O truque deu resultado com todas as embarcações que revistamos depois. Alguns eslovacos nos disseram que um grande barco passou por eles, navegando a uma velocidade superior à habitual, pois tinha uma tripulação dupla. Isso ocorrera antes deles chegarem a Fundu, de modo que não podiam dizer se o barco entrara no Bistritza ou continuara no Sereth. Em Fundu ninguém nos deu notícia de tal barco. Estou sentindo muito sono. Godalming insiste em fazer o primeiro plantão, Deus que o abençoe, por tudo quanto tem feito por Mina e por mim.

2 de novembro, pela manhã

É dia claro. Godalming não me acordou. Diz que seria uma malvadeza, pois eu dormia tranquilamente, esquecido dos sofrimentos. Parece egoísmo eu ter dormido tanto, deixando-o velar a noite toda.

Sinto-me outro; Godalming dorme. Onde estarão agora Mina e Van Helsing? Devem ter chegado a Veresti lá pelo meio-dia de quarta-feira. Deus os guie e proteja! Se pudéssemos viajar mais depressa!

DIÁRIO DO DR. SEWARD

2 de novembro

Três dias. Nenhuma novidade e nenhum tempo para escrever, pois cada minuto é precioso. Temos de nos apressar; só ficaremos satisfeitos quando avistarmos a lancha de novo.

3 de novembro

Soubemos em Fundu que a lancha subiu o Bistritza. O frio está apertando. Há indícios de neve; se cair muito pesada, ela nos deterá. Nesse caso, teremos de arranjar um trenó e prosseguir viagem à moda russa.

4 de novembro

Soubemos hoje que a lancha foi detida por um acidente, quando tentava forçar caminho numa corredeira. Os barcos eslovacos sobem bem, com a ajuda de um cabo e de um piloto experimentado. Poucas horas antes, alguns tinham passado. Afinal, a lancha passou, mas, segundo informaram os camponeses, a embarcação parecia avariada.

DIÁRIO DE MINA HARKER

31 de outubro

Chegamos a Veresti ao meio-dia. O professor me contou que hoje ao amanhecer mal conseguiu me hipnotizar e que a única coisa que pude dizer foi:

"escuro e quieto". Ele saiu para comprar uma carruagem e cavalos. Mais tarde, disse ele, comprará mais cavalos, para podermos mudá-los, durante a viagem. Temos mais de 70 milhas diante de nós.

Mais tarde

O Dr. Van Helsing voltou. Arranjou os cavalos e a carruagem; vamos jantar e partir dentro de uma hora. A dona do hotel preparou um enorme cesto de provisões, que parece dar para um regimento.

XXVII

DIÁRIO DE MINA HARKER

1º de novembro

Viajamos durante todo o dia, a boa velocidade. O Dr. Van Helsing tem se mostrado lacônico; diz aos camponeses que estamos com pressa de chegar a Bistritz e irá pagá-los bem para fazerem a muda dos cavalos. Parece que não se cansa; não repousou durante todo o dia, embora tivesse me obrigado a dormir bastante. Ao anoitecer, hipnotizou-me e, segundo me contou, minha resposta foi a habitual: escuridão, água batendo e estalidos de madeira. Portanto, nosso inimigo ainda está no rio. Escrevo isto enquanto esperamos, numa fazenda, que aprontem os cavalos. Já vamos partir...

2 de novembro, pela manhã.

Consegui dirigir a carruagem, enquanto Van Helsing descansava e, assim nos revezando, viajamos durante toda a noite. Agora, estamos em pleno dia claro, apesar de frio.

Há na atmosfera um peso estranho – digo peso por falta de um termo melhor. Ambos sentimo-nos oprimidos. Ao amanhecer, Van Helsing me hipnotizou e disse que eu respondi: "escuridão, madeira estalando e água rugindo", o que quer dizer que o rio está mudando, à medida que sobe. Espero que meu marido não esteja correndo perigo – mais do que seja necessário; mas estamos nas mãos de Deus.

2 de novembro, à noite.

Viajamos todo o dia. A região está se tornando mais selvagem, à medida que nos aproximamos das encostas dos Cárpatos. O Dr. Van Helsing diz que amanhã cedo chegaremos ao Passo de Borgo. Os cavalos são muito poucos agora e os que restam terão que seguir conosco, pois não poderão ser mudados. Atravessaremos o Passo de Borgo de dia; não queremos chegar antes.

MEMORANDO DE ABRAHAM VAN HELSING

4 de novembro

Para o meu velho e leal amigo John Seward, médico de Purfleet, em Londres, para o caso de não me ver. Estamos de manhã e escrevo junto de uma fogueira que eu e Madame Mina conservamos acesa durante toda a noite. Está fazendo muito frio e Madame Mina está dormindo. Ao anoitecer, tentei hipnotizá-la, infelizmente, sem resultado.

Chegamos ao Passo de Borgo logo depois do amanhecer de ontem. Ao ver os sinais da aurora, preparei-me para hipnotizar Madame Mina. Paramos a carruagem e descemos. Preparei uma cama com peles, fi-la deitar-se e com muito mais rapidez que sempre, ela ficou hipnotizada. Como antes, veio a resposta: "escuridão e o burburinho da água" Depois, acordou, muito bem-disposta, e, em breve chegamos ao Passo. Nessa ocasião, algum novo poder pareceu se manifestar nela, pois apontou para a estrada, dizendo:

– Este é o caminho.

– Como sabe? – perguntei.

– Naturalmente o conheço – disse ela, acrescentando, depois de uma pausa – Jonathan não viajou por ele e descreveu a viagem?

No começo, achei estranho, mas depois vi que só existia aquele caminho alternativo. Seguimos por ele. Aos poucos, fomos encontrando tudo que Jonathan descreveu em seu diário. Viajamos durante muitas horas. Eu disse a Madame Mina para dormir e ela dormiu, de fato, durante muito tempo, tanto que fiquei desconfiado e tentei acordá-la. Depois de muito tempo, consegui despertá-la. Tentei hipnotizá-la, algum tempo depois, mas não consegui. Quando terminei os meus inúteis esforços, escurecera de todo. Madame Mina deu uma risada. Está acordada, agora, e parece tão bem-disposta como eu nunca mais a vira, desde aquela noite em Carfax, quando entramos, pela primeira vez, na casa do Conde. Estou um tanto intrigado, mas ela está tão alegre e atenciosa comigo, que me esqueço de todos os temores. Acendi uma fogueira e, enquanto ela preparava a comida, fui cuidar dos cavalos. Quando voltei, a comida já estava pronta, mas ela não quis comer comigo, dizendo que estava com tanta fome que não aguentara me esperar. Não gostei disso, mas tive medo de assustá-la e nada disse. Distraí-me ao comer e, quando a olhei de novo, ela estava acordada, mas encarando-me com os olhos muito brilhantes. Dormi até pouco antes do amanhecer. Tentei hipnotizá-la, mas sem resultado. Quando o sol se levantou foi que ela adormeceu profundamente. Tive de carregá-la para a carruagem, depois de ter selado e atrelado os animais. Ela continua a dormir, parecendo mais bem-disposta que nunca. E eu tenho medo, muito medo!

5 de novembro, pela manhã.

Viajamos ontem o dia inteiro, aproximando-nos cada vez mais das montanhas e atravessando uma região cada vez mais selvagem. Madame Mina continuava dormindo, e o sol estava baixando. Mas de repente, a paisagem mudou: as montanhas pareciam afastar-se e chegamos perto do alto de uma colina íngreme com um castelo igual ao que Jonathan descreveu em seu diário. Regozijei-me e estremeci ao mesmo tempo, pois agora, para o bem ou para o mal, o fim estava próximo.

Acordei Madame Mina e mais uma vez tentei hipnotizá-la, em vão. Acendi uma fogueira e preparei a comida, mas ela não comeu, protestando, simplesmente, falta de apetite. Não a forcei, mais tratei de comer, pois sabia que precisava mostrar-me muito forte, para enfrentar o que tinha pela frente. Depois, temeroso, tracei uma grande circunferência em torno do lugar em que estava Madame Mina e, sobre ela, espalhei uma parte da hóstia, que eu pulverizara muito, de maneira que nenhum lugar da circunferência ficasse descoberto.

Ela ficou sentada, durante todo aquele tempo, imóvel como se estivesse morta, e foi empalidecendo até se tornar mais pálida do que a neve; e não dizia uma palavra. Mas, quando me aproximei, ela se agarrou a mim, tremendo da cabeça aos pés.

– Não quer chegar até a fogueira? – perguntei-lhe desejando verificar o que ela podia fazer.

Ela levantou-se, mas, depois de dar um passo, parou.

– Por que não vem? – insisti.

Ela sacudia a cabeça e tornou a sentar-se onde estava:

– Não posso!

Regozijei-me, pois o que ela não podia fazer nenhum daqueles de quem eu tinha medo poderia.

Embora houvesse perigo para seu corpo, sua alma estava salva!

Pouco depois, os cavalos começaram a relinchar e a empinar e tratei de acalmá-los. Quando sentiram minhas mãos em seu pelo, mostraram-se alegres e acalmaram-se, lambendo-me as mãos. Muitas vezes, durante a noite, o fato se repetiu.

De madrugada, a fogueira começou a apagar-se e fui atiçá-la, pois a neve estava começando a cair e o frio a apertar. No meio da escuridão, havia uma espécie de luz e a neve, ao cair, parecia assumir formas humanas, de mulheres arrastando vestidos compridos. O silêncio era quebrado apenas pelo relincho dos cavalos, que pareciam apavorados. Comecei a sentir medo, um medo terrível. Tive medo por Madame Mina, quando aqueles vultos malditos se aproximaram, rodando em torno. Olhei-a, mas ela estava calma, contemplando-me; quando eu dei um passo em direção a fogueira, para avivá-la, ela me agarrou pelo braço, sussurrando como uma voz que a gente só ouve em sonhos, tão baixa era:

– Não! Não saia! Não saia! Aqui está em segurança!

Encarei-a nos olhos e disse:

– Mas e a senhora? É pela senhora que tenho medo!

– Medo por mim? Por quê? Ninguém está mais em segurança no mundo que eu! – disse ela, soltando uma gargalhada, baixa, estranha.

Quando procurava entender o sentido de suas palavras, um sopro de vento avivou as chamas e, à luz da fogueira, vi a mancha vermelha na testa da pobre moça.

Então, compreendi. De qualquer maneira, teria compreendido pouco depois, pois as figuras que giravam na névoa e na neve se aproximaram, mantendo-se, porém, sempre fora do círculo sagrado. E começaram a materializar-se até que vi as três mulheres que Jonathan tinha visto.

– Venha, irmã! Venha conosco! – gritavam.

Olhei para Madame Mina e senti uma alegria profunda, ao ver a repulsa, o terror, estampado em seus olhos. Graças a Deus, não era ainda uma delas!

E assim ficamos até amanhecer, enquanto a neve caía. Eu me sentia abatido e amedrontado, mas quando o sol começou a subir pelo horizonte, tudo mudou. Aos primeiros alvores da aurora, as figuras malditas se dissolveram, num turbilhão de névoa e neve, que desapareceu, na direção do castelo.

Vendo que o amanhecer se aproximava, olhei instintivamente para Madame Mina, disposto a hipnotizá-la, mas ela adormecera, de súbito, profundamente, e não consegui acordá-la. Fui ver os cavalos: todos estavam mortos.

Tenho muita coisa que fazer hoje. Vou comer para me fortalecer bastante e depois, mãos à obra! Madame Mina continua a dormir. Graças a Deus, seu sono é calmo.

DIÁRIO DE JONATHAN HARKER

4 de novembro, à noite.

O acidente com a lancha foi um golpe terrível para nós. Se não fosse isso, já teríamos alcançado o barco há muito tempo e minha querida Mina estaria livre. Não gosto nem de me lembrar dela perto daquele lugar horrível. Arranjamos cavalos e estamos seguindo por terra. Escrevo enquanto Godalming faz os preparativos. Se ao menos Morris e Seward estivessem conosco!

DIÁRIO DO DR. SEWARD

5 de novembro

Ao amanhecer, avistamos o grupo de ciganos diante de nós, afastando-se do rio, cercando a carroça. Ao longo, ouviam-se uivos de lobos; a neve, que cai sem cessar, deve tê-los expulsado das montanhas e estamos rodeados por perigo de todos os lados.

MEMORANDO DO DR. VAN HELSING

5 de novembro, à tarde.

Pelo menos, não estou louco, graças a Deus. Deixei Madame Mina dormindo dentro do círculo sagrado e tomei o rumo do castelo. O martelo de ferreiro que arrumei em Veresti foi útil: com ele, arrombei todas as portas. Lembrando-me do diário de Jonathan, encontrei o caminho da capela. O ar estava poluído; parecia haver ali algum vapor sulfuroso, que, às vezes, me deixava inteiramente tonto.

Lembrei-me, então, de Madame Mina e senti um aperto no coração. Não me atrevera a trazê-la àquele lugar, e a deixara protegida contra o vampiro, naquele círculo sagrado; mas mesmo lá havia o perigo do lobo! Mas a tarefa que eu tinha de executar estava ali e, quanto aos lobos, tínhamos de nos resignar, se essa fosse a vontade de Deus.

Teria que encontrar pelo menos três sepulturas, sepulturas habitadas. Procurei e encontrei uma delas. Ali estava ela, em seu sono de vampiro, tão cheia de vida e voluptuosa beleza que estremeci, como se fosse cometer um assassinato.

Sentia-me fascinado, sem dúvida, pela simples presença daquela mulher, embora estivesse numa sepultura estragada pelo tempo e coberta pelo pó dos séculos, e apesar do cheiro horrível que ali havia, como nos esconderijos do Conde. E eu, Van Helsing, com toda a minha resolução e todo o meu justificado ódio, senti-me imobilizado. Mas, através do espaço, veio um som, vibrante como o toque de um clarim, que me fez agir; pois era a voz de Madame Mina.

Fiquei na minha tarefa horrorosa e descobri, desparafusando os tampos das sepulturas, outra das irmãs, a morena. Não arrisquei a me deter observando-a como fizera com a primeira, para não cair mais uma vez naquele transe. Mas continuei procurando, até que encontrei em uma sepultura maior, como que especialmente feita para alguém muito amado, a irmã loira que, como Jonathan havia visto, se formara dos átomos da neblina. Era tão bonita, tão radiantemente bonita e exoticamente voluptuosa, que o próprio instinto masculino fez minha cabeça rodar com nova emoção. Mas graças a Deus, aquele gemido da alma de minha querida madame Mina não morrera em meus ouvidos. E, antes que o encanto agisse ainda mais sobre mim, obstinei-me em meu trabalho brutal. A essa altura, já havia vasculhado todas as sepulturas da cripta. Como eram apenas três daquelas fantasmagóricas mortas-vivas, deduzi que, por ora, não haveria mais mortos-vivos em atividade aquela noite. Localizei ainda uma sepultura mais aristocrática que as demais. Imensa e de proporções senhoriais. Nela, havia apenas uma palavra escrita: Drácula.

Então este é o lar do morto-vivo do rei dos vampiros, diante de quem tantos outros pereceram. Seu vazio eloquente comprovou o que eu já sabia. Antes de restituir aquelas mulheres à morte, com meu trabalho assustador, deixei pedaços da hóstia na sepultura de Drácula, impedindo para sempre que ele voltasse para lá, como morto-vivo.

Comecei a terrível tarefa, e senti medo. Se fosse apenas uma, teria sido fácil, relativamente. Mas três! Refazer duas vezes aquela proeza de horror depois do que passei... Pois se foi terrível com a Srta. Lucy, o que não haveria de ser com aquelas desconhecidas que sobreviviam através dos séculos e que haviam se fortalecido com o passar dos anos? Quem, se pudesse, lutaria por suas vidas impuras?

Foi uma carnificina digna de um açougueiro. Se eu não estivesse fortalecido por pensamentos em outras mortes, e nos vivos sobre os quais paira esse dossel de pavor, não teria conseguido prosseguir. Tremi e tremo ainda agora, embora tudo tenha passado, graças a Deus, e meus nervos tenham resistido. Não tivesse visto antes o repouso e a satisfação estampada no semblante antes da dissolução final, como uma conscientização de que a alma havia sido vencida, não teria seguido em frente com minha matança. Não teria suportado o grito horrendo quando a estaca atravessou o coração, os movimentos da forma retorcida e a espuma sanguinolenta naqueles lábios. Teria fugido aterrorizado e deixaria o trabalho incompleto. Mas já passou! E as pobres almas, agora posso ter pena e chorar por elas, quando penso que estão placidamente no sono profundo da morte por um breve momento antes de se apagarem completamente.

Amigo John, eu mal havia terminado de cortar suas cabeças, e o corpo inteiro começou a derreter e a se esmigalhar até voltar a ser o pó original, como se a morte que devia ter chegado séculos atrás tivesse finalmente se afirmado e dito em voz alta: "Estou aqui!"

Antes de deixar o castelo lacrei as entradas, de modo que o Conde jamais conseguisse entrar ali de novo como morto-vivo.

Quando voltei ao círculo onde madame Mina dormia, ela acordou e, ao me ver, gritou desesperada que eu havia demorado demais.

– Venha! – exclamou ela. – Vamos embora deste lugar horrível! Vamos encontrar meu marido que, tenho certeza, está vindo para cá.

Parecia magra, pálida e fraca. Mas seus olhos estavam puros e brilhavam de fervor. Fiquei contente ao ver sua palidez e sua doença, pois minha mente estava cheia daquele horror das malditas vampiras adormecidas.

E assim, com confiança e esperança, mas ainda cheios de medo, fomos para o leste encontrar nossos amigos, e ele, que madame Mina me diz ter certeza de que está vindo para cá.

DIÁRIO DE MINA HARKER

6 de novembro

Já estava quase anoitecendo quando eu e o professor seguimos rumo ao nascente, por onde eu sabia que Jonathan estava vindo. Não caminhamos depressa, embora o caminho fosse em declive, pois estávamos levando peles, para nos proteger contra o frio, e provisões. Quando tínhamos caminhado cerca de uma milha, cansei-me e sentei-me. Olhamos para trás e vimos o castelo de Drácula recortando o céu, imponente sobre um precipício quase a pique. Ao longe, ouviam-se uivos de lobos. Estavam longe, mas seu rugido, mesmo chegando abafado pela neve que caía, era pavoroso.

A certa altura, o professor que se adiantara, fez um sinal para mim e levantei-me indo me juntar a ele. Tinha descoberto um lugar maravilhoso, uma espécie de gruta na rocha, cuja entrada parecia uma porta. O professor colocou dentro da gruta as peles que tínhamos trazido e as provisões e me fez entrar. Insistiu comigo para comer, mas não consegui; a comida me causa repugnância. O professor tirou da caixa seu binóculo e ficou em pé no alto do rochedo, olhando o horizonte. De repente, gritou:

Veja! – disse ele. – Aqui você está segura. E se os lobos vierem, podemos enfrentá-los um de cada vez.

O professor trouxe nossas peles para dentro, fez um ninho aconchegante para mim, tirou algumas provisões e me obrigou a comer. Mas não consegui, pois tudo me dava repulsa, e, por mais que quisesse lhe agradar, senti que nem adiantava insistir. Ele ficou muito triste, mas não me censurou. Sacando seu binóculo do estojo, subiu em uma pedra e começou a esquadrinhar o horizonte. De repente, gritou:

Venha! Madame Mina! Venha ver!

Levantei e logo me pus ao lado dele na pedra. Ele me passou o binóculo e apontou. A neve agora caía mais intensamente, com espirais de remoinhos loucos, pois uma ventania começou a soprar. Seja como for, de quando em quando havia pausas na nevasca, e pude ver bem longe tudo à minha volta. Na altura em que estávamos, era possível enxergar a uma grande distância. E lá longe, além da imensidão branca da neve, vi o rio se estendendo, enrodilhado em seu curso. Logo à nossa frente e não muito longe, na verdade tão próximos que nem sei como não reparamos antes, vinha um grupo de homens a cavalo. No centro do grupo havia uma carroça, uma grande carroça articulada que chacoalhava para os lados a cada buraco da estrada, feito o rabo de um cão abanando. Destacados contra o fundo de neve como estavam, pude identificar pelos trajes dos homens que eram camponeses ou algum tipo de ciganos.

Na carroça, havia um grande baú quadrado. Meu coração quase parou quando o vi, pois senti que o fim estava próximo. Estava quase anoitecendo, e eu sabia que, ao crepúsculo, a coisa, que até então estava aprisionada ali, teria mais liberdade e poderia escapar de nós de inúmeras maneiras. Temerosa, virei-me para o professor. Ele não estava ali. No momento seguinte, vi que estava mais abaixo. Havia desenhado um círculo em torno da abertura na pedra, como o que nos protegera ontem à noite. Quando terminou, parou do meu lado e disse:

– Pelo menos a senhora ficará a salvo!

Ele tirou o binóculo da minha mão e, no primeiro descanso da nevasca, vasculhou todo o espaço abaixo de nós e disse:

– Veja, estão chegando depressa. Estão açoitando os cavalos e galopam o mais rápido que podem.

Fez uma pausa e depois continuou com voz grave:

– Estão correndo para chegar antes que anoiteça. Talvez tenhamos chegado tarde demais. Seja o que Deus quiser!

Outra nevasca nos cegou, e toda a paisagem desapareceu. Mas logo passou, e, mais uma vez, seu binóculo esquadrinhou o horizonte. Então, subitamente, ele gritou:

– Veja! Veja! Veja! Dois outros cavaleiros vêm correndo atrás deles, subindo pelo sul. Devem ser Quincey e John! Olhe com o binóculo. Antes que a neve cubra tudo de novo!

Peguei o binóculo e olhei. Os dois homens podiam ser o Dr. Seward e o Sr. Morris. De todo modo, nenhum deles era Jonathan. Ao mesmo tempo, eu sabia que Jonathan não devia estar muito longe. Olhando para os lados, ao norte do grupo que se aproximava, vi outros dois homens cavalgando em uma velocidade temerária. Logo percebi que um deles era o meu Jonathan, e o outro, é claro, deveria ser Lorde Godalming. Também estavam perseguindo o grupo com a carroça. Quando disse ao professor, ele deu um berro de alegria como um colegial e, depois de vasculhar atentamente até que a nevasca tornasse a visão impossível, deixou seu Winchester preparado, encostado na rocha, na abertura de nosso abrigo e disse:

– Estão vindo para cá. Quando chegar a hora, teremos ciganos por todos os lados.

Peguei minha arma e o deixei a postos, pois, enquanto conversávamos, o uivo dos lobos soou mais alto e mais próximo. Quando a nevasca amainou por um momento, tornamos a olhar. Era estranho ver a neve caindo em flocos pesados perto de nós e, lá longe, o sol brilhando cada vez mais enquanto se punha entre os cumes distantes. Movendo o binóculo para o lado pude ver aqui e ali pontos se movendo isoladamente ou em pares e trios e conjuntos maiores. Os lobos estavam se reunindo para a caça.

Enquanto aguardávamos, cada instante pareceu demorar séculos. O vento invadia em lufadas brutais, e a neve batia com fúria contra nós, em espirais fustigantes. Por vezes, não conseguíamos enxergar um palmo à nossa frente. Mas em outros momentos, quando o vento rouco nos varria, parecia limpar o ar à nossa volta, e podíamos ver bem longe. Estávamos tão acostumados a esperar pelas auroras e pelos crepúsculos que já sabíamos com certa precisão quando aconteceriam. E sabíamos que não demoraria muito para o sol se pôr.

É difícil acreditar que, de acordo com nossos relógios, ficamos menos de uma hora esperando naquele abrigo de pedra até que os diversos grupos começaram a convergir na nossa direção. O vento ficou mais feroz, com lufadas incessantes vindas do norte. Isso parece ter afastado as nuvens de neve, pois ela se tornou esparsa. Pudemos distinguir com toda nitidez os indivíduos de cada grupo, os perseguidos e os perseguidores. Os perseguidos pareciam não se dar conta de que estavam sendo perseguidos. De todo modo, pareciam acelerar, redobrando a velocidade, conforme o sol descia cada vez mais entre os cumes.

Foram se aproximando mais e mais. O professor e eu nos agachamos atrás de nossa pedra, com as armas a postos. Pude ver que ele estava decidido a não deixá-los passar. Eles não faziam ideia de que estávamos ali.

De repente, duas vozes gritaram: "Alto!" Uma era de Jonathan, alta e emocionada; outra do Sr. Morris, calma e resoluta. Os ciganos podiam não entender a língua, mas o tom era inconfundível em qualquer língua em que a palavra fosse dita. Instintivamente, eles pararam e Lord Godalming e Jonathan aproximaram-se, a galope, de um lado, e o Dr. Seward e o Sr. Morris de outro. O chefe dos ciganos, um homem de aspecto magnífico, que parecia um centauro, deu ordem a seus homens de prosseguirem a cavalgada e estes obedeceram; mas os quatro homens apontaram as carabinas e ordenaram, ameaçadoramente, que parassem. Os ciganos pararam de novo e o chefe lhes deu nova ordem. Cada um se muniu da arma de que dispunha, faca ou pistola, e preparou-se para a luta.

O chefe lançou o cavalo para frente apontando primeiro para o sol – que estava quase atingindo o alto da montanha – depois para o castelo, disse alguma coisa que não pudemos compreender. Em resposta, nossos quatro companheiros apearam e avançaram contra a carroça. Eu devia ter tido um medo horrível de ver Jonathan correndo tal perigo, mas o ardor da batalha deve ter me empolgado como aos demais; não senti medo, mas apenas um desejo frenético de alguma coisa. O chefe dos ciganos deu uma ordem a seus homens, que imediatamente rodearam a carroça, formando um muro difícil de ser transposto.

Vi Jonathan de um lado do círculo de homens e Quincey de outro, forçando passagem para a carroça. A impetuosidade de Jonathan deu bom resultado e ele conseguiu galgar a carroça e, com força inacreditável, empurrou a grande caixa para o chão. Enquanto isto, o Sr. Morris tivera de empregar a força para romper o círculo dos ciganos. Enquanto eu, contendo a respiração, olhava para Jonathan, tinha, também, percebido o Sr. Morris avançar desesperadamente entre as facas dos ciganos e, quando chegou ao lado de Jonathan, que pulara da carroça, vi que apertava a ilharga com uma das mãos e que o sangue escorria entre seus dedos. Não se deteve, contudo, pois, enquanto Jonathan procurava, com desesperada energia, levantar, com seu facão, a tampa da caixa no lado de cima, ele atacou pelo outro lado, freneticamente. Sob os esforços conjuntos dos dois, a tampa da caixa foi aberta.

Enquanto isto, os ciganos, vendo-se ameaçados pelas carabinas de Lord Godalming e do Dr. Seward, tinham desistido de resistir. O sol estava quase se escondendo sobre os cumes da montanha e as sombras de todo o grupo caíam sobre a neve. Vi o Conde estendido dentro da caixa, sobre a terra, uma parte da qual se espalhara sobre ele, quando a caixa caíra da carroça. Estava mortalmente pálido, parecendo uma figura de cera e seus olhos vermelhos tinham aquela expressão horrível que eu conhecia tão bem.

E quando aqueles olhos viram o sol que se punha, a expressão de ódio transformou-se numa expressão de triunfo.

Mas, naquele instante, o facão de Jonathan brilhou. Estremeci, ao vê-lo cortando o pescoço do Conde; ao mesmo tempo, a faca do Sr. Morris atravessou seu coração.

Pareceu um milagre; diante dos nossos próprios olhos, em menos de um segundo, todo o corpo se transformou em pó e desapareceu de nossa vista.

Enquanto viver, terei a alegria de lembrar que, no momento da dissolução final, houve no rosto do Conde uma expressão de paz como jamais supus que pudesse haver.

Os ciganos, ao verem o extraordinário desaparecimento do morto, fugiram, sem uma palavra. Os que estavam na carroça, gritavam aos outros que não os abandonassem, enquanto fugiam também. Os lobos, que tinham se mantido a certa distância, saíram atrás deles, deixando-nos livres.

O Sr. Morris, que tinha caído no chão, apoiou-se no cotovelo, com a mão apertando a ilharga; o sangue continuava a escorrer entre os seus dedos. Corri para junto dele, pois o círculo sagrado já não me detinha. Os dois médicos fizeram o mesmo. Jonathan ajoelhou-se por trás dele e o ferido encostou a cabeça em seu ombro. Com um suspiro, Morris segurou minha mão com a sua que não estava suja de sangue. Deve ter visto a angústia estampada em meu rosto, pois agonizando, disse:

– Graças a Deus não foi tudo em vão! Veja! A neve não é mais imaculada que a sua testa! A maldição passou!

E, para nossa amarga tristeza, com um sorriso e em silêncio, morreu um galante cavalheiro.

NOTA:

Há sete anos, todos nós atravessamos um inferno. A felicidade de alguns de nós depois disso compensa, penso eu, tudo que sofremos. Eu e Mina nos sentimos satisfeitos pelo fato do aniversário de nosso filho transcorrer na mesma data da morte de Quincey Morris. Sua mãe acredita, eu sei, que algo do espírito abnegado e bravo de nosso amigo passou para ele. Seu nome é uma homenagem a todo o nosso grupo de amigos, e nós o chamamos de Quincey.

Neste verão, fizemos uma viagem à Transilvânia e percorremos os lugares tão cheios de terríveis recordações. É quase impossível acreditar que o que vimos com nossos próprios olhos e ouvimos com nossos ouvidos tenha sido verdade. Todos os vestígios dos acontecimentos desapareceram. O castelo permanece lá, como antes, imponente sobre uma imensa desolação.

Ao regressarmos, falamos dos velhos tempos, de que podemos lembrar sem desespero, pois tanto Godalming como Seward estão casados e felizes. Tirei os papéis do cofre, onde estavam encerrados desde nosso regresso, há tanto tempo. Ficamos chocados com o fato de que todo esse material se resuma a papel datilografado, com exceção das últimas anotações feitas por mim, Mina e Seward e do memorando de Van Helsing. Não podemos exigir que alguém aceite tais documentos como prova de acontecimentos tão estranhos. Van Helsing resumiu tudo, ao dizer, enquanto carregava nosso filho nos joelhos:

"Não precisamos de provas; não pedimos a ninguém que acredite em nós. Este menino saberá, algum dia, como sua mãe foi valente e corajosa. Já conhece sua meiguice e seus cuidados. Mais tarde irá saber como alguns homens a amaram tanto que se arriscaram tanto para sua salvação."

Jonathan Harker